Guido Kniesel

Kein Wille geschehe

Über den Autor

Als am 30. November 1964 um 5 Uhr 45 in der Kleinstadt Oberndorf am Neckar das grelle Neonlicht von der Decke der Geburtsstation in seine Augen blitzte, bekam Guido Kniesel eine erste Ahnung davon, was THRILL bedeuten könnte. Wenige Jahre später, als er im Bilderbuch Struwwelpeter mit ansah, wie dem Daumenlutscher Konrad mit der Schere - klipp und klapp - beide Daumen abgeschnitten wurden und das arme Kind Paulinchen lichterloh mit Haut und Haar verbrannte, bekam auch das Wort HORROR eine erste Bedeutung für ihn. Und selbst die Kindergartenzeit in der Obhut katholischer Ordensschwestern hielt die eine oder andere grausame Bibelgeschichte bereit. Er war also hinsichtlich des Genres schon früh infiziert worden und so wundert es ihn auch nicht, dass er beim Schreiben von Spannungsliteratur gelandet ist.

Warum gerade Psychothriller?
Eigentlich ist Guido Kniesel ein unverbesserlicher Optimist, der in allem und jedem nur das Positive sehen möchte. Aber es ist gerade die Auseinandersetzung mit den dunklen Seiten der menschlichen Psyche, die ihn fasziniert und ihm zudem dabei hilft, den eigenen Ängsten ihren Schrecken zu nehmen – sozusagen den Tod mit seinen eigenen Waffen zu schlagen.

Guido Kniesel

KEIN WILLE GESCHEHE

Psychothriller

1. Auflage 2016

Guido Kniesel
c/o Papyrus Autoren-Club
R.O.M. Logicware GmbH
Pettenkoferstr. 16-18
10247 Berlin

www.guidokniesel.de
guido@kniesel.de

Originalausgabe erschienen 2014 im Bookspot-Verlag
www.bookspot.de

Cover-Design: Nele Schütz Design, München

Lektorat: Eva Weigl

CreateSpace Independent Publishing Platform
ISBN 978-1-53745-538-9

Für meine Eltern

»Wir klagen die Natur nicht als unmoralisch an, wenn sie uns ein Donnerwetter schickt und uns nass macht: Warum nennen wir den schädigenden Menschen unmoralisch? Weil wir hier einen willkürlich waltenden, freien Willen, dort Notwendigkeit annehmen. Aber diese Unterscheidung ist ein Irrtum.«

Friedrich Nietzsche, deutscher Philosoph
Werke I - Menschliches, Allzumenschliches

Ursache

Auf die Idee mit dem Zimmermannshammer kam Nadine Schuster rein zufällig. Noch während sie den Zeitungsartikel in der Berliner Morgenpost las, wurde ihr klar, dass sie es genau so machen würde. Zwar hätte sie ebenso gut ein Messer benutzen oder Gift verwenden können, aber die Vorstellung, wie sie zuerst mit der flachen und dann der spitzen Hammerseite zuschlagen würde, fesselte sie in einem solchen Maße, dass sie an nichts anderes mehr denken konnte. Und so machte sie sich an jenem regnerischen Novemberabend vom Baumarkt aus direkt auf den Weg Richtung Prenzlauer Berg, um dafür zu sorgen, dass diese Schlampe mit ihrer verfluchten Brut nie wieder Gelegenheit haben würde, sie zu demütigen.

Während sie in der Straßenbahn ihrem Ziel unaufhaltsam näher kam, kroch ihre rechte Hand in die Handtasche auf ihrem Schoß und ihre Finger schlangen sich um das massive Eisen. Als sie die metallene Kälte auf ihrer Haut spürte, musste sie grinsen. Wenn sie erst einmal weg sind, dachte sie, dann wird er zu mir zurückkommen, dann wird er wieder mir gehören, ganz alleine nur mir gehören. *Für immer.*

Zur selben Zeit schloss Lara Steinbeck für einen Augenblick die Augen und atmete tief durch. Zum x-ten Male an diesem Abend war ihre Tochter Emma aus dem Bett gekrochen und hatte unter irgendeinem Vorwand ihr Zimmer verlassen. Zuerst quälte sie plötzlich ein unbändiger Durst, den sie in der Küche mit einem klitzekleinen Schluck Mineralwasser löschen musste. Dann suchte sie verzweifelt ihre Stoffpuppe, ohne die sie niemals im Leben einschlafen konnte, und fand sie schließlich ganz überraschend unter ihrer Bettdecke wieder, nachdem sie bereits die halbe Wohnung durchsucht hatte. Kurz darauf bekam sie schlagartig Bauchweh, was nur mit einer Wärmflasche und ausgiebigen Streicheleinheiten behandelt werden konnte. Und schließlich musste sie ganz dringend pinkeln und keine fünf Minuten später natürlich auch noch unbedingt groß. Lara war gespannt, was dieses Mal der Grund dafür sein würde, dass ihre siebenjährige Tochter mit einem wehleidigen Gesichtsausdruck erneut aus dem Zimmer watschelte.

»Mami, ich kann nicht schlafen, weil da ist so ein ekliges Vieh in meinem Zimmer.«

Lara stieß einen tiefen Seufzer aus.

»Emma, das ist jetzt das allerallerletzte Mal, dass du heute aus diesem Zimmer kommst. Hast du mich verstanden?!«

»Aber …«

Sie packte ihre Tochter am Oberarm und marschierte mit ihr zurück ins Kinderzimmer.

»Und jetzt leg dich ins Bett und dann ist Ruhe!«

Im selben Moment sah Lara es. Was sie da in den Augenwinkeln zu erkennen glaubte, ließ ihr den Schreck in sämtliche Glieder fahren. Ihr Herz raste. Sie war unfähig zu atmen. Obwohl ihre Muskeln verkrampften, zwang sie sich mit zusammengepressten Lippen dazu, sich in die Richtung zu drehen, aus der sie die Bedrohung wahrgenommen hatte.

Zuerst zuckte sie noch einmal zusammen. Dann glaubte sie sich getäuscht zu haben, war sich aber immer noch nicht ganz sicher. Es kostete sie große Überwindung, sich einen Schritt näher ran zu wagen, um ganz genau hinzuschauen. Und schließlich war sie sich sicher. Die Bedrohung auf der weißen Tischplatte entpuppte sich als fette Schmeißfliege. Trotzdem legte sich ihre Anspannung nur allmählich. Auf den ersten Blick hatte sie das eklige Etwas als Spinne wahrgenommen und wie schon so oft zuvor in ihrem Leben war sie deshalb fest in den Griff ihrer Spinnenphobie geraten. Ihr Gehirn hatte blitzartig in den Modus »lebensbedrohliche Situation« geschaltet und Unmengen von

Adrenalin durch ihre Adern gejagt. Noch jetzt hatte sie schweißnasse, zitternde Hände und ein heftig pochendes Herz.

»Das ist das eklige Vieh«, sagte Emma und zeigte mit dem Finger auf die Fliege, wobei sie eine Grimasse zog, als ob sie versehentlich puren Essig getrunken hätte. Lara legte den Zeigefinger an ihre Lippen und blickte Emma mit hochgezogenen Augenbrauen an, um ihr deutlich zu machen, dass sie sich ruhig verhalten solle. Dann zog sie ihren rechten Pantoffel aus, näherte sich ganz langsam dem Insekt, konzentrierte sich auf den metallisch glänzenden blaugrünen Körper und schlug zu. Die Fliege war zwar fett, aber offensichtlich trotzdem noch flink genug, um dem sicheren Tod zu entkommen. Brummend flog sie einige hektische Ellipsen und verschwand schließlich durch die offene Tür Richtung Flur.

»So, und jetzt möchte ich nichts mehr hören … und wenn ich jetzt rausgehe, mache ich die Tür zu, damit das Vieh nicht wieder reinkommt.«

Laras strenger Blick wich einem liebevollen und sie küsste Emma sanft auf die Stirn.

»Versprichst du mir, jetzt nicht mehr aufzustehen?«

»Ja, Mami. 'Tschuldigung.«

»Ich hab dich lieb, mein Schatz.«

»Ich dich auch. 'Nacht, Mami.«

Nachdem Lara einige Zeit erfolglos die Wohnung nach dem fetten Brummer durchsucht hatte, gab sie es auf. Sie legte sich auf die Couch, nippte an ihrem Rotweinglas und schlug den Roman *Die Liebe in den Zeiten der Cholera* auf, den sie vor zwei Tagen begonnen hatte. Nachdem sie eine Weile gelesen hatte, merkte sie plötzlich, dass sie so gut wie nichts verstanden hatte. Die Gedanken, die ihr durch den Kopf gingen, hatten nicht im Geringsten etwas mit der Geschichte aus dem Roman zu tun. Sie legte das Buch zur Seite und trank einen großen Schluck

Rotwein. Die Worte, die ihr Liebster an diesem Morgen am Telefon zu ihr gesagt hatte, ließen sie einfach nicht mehr los. *Ich muss heute Abend etwas Wichtiges mit dir besprechen, Mausi*, hatte er gesagt. Seine Stimme hatte leise und schwach geklungen, aber gleichzeitig hatte sie auch Erleichterung heraushören können. Sie hatte ein feines Gespür für solche Dinge. Den ganzen Tag über hatte sie immer wieder an diesen Satz denken müssen – und jetzt konnte sie an nichts anderes mehr denken, nachdem es ruhig geworden war in der Wohnung und es keine Ablenkungen mehr gab. Emma war offensichtlich endlich eingeschlafen, zumindest waren keine Geräusche mehr aus ihrem Kinderzimmer zu hören. Lara stand auf, um sich noch ein weiteres Glas Rotwein einzuschenken, als es an der Tür läutete.

Die Klingelanlage signalisierte durch unterschiedliche Melodien, ob jemand an der Haus- oder Wohnungstür läutete. Lara wusste deshalb sofort, dass jemand bereits vor ihrer Wohnungstür stehen musste. Das kam zwar nicht allzu häufig vor, war aber auch nicht so selten, dass es ungewöhnlich gewesen wäre. In der Regel handelte es sich in einem solchen Fall um einen der anderen Hausbewohner. Seit sie vor knapp vier Jahren aus beruflichen Gründen von Freiburg nach Berlin gezogen waren und diese Eigentumswohnung im Bezirk Prenzlauer Berg erworben hatten, hatten sich die Kontakte zu den anderen Bewohnern stetig intensiviert. Die zahlreichen Kinder, die in den zehn Wohnungen des Altbaus lebten, hatten regen Kontakt zueinander, und kein einziger Hausbewohner hatte sich jemals daran gestört, wenn sie im geschützten Hinterhof des Hauses miteinander spielten und tobten. Aber es lag nicht nur an den Kindern, dass die Eltern miteinander in Kontakt kamen. Gerne half man sich auch gelegentlich mit Lebensmitteln aus, wenn beim Kochen etwas fehlte oder ausging. Und auch das eine oder andere Bierchen oder Glas Wein hatte man schon bei Straßenfesten, Geburtstagen oder anderen Gelegenheiten zusammen getrunken. Erst kürzlich hatte sich fast die gesamte Hausgemeinschaft bei der feierlichen Eröffnung eines nahegelegenen Biosupermarktes versammelt und bei einem Cappuccino oder Prosecco ein kleines Schwätzchen abgehalten.

Lara schaute auf die digitale Uhr des Receivers unter dem Flachbildfernseher. Sie zeigte 21:37 an. War er das schon? Als IT-Consultant war er seit einigen Monaten unter der Woche in Kopenhagen tätig und hatte bei dem morgendlichen Telefonat seine Ankunft auf ungefähr diese Zeit angekündigt – vorausgesetzt, der Flieger verspätete sich nicht, was leider viel zu oft vorkam. Er hatte zwar einen Schlüssel, den er jedoch ab und zu mal nicht benutzte, wenn er mit seinem Gepäck in den Händen die Treppen hochkam und aus Bequemlichkeit an der Wohnungstür läutete. Außerdem ist heute eine außergewöhnliche Situation, dachte sie, er wollte schließlich etwas Wichtiges mit ihr bereden, wer wusste, was in seinem Kopf vorging. Lara war deutlich angespannt angesichts der Vorstellung, dass ihr Liebster bereits vor der Wohnungstür wartete und ihr gleich sein Geheimnis verraten würde. Sie überlegte nicht mehr lange, ging hinüber zur Wohnungstür und öffnete sie mit heftigem Herzklopfen.

Emma hatte keine Sekunde geschlafen, seit ihre Mutter das Kinderzimmer verlassen hatte. Sie hatte sich fest vorgenommen wach zu bleiben, bis ihr Papi endlich nach Hause kommen würde. Und jetzt war es endlich so weit. Wer sonst sollte denn um diese Uhrzeit klingeln? Bestimmt hatte Papi seine Schlüssel vergessen. Er war ja manchmal schon etwas vergesslich. Zumindest hatte die Mami das schon öfter zu ihm gesagt, aber dabei meistens gelächelt und mit einem Auge liebevoll gezwinkert. Er war einfach der allerbeste Papi auf der Welt, auch wenn er viel zu selten da war.

Emmas Kinderzimmer lag am Ende des langen Flurs. Trotzdem konnte man von dort aus selbst bei geschlossener Tür hören, wenn an der Wohnungstür im Flur gesprochen wurde. Emma hörte, wie die Wohnungstür geöffnet und einige Zeit später wieder geschlossen wurde. Dazwischen hatte es einige Geräusche gegeben, die sie nicht genau zuordnen konnte. Es hatte sich angehört wie ein Knacksen. So ähnlich, wie wenn Papi ein Frühstücksei köpfte. Und dann war etwas dumpf auf den Boden gefallen. War dem Papi vielleicht eine Tasche aus der Hand gerutscht? Oder hatte er sich so arg gefreut, dass er die Tasche einfach fallen gelassen und Mami umarmt hatte? Bestimmt küssten sie sich gerade. Aber komischerweise waren bisher keine Stimmen zu hören gewesen. Nur langsame Schritte den Flur entlang ins Wohnzimmer. Dann herrschte einige Augenblicke Stille, bis erneut Schritte zu hören waren, die jetzt wieder näher kamen. Jetzt kommt er endlich zu mir, dachte die kleine Emma. Sie hatte sich in ihre Bettdecke gekuschelt und die Augen geschlossen. Sie würde sich schlafend stellen, hatte sie beschlossen, bis ihr Papi sie geküsst hatte. Dann würde sie freudestrahlend die Augen öffnen und ihn umarmen.

Emma lauschte aufgeregt, wie sich die Schritte auf dem knarrenden Dielenboden ihrem Zimmer näherten. Sie kuschelte sich noch fester in ihre Bettdecke und presste grinsend die Augen zusammen. Als sich die Tür öffnete, musste sie fast kichern vor lauter Vorfreude. Aber etwas hielt sie davon ab. Etwas war plötzlich ganz anders als sonst. Emma konnte nicht sofort erkennen, was es war, aber sie spürte instinktiv, dass etwas nicht stimmte. Wie erstarrt lag sie in ihrem Bett, die Augen so fest zusammengepresst, dass es schmerzte.

Da stand jetzt jemand direkt neben ihrem Bett!

Jemand Fremdes!

Ganz nah.

Aber es war totenstill. War da doch niemand? War sie vielleicht kurz eingenickt und hatte das alles nur geträumt? Sollte sie die Augen einen kleinen Spalt öffnen und einen Blick wagen? Aber plötzlich hörte sie es. Ein leises, gleichmäßiges Schnaufen. Dann kroch ein eigenartiger Geruch in ihre Nase. Eine Mischung aus Körperschweiß, süßlichem Parfum und irgendetwas anderem, das sie noch nie gerochen hatte.

Lieber Gott im Himmel, wer ist das? Wo ist meine Mami? Wo ist Papi?

Dann hörte Emma, wie der fremde Mensch neben ihr auf einmal tief Luft holte. Laut und ungeheuer kraftvoll. So wie jemand, der gleich etwas ganz fürchterlich Anstrengendes zu erledigen hatte.

Eine unheimliche Angst stieg in ihr hoch.

Und im selben Augenblick, als sie beschloss, nun doch die Augen für einen kurzen Blick zu öffnen, erlosch auf einen Schlag ihr Bewusstsein.

Wirkung

1. Kapitel

»Ach, das Leben kann so schön sein«, sagte Hendrik Jansen, während er seine Brille abnahm und auf dem Frühstückstisch ablegte. Er schaute in die graugrünen Augen seiner Frau Diana, die in diesem Augenblick von der Samstagsausgabe der Tageszeitung aufblickte und ihn anlächelte. Immer noch spürte er dieses großartige Gefühl des Verliebtseins, als ob es erst vor wenigen Tagen passiert wäre. Daran änderte auch sein akademisch geschulter Verstand nichts, der ihm weismachen wollte, dass es nicht sein konnte, dass er nach über fünf Jahren immer noch in Diana verliebt war. Nach dem Unfalltod seiner ersten Frau Sonja hatte sich Hendrik zurückgezogen und eingeigelt. Er hatte versucht, wieder zu sich selbst zu finden. Aber dann war es plötzlich passiert. Er selbst war am meisten davon überrascht worden. Diana war damals noch als Sozialpädagogin berufstätig gewesen. Bei einer karitativen Veranstaltung, auf der sie einen Vortrag über Jugendgewalt gehalten hatte, hatte er sich Hals über Kopf in sie verliebt. Noch heute spürte er diesen wohligen Schub, der sich in seinem gesamten Körper wie eine berauschende Droge ausgebreitet hatte. Als ob da ein Zauberwesen aus einer anderen Welt auf der Bühne stünde, hatte er sie unentwegt angestarrt und seinen Blick den ganzen Vortrag über nicht mehr abwenden können, weil er die irrwitzige Angst gehabt hatte, sie könne sonst plötzlich wieder verschwinden. Diana war deshalb unruhig geworden und hatte sich sogar einige Male verhaspelt. Aber das Publikum schien das nicht zu stören, sondern war begeistert von ihrer überzeugenden und mitfühlenden Art. Am Ende war sogar ein ungewöhnlich hoher Spendenbetrag zusammengekommen. Noch Jahre später, immer wenn Hendrik Freunden oder Bekannten davon erzählte, wie sie sich kennengelernt hatten, fühlte er sich an einen kitschigen Liebesroman erinnert: Die Geschichte von der Liebe auf den ersten Blick; plötzlich steht da die Frau deines Lebens vor dir, man hat sich noch nie gesehen, kein einziges Wort miteinander gewechselt, aber von einer Sekunde auf die andere verliebt man sich unsterblich ineinander.

Diana legte die Tageszeitung zur Seite und fuhr sich lasziv mit den Fingern durch ihre langen, blonden Haare. »Und man kann gar nicht dankbar genug dafür sein«, ergänzte sie Hendriks lebensbejahenden Satz und blickte dabei aus der offenen Küche hinüber ins Wohnzimmer, wo ihr dreijähriger Sohn Noah auf dem Fußboden hockte und hingebungsvoll mit Holzklötzchen spielte. »Er ist ein so wunderbares Geschenk«, fügte sie noch fast andächtig hinzu.

Hendrik betrachtete liebevoll seinen kleinen Sohn und richtete dann den Blick zurück auf Diana, in deren Augen ein leichter Hauch von Traurigkeit lag. Es war nicht ihre erste Schwangerschaft gewesen. Bereits wenige Wochen, nachdem sie sich kennengelernt hatten, war Diana zu ihm in seine Villa in Berlin-Lichterfelde gezogen und fast zeitgleich war auch der Wunsch nach einem gemeinsamen Kind da gewesen. Es hatte jedoch nicht sofort funktioniert und nach einigen Monaten tauchten dann die ersten sorgenvollen Gedanken auf, sie könne vielleicht gar nicht schwanger werden. Aber eines Tages stand Diana dann mit Freudentränen in den Augen und einem Schwangerschaftstest in der Hand vor Hendrik. Sie hatte am ganzen Körper gezittert vor Aufregung. Ein unglaublich berührender Anblick, den Hendrik niemals vergessen würde. Die Vorfreude auf das gemeinsame Kind steigerte sich in den darauffolgenden Wochen und Monaten ins Unermessliche, bis ein Schicksalsschlag durch ihr Leben peitschte. Sie hatten schon das Kinderzimmer eingerichtet und eine Spieluhr über dem Bettchen angebracht, als Diana Ende des siebten Monats plötzlich heftige Blutungen bekam. Und wenige Stunden später hatte sie eine Totgeburt. Die Zeit danach war schlimm gewesen. Sehr schlimm.

Aber Diana und Hendrik hatten dieses Tal der Trauer gemeinsam durchschritten und sich schließlich wieder aufgerafft. Aber natürlich prägte einen so ein Erlebnis, und als Diana dann mit Noah schwanger geworden war, wurde die erneut aufgeblühte Vorfreude immer wieder von sorgenvollen Gedanken überschattet.

Aber diesmal war Gott sei Dank alles gut gegangen. Und seitdem waren sie das, was man gemeinhin als eine glückliche Familie bezeichnete. Sie hatten ein gesundes, lebensfrohes Kind. Und Hendrik hatte mit seinen sechsundfünfzig Jahren eine intelligente, attraktive Frau an seiner Seite, die fast zwei Jahrzehnte jünger war als er. Aber was spielte das Alter schon für eine Rolle? Hendrik würde sie genauso lieben, wenn sie in seinem Alter wäre, da war er sich absolut sicher. Er war keiner dieser alternden Narzissten, die sich eine wesentlich jüngere Frau aussuchten, nur um ihren eigenen körperlichen Verfall zu kompensieren. Jedenfalls hatten sie gemeinsam viel zu lachen, erfüllenden Sex, und konnten zudem stundenlang tiefsinnige Gespräche führen. Und auf diesen Tiefgang legte Hendrik ganz besonderen Wert. Schon sehr früh hatte er in seinem Leben den Drang verspürt, der menschlichen Psyche auf den Grund zu gehen, um die verdeckten Beweggründe hinter den raffinierten Fassaden zu verstehen, welche die Menschen oft unbewusst aufbauten. Auch er selbst hatte einige Mauern um sich herum hochgezogen, mit deren Abriss er teilweise heute noch beschäftigt war.

Aber im Großen und Ganzen, wenn man mal von seinem etwas abgekühlten Verhältnis zu seiner Tochter Julia aus erster Ehe absah, fiel ihm nicht viel ein, was in seinem Leben derzeit hätte besser laufen können. Außer vielleicht diese latente Unsicherheit, die er ab und an verspürte. Es war nicht wirklich belastend. Nur so ein leichtes Unbehagen zwischen all den angenehmen Gefühlen, die ihn im Zusammenleben mit Diana und

Noah umgaben. Es tauchte auch nur ab und zu auf. Meistens in den Augenblicken, in denen er sich absolut glücklich fühlte. So wie jetzt. Dann meldete sich dieser warnende Gedanke, der irgendwo tief in den Verwinklungen seines Hirns hockte. Kaum wahrnehmbar. Aber doch gegenwärtig.

Von einem Augenblick auf den anderen kann plötzlich alles ganz anders sein.

Hendrik wusste aus eigener Erfahrung, dass es die Wahrheit war. Nicht nur wegen der Totgeburt oder des plötzlichen Unfalltodes von Sonja. Als forensischer Psychiater hatte er zahlreiche Schicksale erlebt, bei denen Menschen aus einem glücklichen, scheinbar gesicherten Leben brutal herausgerissen wurden und von einer Sekunde auf die andere die Hölle auf Erden erlebten. In den vergangenen zwei Jahrzehnten war er im Auftrag von Staatsanwaltschaften und Gerichten als psychiatrischer Sachverständiger mit fast allen erdenklichen Gewalttaten in Berührung gekommen: Vergewaltigung, Körperverletzung, Raub, Erpressung, sexueller Missbrauch, Einbruchdiebstahl, Stalking, Banküberfälle … und er hatte schon einer dreistelligen Anzahl von Mördern gegenübergesessen, um sie zu begutachten. Wie viele es inzwischen genau waren, wusste er längst selbst nicht mehr, denn irgendwann hatte er aufgehört zu zählen.

Hendrik atmete tief durch, während er sich mit beiden Handflächen zuerst über das Gesicht und dann mit den Fingern durch seine kurzen, grau melierten Haare fuhr, die außer leichten Geheimratsecken noch außerordentlich voll waren für sein Alter. Schließlich setzte er seine Brille wieder auf und rückte sie konzentriert zurecht.

Diana, die Hendriks Grübeln bemerkt hatte, stand auf, ging um den Frühstückstisch herum und setzte sich auf seinen Schoß. »Ich liebe dich«, sagte sie und küsste ihn, bis er nach einer Weile, während sich ihre Lippen immer noch berührten, sagte: »Nur noch eine Woche, dann geht es los.«

Im selben Augenblick krallten sich kleine Fingernägel in Dianas nackte Waden.

»Autsch«, sagte sie mit einem schelmischen Unterton, »welcher Frechdachs war das denn?«

Noahs strahlende Augen himmelten sie von unten an. Hendrik hob den Kleinen hoch und setzte ihn auf Dianas Schoß, die immer noch auf seinem Schoß saß, und drückte die beiden an sich.

»Heute in einer Woche«, sagte er, »sitzen wir auf Rügen in einem Strandkorb und genießen die warme Sonne, während uns eine laue Brise Seeluft um die Nase weht.«

»Yeah«, jubelte Diana in einem kindlichen Tonfall, woraufhin Noah dieselben Worte ausstieß.

»Give me five«, sagte Hendrik und streckte Noah seine offene Hand entgegen.

»Yeah«, wiederholte Noah und klatschte, so fest er nur konnte, seine kleine Hand gegen die seines Vaters.

Erneut umarmte er Noah und Diana und wollte sie nie wieder loslassen. Er hätte weinen können vor Glück. Er sog diesen Moment auf, versuchte ihn einzusperren, festzuhalten und nie wieder herauszulassen. Aber er wusste nur zu gut, dass dies nicht möglich war. Und wieder meldete sich da etwas in seinem Hinterkopf, dass von einer Sekunde auf die andere alles ganz anders werden könnte. Und dass diese Unsicherheit heute zum wiederholten Male in seinem Hinterkopf wühlte, machte ihn nachdenklich. Er war nicht abergläubisch. Absolut nicht. Er war Naturwissenschaftler. Durch und durch. Trotzdem erwischte er sich bei dem absurden Gedanken, dass er eine Vorahnung haben könnte, dass er tatsächlich spüren könnte, dass irgendwo am fernen Horizont ein schreckliches Unwetter aufzog und seine Welt in Dunkelheit tauchen würde.

2. Kapitel

Selbst nach der dritten Zugabe skandierten die Zuschauer noch lautstark nach weiteren Zugaben, bis der Tontechniker des Friedrichshainer Livemusik-Clubs *Anaconda* das Signal bekam, die Saalbeleuchtung einzuschalten. Nur langsam löste sich der verschwitzte Menschenpulk vor der Konzertbühne wieder auf. Die meisten der rund dreihundertfünfzig Besucher zog es hinaus in die laue Sommernacht, einige drängten an den Tresen, um sich mit frischen Getränken einzudecken.

Die fünf Musiker der Indietronic-Band *Insania Emotions* hatten seit ihrer Gründung noch nie live vor einem solch großen Publikum gespielt. In den letzten Wochen hatten sich einige ihrer Songs über Youtube, soziale Netzwerke und die einschlägigen Musikportale wie ein Virus verbreitet und den Namen der Band auch weit über die Berliner Grenzen hinaus bekannt gemacht. Aus kommerzieller Sicht war es zwar bisher noch kein allzu großer Erfolg, aber für die fünf jungen Musiker war es zumindest ein vielversprechender Schritt, der ihre Hoffnung nährte, irgendwann einmal von ihrer Musik leben zu können.

Ihre Songs waren eine Mischung aus Indie-Rock und Pop, angereichert mit psychedelischen Electro-Elementen aus dem Computer. Gesungen wurden die meist tiefgründigen melancholischen Texte von einer Stimme, die bei den meisten Zuhörern eine Gänsehaut verursachte – und diese Stimme gehörte Julia Jansen, einer dürren, zerbrechlich wirkenden jungen Frau, die mit ihren dreiundzwanzig Jahren und den kurz geschnittenen schwarzen Haaren fast etwas Jungenhaftes an sich hatte.

Julia machte es sich nach dem Konzert mit Adrian, dem Gitarristen, an der Bar gemütlich, während Marc, der Mann am Keyboard, sich mit den beiden anderen Bandmitgliedern im Hinterzimmer noch eine Ladung Gras verabreichte.

Während Adrian abwechselnd an seiner Bierflasche nuckelte

und an seinem Smartphone herumfummelte, um auf Facebook eine Nachricht über das gelungene Konzert und Fotos zu posten, popelte Julia nachdenklich am Flaschenetikett ihrer Cola herum. Es war typisch, dachte sie, dass sich gerade jetzt wieder die Bilder aus der Vergangenheit aufdrängten: Es war im Frühsommer 2009 passiert. Ihre Mutter Sonja war damals angeblich mit einer Freundin zu einem Kurzurlaub nach Südtirol gereist und dort bei einem Autounfall noch am Unfallort verblutet. Sie hatte sich mitten in der Nacht alleine in einen Mietwagen gesetzt und war auf dem Weg zu ihrem Hotel gewesen. Der Fahrer des entgegenkommenden Fahrzeugs, der Unfallflucht begangen hatte und nie hatte ermittelt werden können, war aus ungeklärten Gründen auf die andere Fahrbahnseite geraten und hatte Sonja von der Straße abgedrängt. So hatten es jedenfalls die Sachverständigen rekonstruiert. Wie sich im Nachhinein herausstellte, war Sonja jedoch alleine in den Urlaub gefahren, ihre Freundin wollte nichts von einer gemeinsam geplanten Urlaubsreise gewusst haben. Die mysteriösen Umstände der Reise konnten nie vollständig aufgeklärt werden. Bis heute waren für Julia einige Fragen offengeblieben: Warum hatte Sonja überhaupt eine Reisebegleitung vorgetäuscht? Woher war sie in dieser Nacht zu dieser späten Stunde gekommen? Und warum war sie mit weit über einem Promille Alkohol im Blut überhaupt noch gefahren?

Für Julias Geschmack hatte Hendrik diesen Schicksalschlag erstaunlich schnell verdaut und sich viel zu früh auf diese Diana eingelassen. Sie wurde auch das seltsame Gefühl nicht los, dass Hendrik nach Sonjas Tod sogar irgendwie erleichtert gewirkt hatte. Bisher hatte sie mit keinem Menschen über diese Vermutung gesprochen, zu sehr schämte sie sich, so etwas überhaupt zu denken. Trotzdem tauchte dieser Gedanke immer wieder auf und ließ sich nicht verjagen.

Nach Sonjas Tod hatte sie ihr Abitur noch mit einigermaßen annehmbaren Noten abgeschlossen, aber danach keine Ahnung gehabt, wie es weitergehen sollte. Nachdem sie Hendrik von zwei Freundinnen erzählt hatte, die eine Weltreise planten, hatte er nicht lange gezögert und ihr die Übernahme sämtlicher Kosten angeboten. Bereits zwei Monate später reiste sie mit den beiden quer durch Europa: Rom, Paris, London, Barcelona und Amsterdam waren einige Stationen gewesen, dann ging es weiter in die USA, zuerst an die Ostküste, dann die Westküste hinunter bis nach Südamerika, danach rüber nach Neuseeland und Australien und schließlich noch nach Malaysia, Thailand und Indien. Außer Afrika, wenn man mal von einem Zweitagestrip nach Marrakesch absah, hatten sie alle Kontinente mindestens vier Wochen lang besucht. Hendrik hatte sie geradezu überredet, diese Chance zu nutzen. Wenn nicht jetzt, wann dann, hatte er zu ihr gesagt. Das wird dich auf andere Gedanken bringen. Das wird dir helfen, deinen Weg zu finden. Danach machst du eine Ausbildung und dann kommt der Beruf, später vielleicht Kinder. Jetzt bist du noch ungebunden und frei und kannst diese Zeit genießen, die Welt kennenlernen und Erfahrungen sammeln.

Natürlich war sie von dieser Reise verändert nach Berlin zurückgekehrt, die Stadt war ihr plötzlich viel kleiner vorgekommen als zum Zeitpunkt der Abreise. Sie hatte unterwegs viel Aufregendes und Schönes erlebt, vor allem auch nette Jungs kennengelernt, aber auch viel Elend gesehen, und so beschloss sie, etwas zurückzugeben und ein soziales Jahr zu absolvieren. Auch das fand Hendrik gut. Er half ihr, eine Stelle beim DRK zu finden, so landete sie in einer Sozialstation und lernte in der mobilen Alten- und Krankenpflege eine ganz andere Seite des Lebens in Deutschland kennen. Und sie hatte viel nachgedacht in dieser Zeit. Über die Welt und über die Menschen. Über das Leben und über den Tod. Sie hatte Bücher über Menschen gelesen, die schon vor langer Zeit versucht hatten, die Welt und die menschliche Existenz zu deuten; und auch Bücher aus der jüngeren Vergangenheit, in denen diese Gedanken aufgenommen und mit den neuesten Erkenntnissen der Gegenwart verknüpft wurden. So war es nur folgerichtig, dass sie sich dazu entschloss, Philosophie zu studieren. Auch darin hatte Hendrik sie bestärkt, obwohl er es lieber gesehen hätte, wenn sie einen naturwissenschaftlichen Studiengang gewählt hätte und sich die Bemerkung nicht hatte verkneifen können, ob sie schon jemals eine Stellenanzeige gelesen hätte, in der eine Philosophin gesucht worden wäre. Jedenfalls begann Julia ihr Philosophiestudium voller Enthusiasmus und absolvierte die ersten vier Semester mit Bravour. Aber es war auch nicht allzu schwierig für sie, sich voll auf das Studium zu konzentrieren, denn Hendrik übernahm nicht nur die Mietkosten, sondern richtete auch einen Dauerauftrag über achthundert Euro ein – monatlich auf ihr Konto, ohne irgendwelche Fragen zu stellen, ohne zu kontrollieren. Aus finanzieller Sicht hatte sie ein sorgenfreies Leben. Sie wohnte in einer coolen WG, hatte neben ihrem Studium viel Spaß und genug Zeit für andere Dinge.

Aber dann passierte etwas Seltsames. Julia hatte es anfangs gar nicht bewusst wahrgenommen. Nach und nach verlor sie das Interesse an dem Studium. Es war die Art und Weise, wie Philosophie von manchen der älteren Herren an der Hochschule gelehrt wurde. Es wurde langweilig und reizlos, auch weil Julia allmählich begriff, dass einige der Professoren unfähig waren, über ihren Tellerrand hinauszublicken; nicht fähig oder willens waren, zu akzeptieren, dass andere Wissenschaften wie etwa die moderne Neurobiologie durch ihre Forschungsergebnisse bei den großen, übergreifenden Fragen der Menschheit längst ein Wörtchen mitzureden hatten. Das war der eine Grund, der sie immer öfter der Universität fernbleiben ließ. Und der andere Grund, der noch viel schwerer wog, war Marc, in den sie sich verliebt hatte.

Während Adrian sich weiter hingebungsvoll mit seinem Smartphone beschäftigte, kamen immer wieder Fans an die Bar und beglückwünschten Julia zu dem geilen Konzert, während sie geduldig Autogramme gab, indem sie mit einem dicken Filzstift ihre unleserliche Unterschrift direkt auf deren Haut oder T-Shirts kritzelte. Marc war inzwischen total breit in der Lounge aufgetaucht und sofort von einer bildhübschen Blondine abgefangen worden, die ihn ohne Pause vollquasselte, während sie nebenbei ganz unauffällig zwei weitere Knöpfe an ihrer prall gefüllten Bluse öffnete, was Marc grinsend zur Kenntnis nahm. Als er Julia entdeckte, verabschiedete er sich abrupt von der enttäuscht dreinblickenden Schönheit und ging hinüber zu ihr an die Bar.

»Julia, mein Mädchen … und die Frau mit der geilsten Stimme auf dem Planeten.«

Julia lächelte einen Moment, bevor sie Marc nachdenklich anblickte.

»Ist jemand gestorben?«, fragte Marc.

»Ach, Scheiße … es ist … ich muss das endlich mit meinem Vater klarstellen.«

»Was denn?«

»Na, das mit der Band und uns beiden. Hendrik überweist mir jeden Monat Geld in dem Glauben, ich würde fleißig studieren, stattdessen …«

»Ja und? Er hat doch genug Kohle und schließlich hat *er* dich in die Welt gesetzt.«

»Ja sicher hat er mich in die Welt gesetzt, aber darum geht es doch gar nicht.«

»Hey, meine Alten haben sich nie um mich gekümmert. Die waren froh, als ich mit fünfzehn nicht mehr nach Hause kam. Ich weiß nicht mal, ob sie noch in Berlin leben. Haben sich vermutlich eh schon längst den Verstand aus ihren Hirnen gesoffen. Scheißegal, sei doch einfach froh, dass du einen Alten hast, der Kohle rüberwachsen lässt. Und sei mal ehrlich, hey, außer dass er einen Dauerauftrag eingerichtet hat, kümmert er sich doch eh nicht um dich.«

»Das stimmt nicht! Er ist jederzeit für mich da, wenn ich ihn brauche.«

»Ja, ja.« Marc winkte verächtlich mit der Hand ab. »Wann hat er sich denn das letzte Mal bei dir gemeldet, hm?«

Julia überlegte. Marc hatte recht. Es waren sechs oder sieben Wochen vergangen, seit er das letzte Mal in der WG angerufen hatte. Als sie heimlich zu Marc gezogen war, hatte sie ihre Mitbewohnerinnen instruiert, sich nichts anmerken zu lassen, falls ihr Vater anrufen sollte, und so zu tun, als ob sie noch in der WG wohnen würde. Hendrik hatte daraufhin mehrfach versucht, sie auf dem Handy zu erreichen, aber sie hatte die Anrufe immer weggedrückt. Irgendwann musste sie dann schließlich doch abnehmen, woraufhin Hendrik misstrauisch verfängliche Fragen gestellt hatte. Sie hatte ihn schließlich mit dem Hinweis abgewimmelt, dass sie derzeit enorm im Studienstress sei und auch gleich in eine wichtige Vorlesung müsse.

»Und wann habe *ich* mich das letzte Mal gemeldet?« Julia schaute Marc herausfordernd an.

»Schon gut.« Er gab ihr einen zärtlichen Kuss. »Dann rede mit ihm.«

Julia bekam allein beim Gedanken daran heftiges Herzklopfen. »Marc, ich möchte, dass du mitkommst.«

Marc runzelte verwundert die Stirn. »Hast du Weihnachten schon verdrängt?«

Julia hatte sich zuletzt am zweiten Weihnachtsfeiertag mit ihrem Vater getroffen, als er sie zu einem Nobelitaliener in Charlottenburg eingeladen hatte. Eigentlich hätte Diana dabei sein sollen, aber sie musste mit einer Erkältung zu Hause bleiben. Stattdessen versuchte Julia, Marc dazu zu überreden mitzukommen, um ihn endlich ihrem Vater vorzustellen. Marc wollte zuerst nicht. Es war am frühen Abend und schon dunkel gewesen. Er saß an seinem Keyboard und komponierte. Außerdem hatte er kurz zuvor ein sehr starkes Indica Gras geraucht und war total stoned. Immer wieder hatte er nur breit grinsend den Kopf geschüttelt, aber Julia ließ nicht locker und schließlich stimmte er zu. Als sie dann das Restaurant betraten und Julia freudestrahlend ihre große Liebe vorstellen wollte, verfinsterte sich Hendriks Blick schlagartig. So steif und abweisend hatte sie ihren Vater noch nie erlebt. Hendrik wurde zwar im Laufe des Abends wieder etwas lockerer, aber er musterte Marc immer wieder, als ob dieser an einer hoch ansteckenden Krankheit leiden würde. Beim Nachtisch fragte er Marc dann völlig unvermittelt, ob er Drogen nehmen würde, woraufhin Marc schmunzelnd antwortete, dass er jedenfalls keine harten Drogen wie Alkohol konsumieren, aber Marihuana nicht verschmähen würde und dass im Gegensatz zu den Millionen von Alkoholtoten bisher kein einziger Todesfall durch Cannabis dokumentiert worden sei. Während dieser Ausführungen hatte er augenzwinkernd zuerst auf Hendriks Rotwein und dann auf dessen eben geleertes Grappaglas geblickt. Daraus ergab sich eine hitzige Diskussion, bei der Marc eine Salve von Argumenten abfeuerte, nachdem Hendrik seine rigorose Ablehnung gegen eine Legalisierung von Cannabis deutlich gemacht hatte. Marc wurde allein bei dem Gedanken wütend, dass todbringende Substanzen wie Alkohol und Tabak legal waren, während die jahrtausendealte Nutz- und Heilpflanze Hanf verteufelt wurde, nur weil eine profitgeile Industrielobby ihre wirtschaftlichen Interessen gefährdet sah. Hendrik solle sich doch nur mal die zahlreichen Alkoholleichen betrachten, die vollgepisst in ihrer Kotze liegend neben Bierzelten ihre Räusche ausschliefen, oder die besoffenen Ehemänner, die ihre Frauen halb tot prügelten, ganz zu schweigen von den jungen Menschen, die sich nach einem Discobesuch volltrunken völlig überschätzten und mit ihren Blechkisten in den Tod rasten. Als Hendrik dann das übliche Argument von Cannabis als Einstiegsdroge zu härteren Drogen anführte, konterte Marc, dass ja erst durch die Kriminalisierung von Cannabis die Konsumenten in den Schwarzmarkt getrieben würden und dadurch mit einem Milieu in Kontakt kamen, in dem aufgrund der höheren Gewinnspanne natürlich versucht wurde, den Konsumenten härtere Drogen anzudrehen. Außerdem lag die Anzahl der Todesfälle, die auf illegale Drogen wie Heroin oder Kokain zurückzuführen waren, im Vergleich zu den Alkohol- und Nikotintoten weit unter einem Prozent, was zudem hauptsächlich dem unterschiedlichen Reinheitsgrad der Substanzen aufgrund des unkontrollierten Schwarzmarkthandels geschuldet war. Als Marc Hendrik dazu drängte, sich vorzustellen, wie viele Menschen wohl bei einer Alkoholprohibition durch illegal erworbenen gepanschten Fusel blind werden oder jämmerlich verrecken würden, hatte Hendrik von den gefährlichen Nebenwirkungen des Cannabis gefaselt und stattdessen mit dem maßvollen Genuss von einem Glas Wein zum Essen oder einer Zigarette zur Entspannung argumentiert. Die ganze Diskussion hatte sich dann weiter hochgeschaukelt, bis Marc kopfschüttelnd aufgestanden war und wortlos das Lokal verlassen hatte.

»Kommst du nun mit oder nicht?«, fragte Julia.

Marc drehte sich zum Barkeeper um und bestellte eine Cola mit viel Eis und einer Zitronenscheibe. Als er sich wieder Julia zuwandte, hatte ein verschmitztes Lächeln sein kritisches Stirnrunzeln abgelöst.

»Ich wollte mich eh schon lange mal bei einem Psychodoc auf die Couch legen und einfach so ein bisschen plaudern … und wer weiß, vielleicht kann ich deinen Alten ja dazu überreden, mal einen mitzurauchen, dann begreift er vielleicht, was für einen Bullshit er da an Weihnachten verzapft hat.«

»... so folgt daraus mit Notwendigkeit, dass einzig und allein der Zufall jeglicher Neuerung, jeglicher Schöpfung in der belebten Natur zugrunde liegt. Der reine Zufall, nichts als der Zufall, die absolute, blinde Freiheit als Grundlage des wunderbaren Gebäudes der Evolution – diese zentrale Erkenntnis der modernen Biologie ist heute nicht mehr nur eine unter anderen möglichen oder wenigstens denkbaren Hypothesen; sie ist die einzig vorstellbare, da sie allein sich mit den Beobachtungs- und Erfahrungstatsachen deckt. Und die Annahme (oder die Hoffnung), dass wir unsere Vorstellungen in diesem Punkt revidieren müssten oder auch nur könnten, ist durch nichts gerechtfertigt.«

Jacques Monod, französischer Biochemiker
Zufall und Notwendigkeit, Paris 1970

3. Kapitel

Richard Aichner blickte in den glasklaren Nachthimmel hinauf, während seine rechte Hand mit dem Gehäuse des Teppichmessers in seiner Jackentasche spielte. Zum wiederholten Male machte er sich bewusst, dass das Licht vieler Sterne, das er da mit bloßem Auge sehen konnte, bereits Tausende von Lichtjahren unterwegs gewesen war, bis es in diesem Moment auf seine Netzhaut traf und damit genau diesen einen Gedanken auslöste. Es war ein wundervolles Sinnbild dafür, dachte er, dass jede Wirkung eine Ursache hatte. Selbst wenn die Ursache bereits viele Tausende Jahre Vergangenheit war, konnte sie in der Gegenwart doch noch eine eindeutig zuzuordnende Wirkung entfalten. Schaute man gar mit einem Teleskop in den Nachthimmel, konnte man das Licht längst erloschener Sterne sehen, die Millionen oder gar Milliarden von Jahren vor unserer Zeit erstrahlten, als es noch nicht einmal Säugetiere, geschweige denn Menschen auf der Erde gegeben hatte. Aber natürlich war es nicht mit allen Ursachenketten so einfach wie mit dem Licht der Sterne. Doch es war definitiv mit allem so. Keine Wirkung ohne Ursache. Alles was passierte, hatte eine Ursache, die wiederum eine Ursache hatte, welche selbst die Wirkung einer vorangegangenen Ursache war und so weiter. So war es seit dem Urknall und niemand konnte etwas daran ändern. Es war nun mal das Schicksal der Menschheit, das Schicksal jedes einzelnen Atoms, dass alles der Physik gehorchen musste. Niemand konnte sich dieser Kausalität entziehen. Schon gar nicht die Menschen, von denen immer noch die meisten glaubten, selbst das Steuerrad ihres Daseins in den Händen zu halten. Aber der Mensch konnte eigentlich gar nichts dafür. Niemand konnte was für irgendwas. Alle Kreaturen waren nur Spielbälle, die den Naturgesetzen und dem Zufall unterworfen waren. So war es überall auf der Welt. So war es auch im Universum. Aber es passierte immer alles genau so, wie es passieren musste. Und nichts und niemand konnte etwas dagegen tun. Rein gar nichts. So wie er nichts dagegen tun konnte, dass er nachher das Teppichmesser aus seiner Jackentasche ziehen, die rasiermesserscharfe Klinge ausfahren und ihm damit seine Kehle durchschneiden würde. Sein Blut würde im Puls seiner letzten Herzschläge aus der klaffenden Wunde spritzen. Ursache und Wirkung. Es konnte nicht mehr lange dauern. Seit er pensioniert war, ging er jeden Abend um diese Zeit noch mal mit dem Hund raus. Heute würde es das letzte Mal sein.

Die elf tönenden Schläge der Uhr in dem mächtigen Eichenwandschrank ließen Anton Kaltenfeld an diesem Mittwochabend wie ferngesteuert aus seinem schweren ledernen Fernsehsessel aufstehen. Egal welches Fernsehprogramm um diese Uhrzeit gerade lief, egal ob es die Verlängerung eines dramatischen Champions-League-Spiels oder die Auflösung eines spannenden Krimis war, Anton Kaltenfeld stand jeden Abend Punkt dreiundzwanzig Uhr auf und folgte immer demselben Ritual. Sein altersschwacher Rauhaardackel Wilhelm wartete für gewöhnlich schon einige Minuten vorher erwartungsvoll schwanzwedelnd neben dem schwarzen Sessel. Seit seiner Pensionierung vor zwei Jahren hatte Kaltenfeld dieses Ritual noch konsequenter gepflegt als zuvor. Man braucht feste Regeln im Leben. Das gibt einem Sicherheit, sagte er immer zu seiner Frau, die meistens schon schnarchend im Bett lag, wenn er zum Gassigehen noch ein paar Minuten ums Haus ging. Manchmal blätterte sie auch noch in irgendeiner Frauenzeitschrift und ergötzte sich an den Problemen der Prominenten und Schönen.

Kaltenfeld war bester Laune, als er mit Wilhelm in diese herrlich laue Julinacht hinaustrat und die schwere Haustür seines Einfamilienhauses im Berliner Stadtteil Friedenau sanft ins Schloss drückte. Andächtig lauschte er dem Zirpen der Grillen.

Er liebte die lebendigen Naturgeräusche des Hochsommers genauso wie das lautlose Fallen dicker Schneeflocken im stillen, eisigen Winter. Zu jeder Jahreszeit, zu jedem Wetter pflegte er dieses Ritual gerne. So war das Leben eben. Es gab Regen und Sonnenschein. Erwachen im Frühling und Sterben im Herbst. Hochs und Tiefs. Manchmal lag auch beides sehr nah beieinander. Wer sollte das besser wissen als er? Schließlich waren ihm während seines langen Berufslebens als Strafrichter unzählige Menschen gegenübergesessen, die dafür Zeugnis abgelegt hatten. Täter waren oft selbst zuvor Opfer gewesen und nur deshalb zu Tätern geworden. Es lag alles so nah beieinander. Kaltenfeld war froh, dass er das alles hinter sich gelassen hatte. Er wusste, dass die Welt grausam war, aber er wollte nichts mehr damit zu tun haben. Zumindest nicht mehr in der Realität. Den Tatort am Sonntagabend, den er vom bequemen Fernsehsessel aus verfolgen konnte, verpasste er dagegen so gut wie nie.

Während er gemütlich unter den Laubbäumen den Bürgersteig entlangspazierte und sein Hund an jedem Baumstamm kurz haltmachte, schnupperte und mit ein paar sparsamen Tropfen seine Markierung hinterließ, dachte er darüber nach, was er noch alles mit seinem Leben als Pensionär anfangen würde. Seine Frau und er hatten noch viele Pläne für die Zukunft. Ihr größter Traum war eine gemeinsame Weltreise. Sie hatten schon längst alles bis ins kleinste Detail geplant. Die Länder, die Orte, die Routen, die Hotels, die Sehenswürdigkeiten, alles war ausgesucht.

Kaltenfeld blieb stehen, als Wilhelm an der Leine zerrte, um den nächsten Lindenbaum zu markieren, der neben einer erloschenen Straßenlaterne stand. Der ehemalige Richter schüttelte verständnislos den Kopf und nahm sich vor, den Ausfall der Laterne gleich am nächsten Tag noch vor dem Frühstück der Bezirksverwaltung zu melden, damit sie umgehend repariert werden konnte.

Wehmütig betrachtete er den alten Hund, wie er mühsam eines seiner kurzen Hinterbeine anhob, um erneut eine Markierung zu hinterlassen. Kaltenfeld hatte sich mit seiner Frau darüber verständigt, dass sie mit der Reise noch warten würden, bis Wilhelm gestorben war. Er brachte es nicht übers Herz, seinen alten Weggefährten für so einen langen Zeitraum wegzugeben, zumal dieser aufgrund seines Alters sicher nicht mehr lange zu leben hatte. Das hatte Wilhelm nicht verdient. Auch wenn er oft störrisch war wie ein alter Esel, war er Kaltenfeld doch ein treuer Freund geworden.

»Komm her, alter Knabe«, forderte er seinen Dackel auf, der an diesem Baum länger schnupperte als gewöhnlich. Kaltenfeld schnalzte zusätzlich ein paar Mal mit der Zunge, um Wilhelm zum Mitkommen zu bewegen, als dieser plötzlich anfing zu knurren.

»Na komm schon, Mäuse liegen dir doch immer so schwer im Magen«, scherzte Kaltenfeld, als im selben Augenblick eine schattenhafte Gestalt hinter dem Baum hervortrat. Noch bevor er überhaupt etwas erkennen oder gar um Hilfe rufen konnte, machte die Gestalt eine ruckartige Bewegung in seine Richtung. Kaltenfeld hatte die Situation noch gar nicht vollständig erfasst, als er ein ungewöhnliches, warmes Gefühl an seinem Hals verspürte. Als er jedoch seinen nächsten Atemzug nehmen wollte, entwich ihm stattdessen nur ein röchelnder Laut und ein Schwall Blut quoll aus seinem aufgeschlitzten Hals heraus. Im selben Moment verwandelte sich die Wärme in einen entsetzlichen Schmerz und ihm wurde bewusst, dass sein Leben jetzt zu Ende ging.

4. Kapitel

Als Kriminalhauptkommissar Uwe Becker kurz nach Mitternacht mit seinem Mountainbike, das er sich erst vor zwei Monaten selbst zu seinem vierundvierzigsten Geburtstag geschenkt hatte, am Tatort in Friedenau eintraf, war dieser bereits hell erleuchtet und von blinkenden Blaulichtern umgeben. In den anliegenden Häusern brannte fast überall Licht und zahlreiche Neugierige hatten sich um die Absperrungen versammelt. Becker kettete sein Rad an einem abseits gelegenen Baum an und analysierte auf der Anzeige seines Smartphones die zurückgelegte Strecke sowie die verbrauchten Kalorien, die eine seiner Fitness-Apps über den GPS-Tracker ermittelt hatte. Mit einem zufriedenen Nicken steckte er das Teil in die Innentasche seiner Weste, betastete für einen Moment unbewusst die Speckringe an seinem Bauch und machte sich dann auf den Weg durch die Absperrung hindurch hinüber zu seinen Kollegen.

»Todeszeitpunkt?« fragte er Peter Herzog, ohne ihn dabei anzusehen. Der Gerichtsmediziner, der schon häufig mit Becker zusammengearbeitet hatte, wunderte sich nicht über den unfreundlichen Tonfall Beckers und auch nicht darüber, dass Becker ihn weder ansah noch begrüßte. Becker war oft übellaunig, vor allem wenn er in Gedanken war. Und bei einem Mordfall war er das immer.

»Schätzungsweise vor einer Stunde«, antwortete Herzog.

Becker musterte konzentriert und emotionslos die auf dem Rücken liegende Leiche, die durch einen Sichtschutz vor den neugierigen Blicken hinter der Absperrung verborgen war. Die Hände des Toten waren auf dessen Bauch abgelegt und wie bei einem Aufgebahrten sorgfältig ineinander verschränkt worden. Ein leichtes Zucken huschte Becker kaum merklich über das Gesicht, als ihm die deutlichen Wohlstandswölbungen unter dem blutbeschmierten Hemd auffielen.

»Es handelt sich um Anton Kaltenfeld.« Die Stimme gehörte zu Beckers Mitarbeiterin Maria Leupold, die bereits einige Minuten zuvor mit dem Dienstwagen am Tatort eingetroffen war. Die junge, bildhübsche Kriminalkommissarin, die erst vor wenigen Monaten auf eigenen Wunsch von der Kripo Leipzig als Beckers Assistentin zu seiner Abteilung gestoßen war, befummelte ihre zu einem Zopf zusammengebundenen schwarzen Haare und listete weitere Fakten auf: »Ehemaliger Richter am Landgericht, seit zwei Jahren pensioniert. Wohnte nicht weit von hier. Seine Frau wird gerade vom Notarzt versorgt. Kollaps. Sie wachte auf, als sie die Sirenen hörte und da ihr Mann noch nicht vom Gassigehen zurückgekehrt war, ging sie ihn suchen.«

Becker kniete sich neben der Leiche in die Hocke und betrachtete ausgiebig die mit Blut beschmierte Stirn des Toten.

»AMOR FATI«, entzifferte er. »Hier war wohl ein Spaghettifresser am Werk.«

»Lateinisch«, korrigierte Maria ihn und schaute kurz von ihrem Smartphone auf, mit dem sie den Begriff bereits bei Google eingegeben hatte. »Amor Fati heißt übersetzt so viel wie ‚Liebe zum Schicksal', ein von Friedrich Nietzsche geprägter Ausdruck. Moment, und hier steht noch: ‚Liebe zum Notwendigen und Unausweichlichen als Zeichen menschlicher Größe'.«

»So, so«, sagte Becker.

»Wurde mit dem Blut des Opfers geschrieben«, stellte Herzog klar.

»Gibt es vielleicht sonst noch eine Leiche, von der das Blut stammen könnte? Ich seh' jedenfalls keine.« Mit einem übertriebenen Stöhnen erhob sich Becker aus der Hocke und wandte sich Herzog zu.

»Gibt es«, antwortete der Gerichtsmediziner, ohne jedoch weitere Details preiszugeben.

Becker sah Herzog für einen Augenblick scharf an.

»Der Hund des Richters, ein Rauhaardackel«, fügte Herzog

schließlich hinzu und deutete auf den ausgebluteten Kadaver am Fuße eines nahestehenden Lindenbaums.

»Diese Ratte nennst du Hund«, sagte Becker, nachdem er einen kurzen Blick hinübergeworfen hatte. Dann widmete er seine Aufmerksamkeit wieder Herzog. »Tatwaffe?«

»Nichts zu finden. Vermutlich ein Skalpell oder etwas Ähnliches. Jedenfalls rasiermesserscharf. Halsschlagader und Luftröhre des Richters wurden mit einem einzigen Schnitt komplett durchtrennt.«

»Manipulation oder defekt?«

Maria und Herzog schauten ihn fragend an.

»Die Straßenlaterne.« Becker setzte einen mitleidigen Blick auf angesichts der Begriffsstutzigkeit seiner Mitarbeiter und starrte demonstrativ in Richtung der erloschenen Straßenbeleuchtung.

»Die Kriminaltechnik ist dran«, antwortete Maria. »Außerdem ist ein Mitarbeiter der Stadtwerke benachrichtigt und bereits unterwegs.« Nach einer kurzen Pause fügte sie noch nachdenklich hinzu: »Vielleicht hat der Täter sein Opfer willkürlich ausgewählt und es war einfach nur Zufall, dass dieser Kaltenfeld gerade vorbeikam.«

»Oder Schicksal … FATI!«, warf Herzog mit bedeutungsschwangerem Tonfall ein.

Becker beteiligte sich nicht an den Spekulationen. Stattdessen blickte er hinüber zu der Absperrung, an der uniformierte Beamte die zahlreichen Pressegeier in Schach hielten. Seit viele Blätter auf dem Berliner Zeitungsmarkt ums Überleben kämpften, versuchten einige besonders motivierte Reporter, die Sensationslust der Bevölkerung durch unsachgemäße und übertriebene Berichterstattung anzuheizen.

»Arschlöcher«, brummte Becker und richtete seinen Blick einen Augenblick zurück auf die Leiche, dann wandte er sich Maria zu.

»Wer hat ihn gefunden?«

»Ein betrunkener Jugendlicher, der auf dem Nachhauseweg war, wollte sich an dem Baum erleichtern. Er musste sich erst mal übergeben und hat dann über sein Handy den Notruf verständigt, als gerade Kaltenfelds Frau den Tatort erreichte und schreiend zusammenbrach. Er wird gerade von den Kollegen vernommen. Der Bursche scheint schlagartig wieder nüchtern geworden zu sein.«

»Hat er den Schriftzug auf der Stirn registriert?«

»Glaube nicht, er war ziemlich verwirrt und hat nichts davon erwähnt.«

»Sonst jemand?«

»Nur unsere Leute und natürlich der Notarzt. Die Pressegeier kamen erst später.«

»Sehr gut«, sagte Becker zufrieden. »Das darf unter keinen Umständen nach draußen gelangen.«

»Klaro«, bestätigte Maria.

Herzog nickte wissend.

»Sonst irgendwelche Zeugen, die etwas beobachtet haben?«

Beide schüttelten gleichzeitig den Kopf.

»Na, dann mal an die Arbeit«, sagte Becker und zwinkerte Maria, von Herzog unbemerkt, für einen winzigen Augenblick lüstern zu.

5. Kapitel

»Ich hol ihn jetzt.« Der durchtrainierte Vollzugsbeamte drehte sich um und verließ das Vernehmungszimmer der JVA Moabit. Als die schwere Stahltür verriegelt wurde, saß Hendrik bereits auf einem der beiden Holzstühle an dem weißen Tisch, der wie die Stühle fest mit dem Boden verschraubt war. Er nahm einen dicken Aktenordner aus seinem schwarzen Pilotenkoffer, legte ihn auf den Tisch und wartete darauf, dass der Untersuchungshäftling aus seiner Zelle in das Vernehmungszimmer gebracht wurde.

Hendrik war sich nach zwei mehrstündigen Sitzungen mit dem Untersuchungshäftling schon recht sicher, zu welchem Ergebnis er kommen würde. Trotzdem hatte er für den kommenden Freitag noch einen vierten und letzten Begutachtungstermin anberaumt, sodass er tags darauf mit Diana und Noah in den Urlaub aufbrechen konnte. Das schriftliche Gutachten wollte er dann in aller Ruhe zwischendurch auf Rügen im Hotel fertigstellen.

In den über zwanzig Jahren, in denen er inzwischen als selbstständiger psychiatrischer Sachverständiger unzählige forensische Gutachten erstellt hatte, war der aktuell vorliegende Mordfall eigentlich nichts Ungewöhnliches. Trotzdem betrachtete Hendrik Begutachtungen nie als Routinefälle. Jeder Täter war anders und musste als Einzelfall mit all seinen Besonderheiten gesehen werden. Wann immer es die Situation erlaubte, ließ er sich neben der Anklageschrift auch die vollständigen Ermittlungsakten sowie alle vorhandenen Vorakten aushändigen, die er gewissenhaft durcharbeitete, bevor er das erste gutachterliche Gespräch mit dem Beschuldigten führte. Er war sich seiner enormen Verantwortung als Sachverständiger gegenüber dem Täter, den Opfern und der Gesellschaft zu jedem Augenblick bewusst und er nahm sich unter allen Umständen immer ausreichend Zeit, um zu einem fundierten Gutachten zu gelangen. Schließlich waren es in der Regel die forensisch-psychiatrischen Befunde des Sachverständigen, die dem Richter bei der Urteilsfindung die entscheidenden Weichenstellungen lieferten und so über die Schuldfähigkeit des Täters oder seine Unterbringung in einer psychiatrischen Anstalt entschieden.

Hendrik öffnete den Aktenordner, fuhr mit dem Finger an die Stelle des Registers, an der sich die Checklisten zur Erfassung der Psychopathologie befanden, und schlug die entsprechende Seite auf. Er überflog seine bisherigen Aufzeichnungen, um sich die Details des Falls ins Gedächtnis zu rufen: Der Täter, Florian Stein, ein sechsundvierzig Jahre alter Elektromonteur aus Reinickendorf, war geständig und Hendrik hatte vom Gericht den Auftrag erhalten, ihn hinsichtlich seiner Schuldfähigkeit zu begutachten. Stein hatte einen achtjährigen Jungen vom Pausenhof einer Schule weggelockt, ihn tagelang in seiner Zweizimmerwohnung gefangen gehalten, mehrfach sexuell missbraucht und dann eiskalt ermordet, indem er ihn mit den bloßen Händen erwürgt hatte. Die Ermittlungen und der rechtsmedizinische Befund hatten ergeben, dass der Junge bei vollem Bewusstsein gewesen sein musste, bevor er seinen letzten Atemzug getan hatte.

Das dröhnende Geräusch der Entriegelungsmechanik der Stahltür riss Hendrik aus seinen Gedanken. Die schwere Tür öffnete sich einen Spalt und der Vollzugsbeamte streckte seinen kahl geschorenen Kopf in den Raum.

»Sind Sie so weit, Herr Doktor?«

Henrik erhob sich von seinem Stuhl.

»Ja, sicher, Sie können ihn hereinbringen.«

Der Kopf des Beamten verschwand wieder. Nachdem das Entriegeln einer weiteren Stahltür zur hören war, führte er Florian Stein in das Vernehmungszimmer.

Hendrik streckte ihm die Hand entgegen.

»Guten Tag, Herr Stein.«

Stein, der einen Kopf kleiner war als Hendrik, ergriff wortlos seine Hand. Wie bei den letzten beiden Untersuchungen war Steins Händedruck kaum zu spüren.

»Nehmen Sie bitte Platz«, sagte Hendrik und deutete dem Vollzugsbeamten mit einem Kopfnicken an, dass er den Raum verlassen könne. Er setzte sich zu Stein an den Tisch und der Beamte verriegelte die Stahltür von außen. Stein lehnte sich betont gelangweilt zurück und starrte auf seine Finger, mit denen er lustlos auf der Tischplatte herumtrommelte.

»Wie geht es Ihnen?«, fragte Hendrik wie immer zu Beginn seiner Begutachtungsgespräche. Er versuchte Blickkontakt zu Stein herzustellen, der nur widerwillig seinen Kopf hob. Sein glatt rasiertes Gesicht war bleich. Die wenigen, fast vollständig ergrauten Haare standen wirr in alle Richtungen ab. In Kombination mit seinen nichtssagenden Knopfaugen ähnelte er einer ausgefransten Puppe.

»Irgendwelche Probleme in der Haft?«, hakte Hendrik nach.

»Leck mich«, antwortete Stein mit einem kurzen Funkeln in den Augen, furzte und glotzte dann urplötzlich wieder teilnahmslos auf seine auf den Tisch trommelnden Finger.

»Ich möchte gerne an der Stelle fortfahren, an der wir bei der letzten Sitzung unterbrochen haben«, sagte Hendrik und wartete auf eine Reaktion seines Gegenübers.

»Okay«, sagte Hendrik schließlich nach einer Weile vergeblichen Wartens und begann damit, weitere Fragen zum Tathergang zu stellen, die Stein äußerst wortkarg beantwortete. Die große Herausforderung bei der Feststellung der Schuldfähigkeit war nicht allein die Diagnose des gegenwärtigen Geisteszustandes des Delinquenten. Je nach Psychopathologie gab es dafür recht zuverlässige Methoden, um einen hohen Qualitätsstandard zu erzielen. Viel entscheidender aber war die Frage, in welchem Geisteszustand sich der Delinquent zum Zeitpunkt der Tat oder

der Tatvorbereitung befunden hatte. Und da die Begutachtung, wie in diesem Fall auch, oft erst einige Monate nach der Tat stattfand, musste Hendrik versuchen, anhand der Aktenlage und den gegenwärtigen Aussagen des Angeklagten dessen geistigen Zustand zum Tatzeitpunkt zu rekonstruieren. Nur wenn er von der Vergangenheit ein klares Bild vor Augen hatte, konnte er einigermaßen verlässlich beurteilen, ob der Täter zum Zeitpunkt der Tat überhaupt fähig dazu gewesen war, sich selbst zu steuern und das Unrecht seines Handelns einzusehen.

Hendriks erste Einschätzung erhärtete sich immer mehr. Er tendierte dazu, bei dem Mörder des kleinen Jungen aufgrund einer Persönlichkeitsstörung das Eingangskriterium »Schwere andere seelische Abartigkeit« des § 20 Strafgesetzbuch zu diagnostizieren, sah aber bisher keine Anzeichen für eine Beeinträchtigung der Einsichts- und Steuerungsfähigkeit zum Zeitpunkt der Tat. Sollte es bei diesem Befund bleiben, war zu erwarten, dass das Gericht die volle Schuldfähigkeit feststellen würde.

»Haben Sie Kinder?«, fragte Stein plötzlich.

Hendrik hatte nicht die Absicht, auf solch eine Frage zu antworten.

»Wissen Sie, Doktor«, fuhr Stein fort, ohne eine Antwort abzuwarten, »was der kleine Junge versucht hat, um mich umzustimmen?«

Hendrik blickte Stein neugierig an.

»Er hat gebebt vor Angst, als er an seinem Handgelenk herumgefummelt hat. Irgendwann streckte er mir dann seine Armbanduhr hin. Ein neongelbes, scheußliches Ding.« Stein lächelte sanft. »Der kleine Kerl hat doch tatsächlich versucht, sich damit freizukaufen. Verstehen Sie, Doktor Jansen? Er hat ernsthaft geglaubt, er könne mich mit einer Armbanduhr, die keine fünf Euro wert ist, dazu bringen, ihn laufen zu lassen. Richtig süß war er, richtig süß.« Stein schüttelte den Kopf und verfiel in einen Lachkrampf. Sein Gesicht wurde knallrot und Tränen schossen aus seinen Knopfaugen. Hendriks Herz klopfte schnell und heftig. Dieser Mann kannte offensichtlich keinerlei Mitgefühl. Einige Zeit starrte er Stein angewidert an, bis er sich ins Bewusstsein rief, dass seine momentanen Gefühle für eine unvoreingenommene Beurteilung nicht förderlich wären. Er beschloss deshalb, das Gespräch zu beenden und gab dem Vollzugsbeamten über die Überwachungskamera ein Signal. Während er den Aktenordner im Pilotenkoffer verstaute, hallte ihm weiterhin Steins Gelächter in den Ohren und in Gedanken betete er zu Gott, dass seinem Sohn niemals etwas derart Schreckliches zustoßen würde.

6. Kapitel

Die in die Jahre gekommene Staatsanwältin Regine Schwarz saß schwitzend zwischen Uwe Becker, der links neben ihr an dem erhöhten Tisch Platz genommen hatte, und Beckers glatzköpfigem Chef Roland Jung, dem Leiter der Abteilung für Delikte am Menschen. Den Dreien gegenüber saßen siebzehn Kriminalbeamte des LKA Berlin, die in dem viel zu engen und stickigen Raum im Dienstgebäude zusammengepfercht worden waren. Die für das Ermittlungsverfahren am Mordfall Anton Kaltenfeld zuständige leitende Staatsanwältin musterte die Beamten der Mordkommission, blickte dann kurz missmutig zu Kriminaldirektor Roland Jung hinüber und richtete schließlich ihr Wort an die versammelten Beamten.

»Anton Kaltenfeld war viele Jahre als vorsitzender Richter der Großen Strafkammer am Landgericht Moabit tätig. Ich brauche Ihnen sicherlich nicht zu erklären, was dies hinsichtlich der Aufmerksamkeit in den Medien zu bedeuten hat.« Die Staatsanwältin blickte hinüber zu Becker, als erwarte sie von ihm eine Bestätigung ihrer Aussage. Der jedoch erwiderte ihren Blick mit einem nichtssagenden Gesichtsausdruck, als ob ihn das Ganze nichts anginge. Die Staatsanwältin runzelte für einen Augenblick die Stirn und wandte sich dann erneut den Beamten zu. »Und es dürfte Ihnen auch nicht entgangen sein, dass Erster Kriminalhauptkommissar Rainer Siegel nach seinem Unfall noch einige Wochen außer Gefecht gesetzt bleiben wird. Wir haben uns deshalb dazu entschlossen, Kriminalhauptkommissar Uwe Becker als Leiter der Ermittlungen für die SoKo ‚Justitia' einzusetzen.«

Becker zeigte immer noch keinerlei Regungen. Einige der anwesenden Kriminalbeamten, die noch nie mit Becker zusammengearbeitet hatten, musterten verstohlen ihren für die nächste Zeit zuständigen Vorgesetzten. In Kollegenkreisen hatte sich längst herumgesprochen, dass er ein mürrischer und wortkarger Mensch war. Einige fragten sich insgeheim, ob er als leitender Ermittlungsbeamter der Sonderkommission wohl die richtige Wahl war. Nicht nur wegen seiner unangenehmen Art zu kommunizieren. Es ging auch das Gerücht um, dass Becker dazu neigte, die Meinungen seiner Mitarbeiter zu ignorieren und stattdessen lieber auf seinen eigenen Spürsinn zu vertrauen.

»Hauptkommissar Becker wird Sie jetzt gleich über die geplanten Aktionen unterrichten und die Einteilung vornehmen. Ich möchte Sie aber zuvor nochmals eindringlich darauf aufmerksam machen, dass wir unter ganz besonderer Beobachtung der Öffentlichkeit stehen. Der Druck ist enorm. Meine Herren, es ist Ihnen hoffentlich allen klar, dass wir hier sehr schnell Erfolge vorweisen müssen!«

Die Staatsanwältin stockte einen Augenblick, als ihr Blick an Maria Leupold hängen blieb, der einzigen Frau in der SoKo. Ohne jedoch ihre Anrede zu korrigieren, blickte sie weiter zu Roland Jung, der wohlwollend nickte und das Wort ergriff.

»Ich zähle auf Ihre volle Unterstützung und Ihr Engagement. Alles andere muss jetzt zurückstehen. Sie werden die nächsten Tage auf Ihr Privatleben verzichten müssen. Ich hoffe jedenfalls, dass es nur wenige Tage sein werden und wir schnell zum Erfolg kommen und den oder die Täter dingfest machen können.«

Jung blickte reihum jedem der ihm gegenübersitzenden Beamten forschend in die Augen.

»Sollte irgendjemand von Ihnen damit ein Problem haben, dann sollte er es hier und jetzt kundtun.« Jung strich sich mit der Hand über die Glatze, als wollte er seine Haare zurechtrücken. »Wunderbar«, sagte er, nachdem keiner der Anwesenden sich gemeldet hatte, »dann übergebe ich jetzt an Hauptkommissar Becker.«

Becker musterte die Beamten eine Weile ausdruckslos, bevor er loslegte.

»Weder haben wir brauchbare Hinweise aus der Bevölkerung

noch verwertbare Fingerabdrücke oder DNA-Spuren. Der Kreis der infrage kommenden Täter ist verdammt umfangreich. Wir benötigen sofort eine Übersicht aller von Richter Kaltenfeld jemals verurteilten Straftäter. Wir werden uns zuerst auf die Fälle konzentrieren, die inzwischen aus dem Strafvollzug entlassen wurden. Jeder davon kommt als potenzieller Täter in Betracht. Das Motiv dürfte Rache sein. Alle Beteiligten werden befragt und bis aufs Mark durchleuchtet. Wer kein wasserdichtes Alibi hat, wird in die Mangel genommen. Es darf uns nicht die kleinste Kleinigkeit entgehen. Kapiert? Alle Verhandlungsprotokolle und Ermittlungsakten dieser Fälle akribisch durcharbeiten. Alle Prozessbeteiligten genau unter die Lupe nehmen. Außerdem noch mal alle Bewohner im Umfeld des Tatortes befragen. Irgendjemand muss was gesehen haben. Jedem noch so unscheinbaren Hinweis mit voller Konzentration nachgehen. Es dürfen keine Fehler passieren. Kapiert?«

Becker griff sich einen Stapel DIN-A4-Blätter, die zu mehrseitigen Dossiers zusammengeheftet waren. »Maria, bitte verteilen.« Er schob die Blätter ein Stück über den Tisch und stand auf. »In einer halben Stunde sprechen wir die Aufteilung und die weiteren Details durch. Also ran an die Unterlagen … und jemand sollte ein Fenster öffnen!«

Er signalisierte seinem Vorgesetzten mit einem knappen Nicken, dass sie jetzt wie verabredet mit der Staatsanwältin noch einige Punkte in seinem Büro besprechen konnten.

»Danke, meine Herren«, sagte die Staatsanwältin mit übertrieben wichtiger Miene und stand auf. Kurz darauf verließ sie zusammen mit Becker und Jung den stickigen Raum.

»Danke, *Herr* Staatsanwalt«, murmelte Maria, während sie sich die Blätter griff. Mit dieser Dumpfbacke von Staatsanwältin würde sie garantiert nie warm werden. Während Maria die Dossiers verteilte, entging ihr auch die gereizte Stimmung nicht, die sich unterschwellig unter den Beamten breitgemacht hatte.

»So hob er groß wie der höchste Endliche die Augen empor gegen das Nichts und gegen die leere Unermesslichkeit und sagte: Starres, stummes Nichts! Kalte, ewige Notwendigkeit! Wahnsinniger Zufall! ... Wie ist jeder so allein in der weiten Leichengruft des Alles!«

Jean Paul, deutscher Schriftsteller
Siebenkäs, Erstes Blumenstück
Rede des toten Christus vom Weltgebäude herab,
dass kein Gott sei

7. Kapitel

Der Schweiß strömte Michael Hofmann aus allen Poren, als er am Freitagabend, zwei Tage nach dem Mord an Richter Kaltenfeld, am Rathaus Schöneberg vorbei durch den Rudolph-Wilde-Park joggte. Obwohl es bereits dämmerte, war es an diesem Abend noch ungewöhnlich warm. Die Stadt hatte die brütende Hitze des Tages in den versiegelten Flächen und den Gemäuern gespeichert und gab sie nun langsam wieder frei. Selbst unter den am Tag Schatten spendenden Bäumen, wo er jetzt auf einem geteerten Untergrund entlanglief, lag die Temperatur noch bei über fünfundzwanzig Grad. Seine etwa fünf Kilometer lange Laufstrecke, die sich weiter über den Volkspark Wilmersdorf erstreckte und die Hofmann fast täglich zweimal absolvierte, war auch um diese Uhrzeit noch einigermaßen frequentiert. An einem solch heißen Tag wie heute wagten sich viele Jogger wegen des hohen Ozongehalts erst hinaus, nachdem die brennende Sonne hinter den Fassaden der Stadt verschwunden war.

Es war nicht immer so gewesen, dass Hofmann mit eiserner Disziplin seine täglichen Runden drehte. Als er vor vier Jahren mit viel Glück einen Herzinfarkt ohne größeren Schaden überstanden hatte, hatte er von einem Tag auf den anderen seinen Lebenswandel radikal geändert. Es hatte ihn nicht einmal sonderlich viel Anstrengung gekostet. Wo er zuvor noch über Jahre hinweg Unmengen an Junkfood in sich hineingestopft und zwei Schachteln Zigaretten am Tag geraucht hatte, lebte er seitdem gesundheitsbewusst von ausgesuchter Biokost und trieb täglich Sport. Auch seinen Alkoholkonsum, der von Jahr zu Jahr schleichend gestiegen war, hatte er abrupt reduziert und trank jetzt nur noch gelegentlich ein Glas Wein oder ein frisch gezapftes Bier. Harten Sachen wie Whisky, Cognac oder dem obligatorischen Verdauungsschnaps hatte er ganz abgeschworen.

Innerhalb eines Jahres hatte er schließlich fast dreißig Kilogramm an Körpergewicht verloren und das, obwohl er durch gezieltes Gewichtstraining einiges an Muskelmasse zugelegt hatte. Durch das regelmäßige Joggen hielt er sich nicht nur körperlich fit, sondern es verjagte auch störende Gedanken, die sich nach einem stressigen Arbeitstag in seinem Kopf festgesetzt hatten.

So war es auch an diesem Abend wieder. Er hatte gerade die Fußgängerbrücke über der Bundesallee überquert und bog jetzt wieder in den Park ein. Inzwischen war die Dämmerung weiter fortgeschritten, und obwohl der vor ihm liegende Streckenabschnitt unbeleuchtet war, fand er sich gut zurecht. Da er die Strecke in- und auswendig kannte, hatte er in einem Anflug von Experimentierfreude sogar einmal versucht, ein Stück mit geschlossenen Augen zu laufen, hatte es aber schnell wieder aufgegeben, als er bemerkt hatte, dass dadurch sein Gleichgewichtssinn nicht mehr richtig funktionierte. Er hatte jetzt noch etwa einen halben Kilometer vor sich, bis er den Park an der Uhlandstraße wieder verlassen würde. Von dort aus waren es dann noch mal fünf Minuten die Straße hoch bis zu seiner Penthousewohnung.

Inzwischen hatten sich die meisten Besucher aus dem Park zurückgezogen. Zuletzt waren ihm zwei Jogger auf der Brücke entgegengekommen und der Weg vor ihm war nun menschenleer. Nur aus der Ferne, von den angrenzenden Sportanlagen herkommend, hörte er das Geschrei von Jugendlichen, die auch noch in der Dämmerung dem Ball hinterherjagten.

Hofmann freute sich darauf, nach dem Duschen noch eine Weile auf seiner Penthouseterrasse zu sitzen und mit einem oder zwei alkoholfreien Weizenbieren seinen Mineralstoffhaushalt wieder aufzufüllen. Er liebte es, der Stadt dabei zuzusehen, wie sie von Tausenden Lichtern in die Nacht begleitet wurde.

Plötzlich spürte er einen Luftzug an seiner rechten Wange.

Sekundenbruchteile später hörte er einen dumpfen Aufschlag an einem Baumstamm und kurz darauf, wie etwas neben ihm auf dem Boden entlangkullerte.

Er blieb stehen und lauschte.

Nichts war mehr zu hören.

Nur das ferne Gekreische von den Sportanlagen schallte weiterhin zu ihm herüber. Noch während er darüber nachdachte, was das wohl gewesen sein könnte, spürte er plötzlich einen tosenden Schmerz an seiner rechten Schulter. Der faustgroße Stein, der ihn getroffen hatte, landete mit einem dumpfen Aufschlag neben ihm auf dem Boden. Hofmann wurde schlagartig bewusst, dass ihn bereits der erste Stein hätte treffen sollen. Sein Puls beschleunigte sich auf eine Frequenz, die er selbst beim Joggen noch nie erreicht hatte. Automatisch rannte er in panischer Angst los, Schweiß schoss ihm aus allen Poren.

Für einen kurzen Augenblick zog eine Erinnerung an seinem inneren Auge vorbei. In Todesangst war er zuletzt als Jugendlicher einmal davongerannt, als er alleine im Dunkeln einen Waldweg nach Hause gegangen war und plötzlich etwas im Gebüsch geraschelt hatte. Er war sich damals absolut sicher gewesen, dass dort jemand auf ihn gewartet hatte, um ihn umzubringen. Er hatte nicht mehr aufgehört zu rennen, bis er völlig atemlos an seinem Elternhaus angekommen war.

Der nächste Stein traf ihn in der rechten Kniekehle.

Der wuchtige Schlag riss ihn von den Beinen. Er stürzte auf den geteerten Untergrund und sein Unterarm riss mit einem brennenden Schmerz auf.

Hofmann versuchte, wieder aufzustehen. Er hatte nicht mehr viel Zeit, das war ihm klar. Seine einzige Chance bestand darin, den Weg zu verlassen und zwischen den Hecken und Bäumen hindurch zu versuchen, die nahegelegene Straße zu erreichen. Dann hätte er es geschafft.

Oder schreien!

Warum hatte er noch nicht um Hilfe geschrien?

Er öffnete den Mund, wollte das Wort Hilfe hinausbrüllen, so laut er nur konnte.

Aber plötzlich begann er, heftig zu frösteln.

Ein stechender Schmerz in seiner Brust rief eine andere Erinnerung in ihm wach. Denselben Schmerz hatte er vor vier Jahren schon einmal gespürt, als seine Pumpe …

Seine Stimme versagte, als sich eine Gestalt über ihn beugte. Verschwommen sah er noch die Klinge auf sich zukommen, die seinem Leben mit einem sauberen Schnitt ein Ende setzte.

Es war inzwischen fast dunkel geworden und Richard Aichner lauschte konzentriert, ob sich jemand näherte. Nichts war zu hören. Das war gut, denn er war noch nicht ganz fertig. Er zog den ausblutenden Körper vom Fußweg hinüber hinter den nächstgelegenen Baum und richtete ihn so zurecht, dass er wie ein Aufgebahrter wirkte. In aller Ruhe wischte er mit einem Papiertaschentuch den Schweiß von der Stirn des Toten. Er betrachtete das feuchte Tuch einige Augenblicke nachdenklich und hielt es sich schließlich unter die Nase. Hofmanns Angstschweiß roch schlecht. Abgestanden. So wie der Schweiß eines stinkenden Toten eben roch. Trotzdem atmete er einige Male tief ein und aus und sog den Geruch in sich auf.

Es tat so gut.

Schließlich steckte er seinen Zeigefinger in die warme, klaffende Wunde. Er musste mehrmals nachfassen. Als er fertig war, beleuchtete er sein Kunstwerk für einen kurzen Augenblick mit einer winzigen LED-Taschenlampe, die an seinem Schlüsselbund befestigt war, und nickte zufrieden angesichts des gut zu erkennenden Schriftzuges auf der Stirn des Toten.

Dass es so weit gekommen war, war nicht seine Schuld. Niemand hatte irgendeine Schuld daran. Aber es war notwendig. Schon bei dem Richter hatte er eine große Erleichterung verspürt. Und jetzt war es wieder so. Aber er war noch nicht fertig. Das Beste kam noch.

Zuerst mussten noch weitere Menschen sterben.

Keine Wirkung ohne Ursache.

8. Kapitel

Berlin, Samstag, 19. Juli 2014

Die Atmosphäre war gespenstisch im Volkspark Wilmersdorf. Ein Polizeihubschrauber kreiste mit einem Suchscheinwerfer über dem Gebiet. Suchhunde streunten durch das mit grellen Scheinwerfern ausgeleuchtete Gelände. Kripobeamte in weißen Overalls suchten die abgesperrte Umgebung des Leichenfundorts ab. Bei dem Opfer handelt es sich um den 54-jährigen Staatsanwalt Michael Hofmann. Zwei Spaziergänger mit einem Hund sollen den Mann gestern gegen 22 Uhr 30 entdeckt haben. Der Leichnam war etwas abseits neben dem Fußweg notdürftig hinter einem Baum versteckt worden. Nach ersten Erkenntnissen wurde dem Staatsanwalt, wie im Fall des ermordeten Richters Anton Kaltenfeld, die Kehle durchgeschnitten. Der Tod musste nach ersten Schätzungen der Polizei gegen 22 Uhr eingetreten sein.

Nach weiteren Informationen soll die 17-köpfige Sonderermittlungsgruppe, die sich bereits mit dem Mord an Richter Kaltenfeld beschäftigt, um zehn weitere Beamte aufgestockt werden. Es wird vermutet, dass es sich bei den Morden an Richter Kaltenfeld und Staatsanwalt Hofmann um denselben Täter handelt. Die Ermittlungen dazu dauern laut Polizeisprecher an.

Die Polizei bittet Spaziergänger und Passanten, die sich gestern Abend im Bereich des Volksparks aufhielten und verdächtige Beobachtungen gemacht haben, sich umgehend bei einer Polizeidienststelle in ihrer Nähe zu melden. Für Hinweise, die zur Ergreifung des Täters führen könnten, wurde eine Belohnung in Höhe von 15.000 Euro ausgesetzt.

Als Diana frisch geduscht aus dem Bad ins Wohnzimmer

kam, war sie lediglich mit einem weißen T-Shirt bekleidet, das ihr fast bis zu den Knien reichte. Sie setzte sich an den Esstisch Hendrik gegenüber, der kopfschüttelnd auf das Zeitungsfoto starrte, das den abgesperrten Tatort zeigte. Obwohl er aus Kollegenkreisen bereits am frühen Morgen von dem zweiten Mord erfahren hatte, war er immer noch fassungslos. Die beiden Toten waren für ihn keine Unbekannten. Sowohl mit Richter Kaltenfeld als auch mit Staatsanwalt Hofmann hatte er schon mehrfach bei Gerichtsverhandlungen zu tun gehabt. Und das Beunruhigende an dem zweiten Mord war, dass Hofmann im Ermittlungsverfahren der Mordsache Florian Stein als leitender Staatsanwalt beauftragt gewesen war.

Während Hendrik über einen möglichen Zusammenhang zwischen Stein, mit dem er am Vortag planmäßig den vierten und letzten Begutachtungstermin durchgeführt hatte, und dem Mord an Hofmann nachgrübelte, meldete sich sein Handy, das im Flur auf dem Sideboard lag. Er legte die Tageszeitung zur Seite, stand auf und nahm das Gespräch entgegen. Diana vernahm einige unverständliche Worte, bis Hendrik sich ins Büro zurückzog und einige Minuten später wieder zurückkam. Als er sich schweigend zurück an den Esstisch setzte, erkannte sie an seinem Gesichtsausdruck, dass dieser kurze Anruf nichts Gutes zu bedeuten hatte.

»Was ist los?«, fragte sie vorsichtig.

»Ich kann erst mal nicht aus Berlin weg.«

Diana hatte etwas Derartiges geahnt. Obwohl sie sich nichts anmerken lassen wollte, konnte sie ihre Enttäuschung nicht verbergen.

»Hat es etwas mit diesen Morden zu tun?«

Hendrik stieß einen lauten Seufzer aus, nahm seine Brille ab und legte sie auf den Tisch.

»Es hat etwas mit dem Mord an Staatsanwalt Hofmann zu tun. Es besteht ein möglicher Zusammenhang mit einem meiner aktuellen Gutachtenaufträge. Mehr darf ich dir nicht sagen. Ich wurde eindringlich gebeten, mich in den nächsten Tagen hier in Berlin für die Ermittlungsbehörden zur Verfügung zu halten.«

Diana senkte den Blick und starrte auf den Tisch. Alles war bereits gepackt und in wenigen Stunden hätte es losgehen sollen. Warum musste ausgerechnet jetzt irgend so ein Psychopath damit beginnen, wahllos Menschen abzumurksen? Hätte er nicht einfach noch ein paar Wochen warten können? Diana hatte plötzlich ein schlechtes Gewissen, als ihr diese Gedanken bewusst wurden. Aber es war doch auch wahr, ausgerechnet jetzt.

Sie saßen sich einige Zeit wortlos gegenüber, bis Hendrik das Schweigen brach.

»Was hältst du davon, wenn du mit Noah schon mal vorfährst und ich komme dann in ein paar Tagen mit dem Audi nach?«

»Du weißt doch, dass ich Probleme damit habe, Autobahn zu fahren. Außerdem muss der VW doch erst in die Werkstatt«, sagte Diana etwas verwundert.

»Du hast recht«, erinnerte sich Hendrik jetzt wieder daran, dass seit zwei Tagen ein Warnsymbol wegen zu hoher Abgaswerte an der Armaturenanzeige aufleuchtete und er einen Werkstatttermin hatte vereinbaren wollen. Der Wagen fuhr zwar noch ganz normal ohne irgendwelche spürbaren Beeinträchtigungen, aber eine Fahrt nach Rügen war damit zu riskant, da anzunehmen war, dass dies irgendwann zu technischen Problemen führen würde. Hendrik überlegte, was es sonst noch für Möglichkeiten gab. Deutsche Bahn? Nein, das war keine gute Idee. Nach Rügen zum Strandhotel war das viel zu umständlich. Umsteigen mit dem ganzen Gepäck und das alles mit einem Kleinkind. Dann womöglich noch Verspätungen. Mietwagen war der nächste Gedanke, der Hendrik in den Sinn kam, er verwarf ihn aber sofort wieder, da Diana nun mal panische Angst davor hatte ein Fahrzeug über eine deutsche Autobahn zu lenken, auf der es nur so von geisteskranken Dränglern wimmelte. Und über Landstraßen zu fahren war auch keine wirkliche Alternative.

»Ihr fahrt mit dem Taxi«, sagte Hendrik und beendete damit seine Überlegungen.

»Mit dem Taxi?«

»Taxi ist die Abkürzung von Taxameter«, antwortete er mit einem schalkhaften Grinsen. »Damit wird die Gebühr berechnet, die ein Kraftfahrer dafür erhält, dass er ein Individualverkehrsmittel zur Personenbeförderung lenkt.«

Dianas Gesichtsausdruck hellte sich etwas auf.

»Von Berlin nach Rügen sind es doch bestimmt dreihundert Kilometer, wenn nicht noch mehr«, gab sie zu bedenken.

»Und?«

»Bist du da ganz sicher?«

»Natürlich. Ich komme dann in ein paar Tagen nach und ihr könnt euch so lange schon mal ausgiebig verwöhnen lassen im Hotel. Du wirst gar nicht merken, wie schnell die Zeit vergeht. Außerdem kann ich meine restlichen Arbeiten für das Gutachten hier fertigstellen und bin dann auf Rügen voll und ganz für euch da. Betrachte es doch mal von der Seite. Also, was meinst du?«

Diana tat so, als ob sie noch überlegen würde, und setzte einen nachdenklichen Gesichtsausdruck auf. Als sich ihre Blicke trafen, musste sie jedoch unweigerlich grinsen. Einem forensischen Psychiater konnte man nun mal nicht so leicht etwas vormachen.

»Okay«, sagte sie schließlich und stand auf. Sie ging um den Küchentisch herum, zwängte sich zwischen Hendrik und den Tisch und schob ihren Hintern hin und her, bis sie bequem rittlings auf seinem Schoß saß. Sie blickte ihn hingebungsvoll an, dann beugte sie sich nach vorn, bis sein Gesicht vollständig von ihren langen blonden Haaren umhüllt war.

»Der Kleine schläft noch …«, hauchte sie Hendrik ins Ohr. Er sog den betörend frischen Duft ihrer Haare ein, die vom Duschen noch leicht feucht waren. Ihr warmer Atem erzeugte ein

Kribbeln in seinem Ohr, das so angenehm war, dass er eine Gänsehaut bekam. Während seine Erregung zunahm, wanderten seine Hände unter ihr T-Shirt und er strich sanft über ihre weiche Haut. Sie küssten sich leidenschaftlich und nach einer Weile stand Hendrik auf, während Diana sich mit ihren Beinen um seine Hüften klammerte und ihre Hände hinter seinem Nacken verschränkte. »Ich hoffe, mein Ischias meldet sich nicht wieder«, scherzte Hendrik, während er Diana vorsichtig mit dem Rücken auf den Esstisch sinken ließ. »Komm her, alter Mann«, hauchte sie mit leuchtenden Augen. Es war nicht das erste Mal, dass sie auf dem Esstisch Sex hatten, aber diesmal knarrte der Tisch einige Male bedenklich, sodass Hendrik nicht wie sonst alles um sich herum vergessen konnte. Erst später unter der Dusche wurde ihm klar, dass es nicht das Knarren des Tisches gewesen war, das ihn von der vollständigen Hingabe abgehalten hatte, sondern die Morde an Kaltenfeld und Hofmann, die erneut diesen einen warnenden Gedanken in seinem Hinterkopf wachgerufen hatten.

Einige Stunden später, kurz nach fünfzehn Uhr, verabschiedete sich Hendrik von Diana und Noah, nachdem er beiden einen dicken Kuss auf den Mund gedrückt hatte. Als er dem beigen Kombi hinterhersah, winkte er noch, bis der Wagen außer Sichtweite geriet. Während Hendrik den Weg von der Straße zurück zur Haustür der Villa spazierte, dachte er kurz über den Taxifahrer nach, der erst mit reichlicher Verspätung erschienen war. Irgendwann war er diesem Mann schon einmal begegnet. Nachdem er eine Weile in seinem Gedächtnis gekramt hatte, glaubte er sich daran zu erinnern, dass es bei einer Taxifahrt nach einem gemeinsamen Theaterbesuch mit Diana gewesen war. Oder täuschte er sich und es war zu der Zeit gewesen, als Sonja noch gelebt hatte? Wie auch immer, dachte er und schüttelte diesen Gedanken wieder ab, jedenfalls würden Diana und Noah eine stressfreie Anreise haben.

Hendrik legte sich an diesem Abend mit dem Notebook auf die Wohnzimmercouch und schob sich ein Kissen unter die Kniekehlen. Wenn es die häusliche Situation erlaubte, war dies sein Lieblingsplatz. Manchmal arbeitete er auch in der Küche oder im Schlafzimmer, selbst im Kinderzimmer hatte er es sich einige Male zum Arbeiten bequem gemacht und nebenher entspannt Noahs leisem Atem gelauscht, als der noch ein Baby gewesen war und viel geschlafen hatte. Was das Arbeiten am Computer anbelangte war Hendrik ein Nomade im eigenen Haus. In letzter Zeit hatte er jedoch immer seltener die Gelegenheit dazu gehabt, außerhalb seines Arbeitszimmers zu arbeiten, denn mit jeder Woche, die Noah älter wurde, nahm er mehr Raum im Haus ein.

Hendrik genoss für einige Augenblicke die absolute Stille, bis er schließlich sein Notebook aufklappte. In der Regel ließ er das Gerät Tag und Nacht an, da sich seine Arbeitsphasen auf den gesamten Tag und oft auch bis tief in die Nacht hinein verteilten. Wenn er im Arbeitszimmer tätig war, das im Erdgeschoss der Villa direkt an das großzügige Wohnzimmer angrenzte, platzierte er das Notebook in einer Dockingstation und arbeitete an dem großen Flachbildschirm, während nebenbei der Akku für seine nächste Wanderung aufgeladen wurde.

5:35 Stunden Ladekapazität wies die Anzeige des Akkus aus. 18:33 zeigte die Uhr rechts unten auf dem Bildschirm an. Hendrik wusste aus Erfahrung, dass die angegebene Akkulaufzeit immer übertrieben optimistisch angegeben war, aber es war mehr als genug Kapazität vorhanden, um mit dem Gutachten ein großes Stück voranzukommen.

9. Kapitel

Diana hatte sich rechts hinten im Taxi platziert. Noah hatte sie im Kindersitz auf dem mittleren Rücksitz untergebracht, weil dies der sicherste Platz bei einem Unfall mit Seitenaufprall war. Auf der bisher etwa einstündigen Fahrt waren sie nur zäh vorangekommen. Erst seit sie den Berliner Ring verlassen und nach Norden auf die A 11 Richtung Prenzlau/Stettin gewechselt hatten, ging es zügiger voran. Der Taxifahrer hatte bisher kaum ein Wort von sich gegeben. Diana hatte anfangs versucht, einige Worte mit ihm zu wechseln, aber schnell gemerkt, dass er kein sonderliches Interesse an Konversation zu haben schien. Aber dafür wurde er ja auch nicht bezahlt, dachte sie. Außerdem war ihr so jemand lieber als diese Typen, die einen die ganze Fahrt über mit irgendeinem uninteressanten Müll volllaberten. Zudem hatte Noah seine Mutter einmal mehr daran erinnert, dass er sich derzeit in einer Trotzphase befand. Urplötzlich hatte Noah beschlossen, dass es für ihn jetzt besser wäre, sich abzuschnallen. Als er bemerkte, dass seine Mutter anderer Meinung war, hatte er zuerst losgeheult und dann wild kreischend damit begonnen, an den Gurten zu zerren. Diana dröhnten jetzt noch die Ohren, obwohl der Kleine im Kindersitz längst wieder friedlich an seinem Schnuller nuckelte.

Diana hatte sich dabei an Hendriks Worte erinnert, die er sich in solchen Fällen auch immer wieder selbst ins Gedächtnis rief. Das half einem, ruhig und besonnen mit solch nervtötenden Situationen umzugehen – zumindest in den meisten Fällen hatte es bisher auch funktioniert: *In der Trotzphase begreifen Kinder, dass sie einen eigenen Kopf haben mit eigenen Vorstellungen und Wünschen. Sie testen ihre Grenzen aus und wollen unbedingt ihren Willen durchsetzen. Wenn sie nicht bekommen, was sie wollen, reagieren sie in der Regel mit Wutausbrüchen. Aber das ist sehr wichtig für ihre Entwicklung. Nur so lernen sie, ihre eigenen und die Bedürfnisse der anderen durch Kompromisse in Einklang zu bringen, nur so entwickelt sich ein gesundes Selbstbewusstsein. Man muss die Kinder nach einem Wutanfall in den Arm nehmen und trösten. So erfahren sie Zuneigung und wissen, dass sie geliebt werden, auch wenn sie nicht bekommen haben, was sie wollten. Das gibt ihnen Sicherheit und Stabilität.*

»Lieben Sie den Kleinen?«

»Wie bitte?«

Der Mann fuhr stumm weiter, als ob er nichts gesagt hätte.

»Natürlich! Was für eine Frage.«

»Wie sehr lieben Sie Ihren Sohn?«

Diana fragte sich, warum der Fahrer urplötzlich solche persönlichen Fragen stellte. Sie beugte sich etwas nach links, um den Mann besser betrachten zu können. Da er jedoch weiterhin stur geradeaus nach vorne blickte, konnte sie nur seinen Hinterkopf und seine rechte Gesichtshälfte sehen, die an der Wange ungleichmäßig mit kurzen Bartstoppeln bedeckt war. Er hatte schwarze, leicht wellige und fettig wirkende Haare, die nach hinten gekämmt waren und die ihm seitlich etwas ins Gesicht hingen. Diana hatte ihn eigentlich nur einmal bewusst gemustert, kurz bevor sie losgefahren waren. Obwohl er ein wenig niedergeschlagen auf sie gewirkt hatte, war er ihr nicht besonders unsympathisch erschienen. Eher irgendwie neutral. Ein gut aussehender Mann Ende dreißig mit schlanker Figur, bekleidet mit Jeans und einem dunklen Hemd, über dem er auch jetzt noch eine schwarze Lederjacke trug. Ein Taxfahrer eben, wie viele andere auch.

Diana streckte ihren Kopf etwas weiter nach links und versuchte über den Rückspiegel einen Blick auf seine Augen zu erhaschen, hatte aber keinen Erfolg damit.

»Seltsame Frage, so wie eine Mutter ihr Kind eben liebt.«

»Sie meinen, Sie würden alles für Ihr Kind tun, nicht wahr?«

»Natürlich!«

»Sie würden Ihr Leben für den Kleinen opfern, richtig?«

Langsam wurde es Diana mulmig.

»Was bezwecken Sie mit diesen Fragen?«

»Ich bezwecke gar nichts … ich frage, weil ich fragen muss.«

Die Stimme des Mannes klang ruhig und besonnen. Sie passte so gar nicht zu jemandem, der solche seltsamen Fragen stellte. *Fragen, die von einem Durchgeknallten stammen könnten.*

»Wer zwingt Sie denn dazu, mir solche Fragen zu stellen?«

Diana bereute, noch während sie ihre eigenen Worte hörte, dass sie diese Frage ausgesprochen hatte. Sie ahnte, dass seine Antwort sie noch mehr beunruhigen würde.

»Die Umstände. Es sind die Umstände, die mich fragen lassen.«

»Das verstehe ich nicht«, sagte Diana angestrengt höflich. »Sie brauchen das aber auch gar nicht weiter zu erläutern … ich möchte jetzt bitte einfach gerne meine Ruhe haben.«

Sie lehnte sich wieder zurück in ihre ursprüngliche Sitzposition. Während sie nach Noahs Hand griff und festhielt, fragte sie sich, ob der Taxifahrer das Zittern in ihrer Stimme bemerkt hatte. Kurz darauf zuckte Diana zusammen, als er erneut etwas sagte. Diesmal lag etwas Bedrohliches in seiner Stimme.

»Es spielt keine Rolle, ob Sie das verstehen. Überhaupt keine Rolle!«

Er beschleunigte den Mercedes, bis die Tachometeranzeige fast einhundertachtzig erreicht hatte. Dann fummelte er etwas aus seiner Jackentasche. Erst als Diana das darauffolgende Klicken einem Feuerzeug zuordnen konnte, erkannte sie, dass er sich gerade eine Zigarette angezündet hatte. Genüsslich nahm er einige tiefe Lungenzüge. Die Rauchschwaden zogen langsam in den Fond des Wagens. Diana kochte vor Wut.

»Was fällt Ihnen ein? Sind Sie noch ganz dicht?«

»Hier!« Der Taxifahrer streckte, ohne sich umzudrehen, eine etwa halb gefüllte, kleine Colaflasche aus Kunststoff über seine rechte Schulter nach hinten. Diana stierte ungläubig auf die Flasche, in der die Flüssigkeit noch schäumte. Offensichtlich hatte er sie gerade eben geschüttelt.

»Trink!«

Diana war kurz davor loszubrüllen und diesem kranken Arschloch gehörig die Meinung zu sagen. Fast gleichzeitig, als sie bemerkte, dass er das Tempo jetzt noch weiter erhöhte und die Anzeige auf über zweihundert Stundenkilometer geklettert war, fiel ihr auf, dass er inzwischen den Rückspiegel verstellt hatte. Seine dunklen Augen fixierten sie mit festem Blick.

»Mach schon … oder euer heiß geliebter *Doktor* kann uns drei vom nächsten Brückenpfeiler kratzen.«

Mit zitternder Hand nahm sie die Flasche, während seine Augen sie unablässig über den Rückspiegel anstarrten.

»Um Gottes willen, schauen Sie doch nach vorn, bitte!«

Noch während diese Worte aus Diana herausschossen, hatte sie plötzlich keinerlei Zweifel mehr, dass dieser Verrückte es absolut ernst meinte. Wie hypnotisiert führte sie die Flasche an ihren Mund und trank.

Richard Aichner nahm den Fuß vom Gaspedal und verlangsamte die Geschwindigkeit auf ein normales Niveau. Zufrieden verfolgte er im Rückspiegel, wie das Betäubungsmittel allmählich seine Wirkung entfaltete und Dianas Kinn auf ihre Brust sank. Nachdem er eine Wodkaflasche unter dem Sitz hervorgezogen und drei große Schlucke getrunken hatte, streckte er seinen Kopf etwas weiter nach rechts und erhaschte einen Blick auf den Kleinen, der verdutzt auf seine zusammengesackte Mutter schaute.

»Alles in Ordnung mit der Mami«, sagte er. »Sie ist nur etwas müde von der langen Fahrt. Wir sind bald am Ziel, dann darfst du auch schlafen, mein Kleiner. Ganz lange darfst du bald schlafen. *Gaaanz, gaaaaaanz lange.*«

10. Kapitel

Hendrik war an diesem Abend mit dem Gutachten schneller vorangekommen als er gedacht hatte, was vermutlich daran lag, dass er seit Langem wieder einmal völlig ungestört hatte arbeiten können. Es war bereits kurz nach Mitternacht, als die Signaltöne einer eingehenden SMS die Stille zerrissen. Hendrik zuckte zusammen und fragte sich, wer das um diese Uhrzeit noch sein könnte. Diana hatte ihm bereits kurz vor neun Uhr abends per SMS mitgeteilt, dass sie gut im Hotel angekommen seien, Noah jetzt endlich schlief und ihr selbst gleich die Augen zufielen vor Müdigkeit. Die SMS hatte sie mit den Worten beendet: *Lege mich jetzt auch hin. Freue mich auf dich. LG, Diana.* Hendrik hatte sich etwas gewundert, dass Diana nicht angerufen, sondern nur eine SMS geschickt hatte, was eigentlich sonst nicht ihre Art war. Deshalb hatte er noch versucht, sie zurückzurufen, um ihr persönlich eine gute Nacht zu wünschen, aber nur ihre vertraute Stimme von der Mailboxansage gehört. Schließlich hatte er sich mit der Erklärung zufriedengegeben, dass sie ihr Handy vermutlich wegen der Strahlung ausgeschaltet hatte. Er hatte die beiden dann auch nicht aufwecken wollen und deshalb keinen weiteren Versuch über den hoteleigenen Anschluss unternommen.

Hendrik griff sich sein Handy und öffnete die neu eingetroffene SMS.

hi paps, ich muss mit dir reden! julia :-(

Hendrik zögerte keine Sekunde und wählte Julias Nummer. »Du bist ja doch noch wach«, hörte er nach nur zweimaligem Ertönen des Ruftons die Stimme seiner Tochter am anderen Ende der Leitung.

»Julia, alles in Ordnung bei dir?«

»Ja, Paps … ja.«

»Was ist los?«

»Nicht am Telefon.«

»Wo bist du?«

»Ich muss mit dir reden.«

»Ich komme sofort.«

»So dringend ist es nicht. Ich wollte nur … passt es morgen Abend? … Na ja, eigentlich meine ich heute Abend, es ist ja schon nach Mitternacht.«

»Natürlich nehme ich mir die Zeit.«

»Bei dir?«

»Gerne. Wann kommst du?«

»So gegen acht?«

»Soll ich dich irgendwo abholen?«

»Paps … ich … ich komme aber nicht alleine.«

Einige Augenblicke herrschte ein unangenehmes Schweigen zwischen Vater und Tochter.

»Marc?«

»Ja.«

»Bist du schwanger?«

Julia kicherte. »Quatsch … nein!«

»Du … *ihr* könnt auch jetzt noch kommen.«

»Nö, nö, das passt schon«, sagte Julia. »Dann bis heute Abend.«

»Wie du möchtest. Ich liebe dich.«

»Ich dich auch, Paps.«

Hendrik hielt noch einige Zeit sein Handy ans Ohr, bis ihm bewusst wurde, dass Julia längst aufgelegt hatte.

Sein Verstand sagte ihm, dass es keinen Sinn ergab, sich den Kopf über etwas zu zerbrechen, über das er nur spekulieren konnte. In seiner Magengegend jedoch spürte er, dass der unbewusste Teil seines Nervensystems mit etwas ganz anderem beschäftigt war. Tief in seinem Inneren begann sich etwas zu regen. Es gab auch bei ihm einige Dinge, über die er mit Julia schon lange hatte reden wollen.

Es war ein Fehler gewesen, so lange zu warten, dachte er zum wiederholten Male. Schon gleich nach Sonjas Tod hätte er mit Julia darüber sprechen sollen, wie es die letzten Jahre wirklich um die Beziehung ihrer Eltern gestanden hatte. Aber anfangs hatte er immer gedacht, es wäre besser, noch eine Weile zu warten, bis Julia den größten Schmerz überwunden hatte. Er wollte ihr nicht zu viel auf einmal zumuten. Tja, und dann war es ihm so ergangen wie manch einem seiner Patienten auch. Man schob etwas immer wieder beiseite, verdrängte, zögerte hinaus, und irgendwann war man schließlich an einem Punkt angelangt, wo man glaubte, es wäre zu spät und sich einredete, jetzt hätte es eh keinen Sinn mehr, die alten Geschichten auszugraben.

Aber tief im Inneren erzeugte so ein Verhalten eine latente Unruhe. Man konnte zwar damit leben, aber es war wie ein Eintrag auf der To-do-Liste, der nie verschwand. Es war etwas, das unerledigt blieb und einem im Nacken saß. Es war allerhöchste Zeit, mit Julia darüber zu reden, dachte Hendrik. Als Psychiater hätte er eine solche Vermeidungsstrategie bei einem seiner Patienten sofort durchschaut. Und bei sich selbst? Hendrik musste laut lachen. Er war eben auch nur ein Mensch. Aber jetzt wollte er es nicht mehr länger hinausschieben. Julia war schließlich kein Teenager mehr, sondern eine erwachsene Frau von dreiundzwanzig Jahren, die die Wahrheit vertragen konnte, ja, die sogar ein Anrecht darauf hatte. Und ihm selbst würde es auch gut tun, wenn dieser Punkt endlich ausgeräumt wäre. Aber war dieses Treffen wirklich der geeignete Zeitpunkt dafür? Hendrik schüttelte über sich selbst den Kopf, denn genau so war es bisher immer gelaufen. Irgendeinen Grund hatte er immer gefunden, um diesem Gespräch aus dem Weg zu gehen, immer war etwas dazwischengekommen. Deshalb nahm er sich für diesen Abend fest vor, Julia beiseitezunehmen oder zumindest ein zeitnahes Treffen unter vier Augen zu vereinbaren, um mit ihr darüber zu reden. Oder war das vielleicht sogar der Grund, warum sie sich heute Abend mit ihm treffen wollte? Hatte sie vielleicht von jemandem einen Hinweis erhalten?

Unter normalen Umständen wäre es ja auch nichts wirklich Tragisches gewesen, dachte Hendrik. Viele Ehen wurden nur zum Schein aufrechterhalten. Aus den vielfältigsten Gründen. Sonja und er hatten es wegen Julia getan. Als Hendrik drei Jahre vor Sonjas Tod die ersten Anzeichen wahrgenommen hatte, war es bereits zu spät gewesen. Schon damals waren sie beide fremdgegangen. Irgendwann hatten sie sich dann eingestehen müssen, dass sie sich auseinandergelebt hatten, dass sie nichts mehr füreinander empfanden. Und sie waren sich auch einig, dass es sinnlos war, es noch einmal zu versuchen oder einen Paartherapeuten aufzusuchen. Aber sie hatten beschlossen, die zwei oder drei Jahre, bis Julia ausziehen würde, weiter in einem Haushalt zu leben. Julia war damals mitten in der Pubertät gewesen und ein sehr sensibles Mädchen. Und eigentlich kamen sie ja auch ganz gut miteinander aus. Streit gab es so gut wie nie. Sie waren ein eingespieltes Team. So wie langjährige Arbeitskollegen oder Mannschaftskameraden. Und sie hatten vereinbart, dass jeder tun konnte, was er wollte, solange sie sich absprachen und es diskret ablief. Das hatte auch prima funktioniert. Bis eben zu diesem mysteriösen Verkehrsunfall in Südtirol.

Und dann war da noch etwas.

Nach dem Vorfall beim Italiener hatte Hendrik aus Sorge um Julia einen Privatdetektiv beauftragt, um Erkundigungen über diesen Marc Degen einzuholen. Und was dabei herausgekommen war, hatte ihm gar nicht gefallen und seine Vorahnungen bestätigt. Marc Degen stammte aus einem sozial schwachen, zerrütteten Elternhaus, war ein Schulabbrecher ohne Ausbildung und sein Name tauchte in mehreren Ermittlungsverfahren auf. Es handelte sich dabei zwar vorwiegend um Betrugsdelikte, was für sich genommen schon genug Grund zur Besorgnis gewesen wäre, aber viel schlimmer war noch, dass er auch in einen Mordfall verwickelt gewesen war. Außerdem war er aufgrund von wiederholtem Fahren unter Cannabis-Einfluss auffällig geworden. Bis auf die Drogenfahrten hatte man ihm jedoch nie etwas nachweisen können, und seit er mit Julia zusammen war, war er auch nie wieder mit dem Gesetz in Konflikt gekommen.

Und noch etwas hatten die Nachforschungen des Privatdetektivs ans Tageslicht gebracht: Marc Degen spielte als Keyboarder in einer Band und die Sängerin war Hendriks eigene Tochter. Davon war er am meisten überrascht gewesen, da sie ihm nie etwas davon erzählt, ja nicht einmal Andeutungen gemacht hatte. Hendrik hatte daraufhin tagelang erfolglos versucht, sie zu erreichen, bis sie endlich an ihr Handy gegangen war. Er hatte sie dann aber nicht darauf angesprochen, sondern sich einfach nur nach ihr erkundigt, weil er wusste, dass sie ihm die Aktion mit dem Detektiv nie verziehen hätte. Außerdem hatte sie ihm am Telefon versichert, dass sie sich voll und ganz auf ihr Studium konzentrieren würde. Seitdem war nun ein gutes halbes Jahr vergangen und Hendrik hatte es dabei belassen und beschlossen zu warten, bis sie von selbst auf ihn zukommen und ihn darüber informieren würde. Gut möglich, dachte er, dass dies der Grund war, warum sie ihn heute besuchen und mit ihm sprechen wollte.

Er beschloss, sich nicht weiter den Kopf darüber zu zerbrechen und sich stattdessen etwas Ablenkung zu verschaffen. In der Küche schenkte er sich ein Glas Rotwein ein und setzte sich zurück auf die Couch. Er schaltete den Fernseher an, zappte durch die Kanäle und blieb beim NDR hängen, wo eine Sendung von Beckmann wiederholt wurde. Es ging um die Auswirkungen von Computern und des Internets auf die menschliche Psyche. Nachdem Hendrik eine Weile der Diskussion gefolgt war, fiel sein Blick auf das zugeklappte Notebook, das neben ihm auf der Couch lag und er erinnerte sich daran, dass er heute noch keine Mails abgerufen hatte. Er lehnte sich zurück, legte die Füße auf den Couchtisch und klappte den Rechner auf seinem Schoß auf, der dadurch automatisch aus dem Stand-by-Modus in den

Betriebszustand wechselte. Während er mit einem Auge und einem Ohr weiterhin die Sendung verfolgte, wählte er die Webseite seines Mailaccounts an und loggte sich ein.

Sie haben:

14 ungelesene E-Mails

4 neue E-Mails im Ordner »Spamverdacht«

Zuerst überflog er die Mails im Posteingang. In wenigen Sekunden hatte er die Relevanz der Nachrichten eingeschätzt. Nichts, was wirklich dringend war: Einige Mails von Google Alerts, die er sich schon vor längerer Zeit eingerichtet hatte, um sich über Veröffentlichungen im Internet zu psychiatrischen Gutachten auf dem Laufenden zu halten. Es war auch eine Mail von einem Alert dabei, welches das Internet täglich nach der Nennung seines Namens durchsuchte. Er erkannte jedoch sofort, dass es sich um die erneute Veröffentlichung eines älteren Interviews von ihm handelte, das er bereits vor über sechs Monaten zum Thema Jugendgewalt gegeben hatte und das inzwischen schon in mehreren Onlineausgaben von Zeitungen und in Foren im Internet veröffentlicht worden war. Dann war da noch die Buchungsbestätigung eines Hotelzimmers in London, wo er zwei Tage nach seinem Urlaub einen mehrtägigen Kongress zur forensischen Psychiatrie besuchen wollte. Er prüfte kurz die Daten und warf noch einen Blick in den Spamordner, um sicherzugehen, dass nicht versehentlich eine wichtige Mail im Filter hängen geblieben war. Mit den Absendern der E-Mail konnte er zuerst nichts anfangen, und da die Betreffzeile die für Spammails typischen Zeichenketten aufwies, markierte er alle Mails und schob den Mauszeiger auf *Löschen*.

Plötzlich stockte er. Eine der Absenderadressen hatte seine Aufmerksamkeit geweckt und ihn neugierig gemacht. *determinator@laplacescherdaemon.de*

Dann blieb sein Blick an der zugehörigen Betreffzeile kleben.

AMOR FATI

Normalerweise öffnete er keine Spammails. Zu groß war die Gefahr, den Rechner mit Viren oder anderer schädlicher Software zu infizieren. Aber der IT-Fachmann, ein alter Freund aus Schultagen, der sein Notebook sicherheitstechnisch optimiert hatte, hatte ihm einmal erklärt, dass man relativ sicher sein konnte, solange man keine Dateianhänge unbekannter Herkunft öffnete. Erst durch einen Doppelklick auf Dateianhänge sei man tatsächlich gefährdet. Das Lesen von reinen Textnachrichten sei hingegen vollkommen unbedenklich, wenn man die Anzeige von Mails im HTML-Format deaktiviert hatte und auch nicht auf eingebaute Hyperlinks in der Mail klickte.

Hendrik griff sich die Fernbedienung und schaltete den Fernseher aus. Dann fiel sein Blick auf die Anzeige des Akkuladezustands: Sieben Prozent Restkapazität. Ab fünf Prozent fuhr sein Rechner automatisch herunter. Er war jetzt verdammt neugierig. Außerdem war ein Virenscanner auf seinem Rechner installiert. Er genehmigte sich einen Schluck Rotwein, dann öffnete er die Mail.

Der Mensch kann zwar tun, was er will, aber er kann nicht wollen, was er will.

Hendrik war nicht überrascht. Etwas Derartiges hatte er aufgrund der Absenderadresse und den beiden Worten in der Betreffzeile erwartet. Dieser Satz war ein häufig zitierter Ausspruch des Philosophen Arthur Schopenhauer zur Frage der Willensfreiheit des Menschen. Wahrscheinlich irgendein Spinner, dachte Hendrik. Vermutlich erlaubte sich da ein gelangweilter Student einen Scherz. Vielleicht war die Mail auch einfach nur zufällig bei ihm gelandet. Schließlich war seine E-Mail-Adresse in vielen Broschüren und auch auf einigen Internetseiten verzeichnet, wo auf seine wissenschaftlichen Beiträge oder Vorträge auf Kongressen verwiesen wurde. Vielleicht versuchte irgendein Psychologie- oder Philosophiestudent auf eine besonders humorvolle Art, Kontakt mit ihm aufzunehmen, um mit ihm ins Gespräch zu kommen.

determinator@laplacescherdaemon.de ... *einfach albern, richtig kindisch!*

Der Name der Mailadresse war offensichtlich an Arnold Schwarzeneggers Terminator angelehnt und sollte wohl eine besonders originelle Verbindung zum Determinismus herstellen. Die Domain selbst bezog sich auf den Laplace'schen Dämon, eine Weltformel des Mathematikers Pierre-Simon Laplace, nach der man theoretisch jedes vergangene und jedes zukünftige Ereignis berechnen und determinieren könnte, wenn man alle existierenden Naturgesetze berücksichtigt. Hendrik schüttelte den Kopf und löschte die Mail. Nachdem sich die Bildschirmansicht aktualisiert hatte, bemerkte er, dass eine weitere Mail mit demselben Absender und derselben Betreffzeile im Spamordner gelandet war. Er sah, dass dieser Mail ein Dateianhang beigefügt war.

Ganz bestimmt nicht. Deinen Virus kannst du woanders verbreiten, du Spaßvogel.

Hendrik löschte auch diese zweite Mail und verschwendete keinen weiteren Gedanken mehr daran. Als er wenige Minuten später im Bett lag, brannten seine Augen nach der stundenlangen Bildschirmarbeit und der Rotwein hatte ihn müde gemacht. Er löschte das Licht und schloss die Augen. Während der Schlaf langsam näher kam, ließ er den Tag in Gedanken Revue passieren. Dann dachte er an den kommenden Tag. Einen Sonntag. Trotzdem hatte ihn der Kommissar um halb zehn am Vormittag aufs Präsidium bestellt. Verbrechen erlaubten nun mal keine freien Tage. Und diese beiden Morde mussten schnell aufgeklärt werden. Es war nur allzu verständlich, dass die Ermittler da sonntags nicht einfach pausieren und auf Vernehmungen verzichten konnten. Die Frage war nur, wie er bei der Aufklärung der beiden Fälle helfen konnte. Er hatte zwar beide Ermordeten persönlich gekannt, aber da war er vermutlich einer unter

Hunderten oder sogar Tausenden von Rechtsanwälten, Zeugen, Gutachtern, Angeklagten oder Opfern und deren Angehörigen, die in der Vergangenheit mit dem Richter und dem Staatsanwalt zu tun gehabt hatten. Hendrik ging in Gedanken nochmals alle Fälle durch, an die er sich mit einer Beteiligung der beiden Opfer erinnern konnte, fand aber keinerlei Hinweise auf etwas besonders Auffälliges.

Oder gab es vielleicht doch einen Zusammenhang mit dem Fall Florian Stein? Aber was sollte das für einen Sinn ergeben? Welches Motiv war hier denkbar?

Morgen weiß ich vielleicht mehr, dachte Hendrik und drehte sich auf die andere Seite. Am kommenden Abend stand dann noch das Treffen mit Julia und diesem Marc auf dem Programm. Wenn alles klappte, konnte er vielleicht bereits am Montagvormittag nach Rügen aufbrechen. Hendrik gab Diana und Noah in Gedanken noch einen Gutenachtkuss, umarmte beide und schlief ein.

11. Kapitel

Fast zwei Jahre ist es jetzt her. Mein Therapeut hat mir empfohlen, meine Gedanken aufzuschreiben. Eine Art Tagebuch zu führen. Das soll mir helfen, das Trauma zu verarbeiten, hat er gesagt. Anfangs habe ich es verdrängt. Monatelang. Dissoziative Amnesie, hat mein Therapeut mir erklärt. Aber dann kamen die Erinnerungen zurück und damit die schrecklichen Bilder in meinem Kopf. Ich muss lernen mit ihnen zu leben, hat er gesagt, sie als ein Teil meiner Identität, als ein Teil meiner Vergangenheit akzeptieren. Er versucht, mir wieder Sicherheit zu geben. Er will mir dabei helfen, Vertrauen in mich selbst und in die Welt und das Leben überhaupt zurückzugewinnen. Aber ich glaube, das wird nichts mehr. Nie wieder. Ich mag ihn auch nicht. Ich glaube, ich bin nur ein Routinefall für ihn. Ein Fall unter vielen anderen. Ihm geht es nur ums Geld. Aber das ist gar nicht entscheidend. Ich glaube, niemand kann mir helfen. Ich fühle mich so unendlich leer. Diese bleierne Müdigkeit lässt mich kaum aufstehen. Das Denken fällt mir schwer. Aber das ist nicht das Schlimmste. Bei Weitem nicht. Viel schlimmer ist die Schuld, die ich auf mich geladen habe. Die ständigen Schuldgefühle, die Selbstvorwürfe, die wie schwere Steine auf mein Herz drücken. Die Stiche in meiner Seele. Diese Angst vor dem Leben, die mich verrückt werden lässt. Er sagt, das sei normal. Aber die Frage aller Fragen kann er mir auch nicht beantworten: WARUM? Als ich sie ihm gestellt habe, hat er nichtssagenden Psychoscheiß von sich gegeben. Leere Worthülsen. Aber ich muss die Antwort finden. Vielleicht finde ich dann endlich wieder Ruhe. Ich muss es einfach wissen. Warum ist das überhaupt alles passiert? Warum habe ich sie bloß gefickt? Welcher Teufel hat mich da geritten? Es war nicht einmal wirklich gut. Ein seelenloses Rammeln zweier Karnickel. Irgendwann bin ich dann gekommen und gleich darauf eingeschlafen. Genauso gut hätte ich auch einen erleichternden Furz lassen können. Wäre ungefähr dasselbe gewesen. Nur nicht mit diesen gravierenden Folgen. Ich weiß auch nicht einmal, ob sie auch gekommen ist. War mir auch scheißegal in diesem Moment. Und heute erst recht. Was soll das alles überhaupt noch? Ich habe es versaut. Sie konnte ja nichts dafür. Sie trifft keine Schuld. Das haben alle gesagt. Aber wenn sie nicht schuld ist, wer dann? Dann bleibe nur noch ich übrig. Hätte ich meinen Schwanz in der Hose gelassen, dann wäre das alles nie passiert. Und jetzt? Wie geht es jetzt weiter? Es ist alles so sinnlos geworden. Ich will nicht mehr leben. Ich will einfach nicht mehr. Was soll der ganze Scheiß hier überhaupt noch?

12. Kapitel

Als Diana ihre Augen öffnete, war es stockdunkel um sie herum. Ihr war fürchterlich kalt. Sie tastete mit der rechten Hand nach dem Lichtschalter ihrer Nachttischlampe. Ich muss unbedingt das Schlafzimmerfenster schließen, dachte sie, um diese klamme Kälte auszusperren. Aber eigentlich war doch Sommer? Es war derzeit sogar extrem heiß in Berlin und auch die Nächte waren ungewöhnlich lau. Als sie bemerkte, dass mit ihrem rechten Arm etwas nicht stimmte, dachte sie zuerst immer noch, sie würde zu Hause in ihrem Bett liegen und wäre gerade aus einem seltsamen Traum erwacht. Erst als sie mit der anderen Hand einen Metallring an ihrem rechten Handgelenk ertastete und von dort aus mit den Fingern an einem daran befestigten Drahtseil entlangfuhr, schossen ihr die Erinnerungen schlagartig ins Bewusstsein.

Der Taxifahrer! Die Zigarette! Die Colaflasche! Danach hatte sich alles gedreht. Und dann diese Müdigkeit ... Mein Gott, wo ist Noah?!

Dianas Oberkörper schoss nach oben. Schlagartig saß sie aufrecht.

»Noah? Noah!«

Stille.

»Noah? … Noaaah? … *Nooaaaaaah!*«

Totenstille.

Diana schrie den Namen immer und immer wieder. Warf dabei ihren Kopf hektisch von links nach rechts und versuchte, irgendetwas in der Dunkelheit zu erkennen. Als ein heftiger Schwindel sie erfasste, versagte ihr die Stimme. Plötzlich glaubte sie, ein Schluchzen gehört zu haben. Oder war das nur Einbildung? Eine Täuschung, hervorgerufen durch den Wunschgedanken, dass Noah unversehrt sein möge? Jetzt flüsterte sie seinen Namen nur noch, aus Angst, sie könnte diese leise Hoffnung durch ihr hysterisches Gekreische wieder verscheuchen.

»Noah?«

Wieder war etwas zu hören. Jetzt war es ganz deutlich.

»Noah, mein Gott, Noah, bist du das?«

Er war ganz nah. Sie spürte es.

Und sie roch etwas Vertrautes.

Sie drehte sich nach links, woher das Schluchzen gekommen war und ihr der Geruch weiter in die Nase kroch. Wie ein witterndes Tier, das eine Fährte aufnahm, sog sie immer wieder begierig die Ausdünstungen ein, die zweifellos von einer vollen Windel stammen mussten. Gleichzeitig betastete sie die Unterlage, auf der sie hockte, und identifizierte sie als eine Matratze ohne Laken. Sie robbte nach links, bis ihre rechte Hand abrupt von etwas zurückgehalten wurde. Der Metallring schnitt ihr schmerzhaft ins Handgelenk. Sie streckte sich trotzdem noch ein Stück weiter, bis die Fingerspitzen ihrer freien Hand plötzlich auf etwas Warmes stießen.

Etwas Lebendiges!

»Mama?«

Diana berührte Noahs Fingerspitzen und mit äußerster Anstrengung gelang es ihr schließlich, sich so weit zu strecken, dass sie seine Hand halten konnte.

»Mama, mir ist kalt ... Mama, ich hab Durst.«

Komischerweise erinnerte sie sich gerade jetzt daran, dass Noah seit Kurzem sein Selbst entdeckt hatte. Anstatt »Noah hat Hunger« oder »Noah will spielen« zu sagen, sprach er seit Neuestem in der ersten Person und benutzte das Wort »Ich«.

»Komm her, mein Kleiner, komm her zu Mama, komm ...«

In diesem Augenblick weinte Diana vor Erleichterung. Nichts wäre schlimmer gewesen, als dass dieser Irre ihrem Kind etwas angetan hätte. Aber Gott sei Dank lag er neben ihr und offensichtlich hatte er außer einem wunden Po und quälendem Durst keine Schäden. Diana versuchte, Noah noch näher an sich heranzuziehen, bis er plötzlich jämmerlich aufschrie. Offenbar war er ebenfalls angeleint worden.

»Mama … aua … aua, Mama … aua …«

Dieser Wahnsinnige muss vom Teufel besessen sein.

Sie fuhr sich mit der Zunge über ihre Lippen. Erst jetzt bemerkte sie den gewaltigen Durst, der jeden Brand nach einer feuchtfröhlichen Silvesternacht weit in den Schatten stellte. Und das, obwohl es in dem Raum kühl war. Diana versuchte, sich zu beruhigen und nachzudenken. Es musste doch irgendeine Möglichkeit geben, dieses Drahtseil loszuwerden. Diesmal tastete sie jeden Millimeter des Metallrings an ihrem Handgelenk sorgfältig ab. An dem Ring war eine Öse angeschweißt, durch die hindurch das Drahtseil sich zu einer Schleife formte, die am Ende mit drei hintereinander angebrachten Klemmen fest verschraubt war. Diana drückte mit aller Kraft an den Muttern der Klemmen herum, zerrte immer wieder wie eine Verrückte an dem Metallring und an der Öse, ohne dass sich auch nur das Geringste lockerte. Resigniert gab sie diesen Versuch auf und beschloss, etwas anderes zu versuchen. Sie stand auf und tastete sich an dem Drahtseil entlang. Irgendwo musste das andere Ende schließlich befestigt sein. Vielleicht gab es ja dort eine Möglichkeit, es zu lösen. Als sie das Ende der Matratze erreicht hatte, spürte sie die klamme Kälte des Steinbodens unter ihren nackten Füßen. Nach wenigen Schritten stieß sie auf eine Mauer, in der eine fingerdicke Ösenschraube verankert war. Die Mauersteine drum herum waren mit einem schmierigen Feuchtigkeitsfilm benetzt. Mit zittrigen, von der Kälte fast schon taub gewordenen Fingern befühlte sie akribisch die Öse, bis ihr klar wurde, dass das Drahtseil hier ebenfalls mit drei Klemmen befestigt war. Tausend Fragen schossen ihr durch den Kopf.

Was wollte dieser Mann von ihnen? Wollte er vielleicht von Hendrik Geld erpressen? Oder war er einfach nur verrückt? Warum hielt er sie und Noah fast nackt und unter solch unwürdigen Verhältnissen in diesem feuchtkalten Kellerloch gefangen? Jeder Hund hatte es da besser. Wie viel Zeit war wohl seit der Taxifahrt vergangen? Dem Geruch der Windel nach zu urteilen, mussten gewiss einige Stunden, vielleicht sogar ein halber oder ganzer Tag vergangen sein.

Plötzlich wurde ihr schmerzhaft bewusst, dass es kein Zufall sein konnte, dass die beiden Drahtseile genau so lang waren, dass sie sich gerade noch mit der nicht angeleinten Hand berühren konnten. Das musste Absicht sein. Dieser Irre hatte die beiden Drähte exakt auf diese Länge zugeschnitten. Und das konnte nur einen Grund haben: Er musste Spaß daran haben, seine Gefangenen zu quälen.

Im selben Augenblick als Diana glaubte, ihre prall gefüllte Blase würde jeden Moment platzen, nahm sie auch wieder Noahs Schluchzen wahr. Diesmal erschien es ihr noch verzweifelter als zuvor. Ein durchdringendes, angsterfülltes Weinen eines Kleinkindes, das bisher nichts anderes gekannt hatte als eine liebevolle, wohlbehütete Umgebung. Wie sollte er auch nur ansatzweise begreifen können, was hier vor sich ging?

Diana taumelte zurück auf die Matratze, bis das Drahtseil erneut an ihrem rechten Handgelenk zerrte.

Wenigstens hat er die beiden Matratzen hingelegt. Ist er vielleicht doch nicht so ein Unmensch? Oder würde es dann einfach zu schnell gehen, bis wir …

Mit jedem erfolglosen Versuch, Noah näherzukommen, schnitt ihr der Metallring tiefer ins Fleisch. Seine angsterfüllte Stimme brachte Diana um den Verstand. Immer wieder flehte er sie an. Er schien nicht zu begreifen, dass sie ihm nicht helfen *konnte.*

Diana heulte hemmungslos. Sie konnte nicht anders, sonst wäre sie an ihren Tränen erstickt. Sie betete zu Gott. Und dann kam ihr ein Gedanke. Ein Gedanke, der ihr wieder etwas Hoffnung einhauchte. Sie stand auf und schrie. Sie schrie so laut sie nur konnte. Wie von Sinnen. Immer wieder dasselbe Wort.

»H I L F E!!!«

Sie wusste zwar nicht, wo dieser Geisteskranke sie eingesperrt hatte. Aber es war doch möglich, dass irgendwo da draußen, außerhalb dieses Raumes, Menschen waren. Bestimmt hatte er sie an einen Ort gebracht, wo er sich sicher wähnte, dass sie nicht entdeckt würden. Aber es gab Zufälle. Immer wieder gab es die erstaunlichsten Zufälle. Warum sollte nicht so ein unglaublicher Zufall dazu führen, dass sie entdeckt wurden?

Minutenlang schrie sie immer und immer wieder dieses eine Wort, bis sie völlig erschöpft auf der Matratze zusammenbrach.

Einige Zeit später bemerkte sie etwas, das sie mit unendlicher Wut erfüllte: Es war warm geworden in ihrem Schoß und auch an der Haut entlang der Innenseiten ihrer Oberschenkel.

Sie hatte sich eingenässt.

13. Kapitel

Als Hendrik am Sonntagmorgen um kurz nach neun Uhr mit seinem Kombi von der Kurfürstenstraße in die Keithstraße einbog, zeigte die Außentemperaturanzeige des Wagens bereits über zwanzig Grad an. Ein weiterer heißer Sommertag stand Berlin bevor. Zu seiner Überraschung fand er direkt vor dem Dienstgebäude des LKA einen freien Parkplatz. Er stellte den Motor ab und suchte auf seinem Handydisplay nach einem Hinweis für einen entgangenen Anruf, obwohl ihm klar war, dass er aufgrund der Freisprecheinrichtung in seinem Auto eigentlich keinen Anruf verpasst haben konnte. Kurz bevor er in Lichterfelde losgefahren war, hatte er noch versucht, Diana auf dem Handy zu erreichen, aber wieder nur ihre Mailbox erreicht. Die beiden mussten eigentlich längst wach sein, denn Noah schlief selten länger als bis sieben Uhr. Aber Diana würde sicher bald zurückrufen. Wahrscheinlich waren sie noch beim Frühstücken oder sie gönnte sich bereits die erste Anwendung und ließ sich verwöhnen, während Noah mit anderen Kindern herumtobte.

Hendrik steckte sein Handy in die Hosentasche, betrat das Dienstgebäude, meldete sich bei der Wache an und wurde in ein Vernehmungszimmer geführt. Er brauchte nicht lange zu warten. Zwei Minuten später betrat Uwe Becker mit einer roten Mappe in der Hand den Raum.

»Guten Morgen, Doktor Jansen. Vielen Dank, dass Sie gekommen sind«, sagte er und streckte Hendrik die Hand entgegen. Während Hendrik ihm die Hand schüttelte, musterte er den Hauptkommissar. Sein Handschlag war fest und kurz. Außer Müdigkeit ließen seine Augen keine Rückschlüsse auf sein Innenleben zu. Die grauen Bartstoppel in seinem Gesicht und die leicht fettigen Haare deuteten allerdings darauf hin, dass Körperpflege momentan nicht die oberste Priorität in seinem Leben hatte. Zumindest trug er ein frisches Hemd, das noch kaum Knitterfalten aufwies.

»Setzen wir uns«, sagte Becker und wies auf einen Tisch in der Mitte des Raums, um den herum vier Stühle aufgestellt waren. Nachdem sie sich gegenübersaßen, legte Becker die Mappe auf den Tisch.

»Ich hoffe, Sie kommen mit den Ermittlungen voran«, sagte Hendrik.

»Deshalb sitzen wir hier, Doktor Jansen. Kommen wir also gleich zur Sache. Wie gut kannten Sie Richter Kaltenfeld und Staatsanwalt Hofmann?«

»Wenn ich mich recht erinnere, war ich drei- oder vier Mal als Gutachter in Verfahren beauftragt, bei denen beide beteiligt waren.«

Becker schlug die rote Mappe auf und warf einen kurzen Blick hinein.

»Vier Mal mit beiden, um genau zu sein. Dann noch zwei Mal in einem Verfahren mit dem Vorsitz von Richter Kaltenfeld, ohne Beteiligung von Hofmann. Und drei Mal nur mit dem Staatsanwalt. Zuletzt im aktuellen Fall Florian Stein.«

Hendrik nickte. »Das könnte so stimmen.«

»Hatten Sie mit einem der beiden privaten Kontakt?«

Hendrik schüttelte den Kopf. »Nein, es gab nur Kontakt im Zusammenhang mit meinen Beauftragungen als Gutachter.«

»Ist Ihnen irgendwann einmal etwas Besonderes aufgefallen? Hat vielleicht einer der Prozessbeteiligten Rachegefühle gegen den Richter oder den Staatsanwalt geäußert?«

»Nein, ich kann mich an keine besonderen Vorkommnisse erinnern. Gibt es konkrete Hinweise, dass es sich um einen Racheakt handeln könnte?«

Beckers Mundwinkel zuckten für einen Augenblick.

»Doktor Jansen, ist Ihnen im aktuellen Fall Florian Stein etwas aufgefallen, das im Zusammenhang mit den beiden Morden von Bedeutung sein könnte?«

»Ich habe gestern Abend noch lange über diesen Punkt nachgedacht … nein, da gibt es nichts.«

Becker machte einige Notizen in seiner roten Mappe. Ohne aufzuschauen, stellte er die nächste Frage.

»Halten Sie es für möglich, dass Stein aus dem Untersuchungsgefängnis heraus einen Mord in Auftrag gegeben haben könnte?«

Gerade als Hendrik antworten wollte, vibrierte sein Handy und spuckte einige schrille Töne aus, die den Eingang einer SMS signalisierten. Becker blickte grimmig von seiner Mappe auf.

»Vermutlich meine Frau«, entschuldigte sich Hendrik. Ohne sein Handy aus der Hosentasche zu ziehen, konzentrierte er sich wieder auf seine Antwort. »Das halte ich für äußerst unwahrscheinlich. Ich kann kein Motiv erkennen. Für Stein hätte sich durch die beiden Morde nichts an seiner Situation verbessert. Außerdem glaube ich nicht, dass er Kontakte ins kriminelle Milieu hat. Er ist ein Einzelgänger.«

Der misstrauische Blick seines Gegenübers verriet Hendrik, dass der Kommissar offensichtlich anderer Meinung war. Becker stellte noch weitere Fragen hinsichtlich eines möglichen Zusammenhangs mit Florian Stein und Hendrik wurde dabei den Eindruck nicht los, dass der Kommissar fast schon zwanghaft versuchte, einen Zusammenhang zwischen den beiden Fällen herzustellen.

»Eine letzte Frage noch, Doktor Jansen. Gab es in einem der Fälle einmal etwas Auffälliges hinsichtlich eines religiösen Fanatikers? Vielleicht einen Hinweis auf eine Sekte, die Schicksalsergebenheit oder etwas Ähnliches als Ideologie verbreitet?«

Nach einer Weile schüttelte Hendrik den Kopf. »Nein, tut mir leid, nein.«

Becker nickte kurz, schnappte sich die Mappe und erhob sich. Nachdem er Hendrik zur Tür gebracht hatte, drückte er ihm seine Visitenkarte in die Hand.

»Falls Ihnen noch etwas einfällt, rufen Sie mich bitte an.«

»Tut mir leid, dass ich Ihnen nicht weiterhelfen konnte«, sagte Hendrik, wobei er insgeheim zu bereuen begann, dass er sich von Becker hatte überreden lassen, vorerst in Berlin zu bleiben. Dieses Gespräch hätte er genauso gut telefonisch führen können.

»Vielen Dank, dass Sie sich zur Verfügung gehalten haben«, sagte Becker, als ob er die Gedanken des Psychiaters erraten hätte. »Aber ich glaube nicht, dass wir Sie hier noch mal benötigen werden. Ihre Handynummer haben wir ja. Schönen Urlaub!«

»Keine Ursache«, sagte Hendrik, während er sich in Gedanken bereits in einem Strandkorb auf Rügen die warme Sonne auf den Bauch scheinen ließ.

Becker nickte gezwungen, drehte sich wortlos um und verschwand im Treppenhaus. Als Hendrik aus dem Dienstgebäude nach draußen trat, fiel ihm wieder Beckers Frage nach einer Sekte oder einem religiösen Fanatiker ein. Offensichtlich wussten die Ermittler wieder mal mehr, als in den Zeitungen gestanden hatte, dachte er, während er sein Handy aus der Tasche zog und die SMS öffnete.

kommen heute schon etwas früher, so zwischen 16 und 17 uhr. hoffe, das ist ok. tausend küsse, julia

Das war nicht die Nachricht, die er sich erhofft hatte. Als er im Auto saß, versuchte er erneut, Diana auf ihrem Handy zu erreichen. Wieder ging nur die Mailbox ran. Schließlich wählte er die eingespeicherte Nummer des Familienhotels auf Rügen. Eine Empfangsdame meldete sich mit einer aufgesetzt freundlichen Stimme.

»Hendrik Jansen am Apparat. Können Sie mich bitte mit meiner Frau Diana Jansen verbinden.«

»Einen Augenblick, bitte.«

»Oder nachschauen, ob sie gerade eine Anwendung hat.«

Tastaturklicken war zu hören.

»Hallo?«, fragte Hendrik, als einige Zeit lang keine Hintergrundgeräusche mehr zu hören waren.

»Haaallooo?«

Das Telefon blieb stumm. Plötzlich wurde die Stille von einer Melodie abgelöst. Offenbar war er nun in der Warteschlange gelandet. Nachdem Hendrik sich das Gedudel zwei Minuten angehört hatte, legte er fluchend auf und wählte erneut. Wieder meldete sich dieselbe Frauenstimme.

»Hendrik Jansen noch mal. Sie haben mich in der Warteschleife geparkt.«

»Entschuldigen Sie bitte, Moment, ich versuche es noch mal.«

Wieder war das Klappern der Tastatur zu hören. Schließlich hörte er einen Freiton. Nach dem siebten Klingeln nahm endlich jemand ab.

»Ja?«

»Diana?«

»Wer spricht da bitte?«, fragte eine fremde weibliche Stimme.

»Tut mir leid. Ich glaube, ich wurde falsch verbunden.«

»Schon okay«, sagte die Frau und legte auf.

Hendrik schüttelte ungläubig den Kopf und wählte zum dritten Mal die Nummer der Rezeption. Diesmal war der Anschluss belegt.

Das gibt es doch einfach nicht.

Er versuchte es noch mal auf Dianas Handynummer.

Wieder nur die Mailbox.

Vielleicht ist der Akku leer und sie hat das Ladegerät vergessen.

Hendrik nahm seufzend seine Brille ab und legte sie auf die Ablagekonsole. Er fuhr sich mit beiden Händen über das Gesicht und rieb sich die Augen. Nachdem er die Brille wieder aufgesetzt hatte, wählte er erneut. Diesmal war wieder das Freizeichen zu hören, erneut meldete sich die Stimme der Empfangsdame.

»Gute Frau, ich werde das Gefühl nicht los, dass Sie mich veräppeln wollen. Geben Sie mir jetzt bitte endlich die *korrekte* Durchwahl zum Zimmer meiner Frau.«

»Sorry für die Umstände, aber wissen Sie, ich mache das heute zum ersten Mal alleine.«

Hendrik verdrehte die Augen. *Unfassbar!*

»Meine Kollegin, die mich gerade einweist, musste zu einem Notfall.«

Ein Notfall?

»Es tut mir leid, aber eine Diana Jansen hat nicht bei uns eingecheckt.«

»Dann schauen Sie unter meinem Namen nach, Hendrik Jansen … Doktor Hendrik Jansen.«

»Es tut mir wirklich leid, aber wir haben momentan keinen Gast mit dem Nachnamen *Jansen* in unserem Hotel … Moment bitte, ich bekomme gerade einen weiteren Anruf …«

Als Hendrik erneut die Melodie der Warteschleife hörte, legte er entnervt auf. Mit einer Mischung aus Sorge um seine Familie und Wut über soviel Unfähigkeit blickte er unruhig hinüber zum Dienstgebäude des LKA, wo gerade ein Gutachterkollege das Gebäude betrat. Dann schloss er für einige Zeit seine Augen. Als er sie wieder öffnete, blickte er entschlossen auf sein Navigationssystem. Er gab die Adresse des Hotels ein und fuhr los.

14. Kapitel

Diana fuhr mit der Hand über die feuchten Stellen der Matratze. Zu ihrer eigenen Überraschung musste sie plötzlich kichern. Sie konnte es zuerst gar nicht glauben, dass sie selbst diese Laute von sich gab. Aber der Gedanke, dass sich manche Leute ihren Urin ins Gesicht schmierten oder die Eigenurinbehandlung sogar so weit trieben, dass sie ihre Ausscheidungen regelmäßig zum Frühstück tranken, hatte sie für einen winzigen Augenblick erheitert.

Jeder Mensch hat es in der eigenen Hand, welche Bedeutung er den Ereignissen beimisst, die ihm zustoßen, versuchte sie sich mit einem Spruch Mut zu machen, den sie mal bei einem Seminar aufgeschnappt und für hilfreich befunden hatte. Wenn andere – im Grunde völlig normale – Leute sogar ihren eigenen Urin tranken, dann war das hier eigentlich nicht wirklich schlimm.

»Mama … aua … aua …«

Aber um Himmels willen, welche Bedeutung sollte sie denn dem Ereignis geben, dass Noah und sie von diesem kranken Arschloch entführt worden waren und wie Tiere in diesem Drecksloch gefangen gehalten wurden? Vielleicht war dieser Spinner ja auch total pervers? Was wusste sie, was er mit ihr und Noah noch alles anstellen wollte? Schlagartig kamen ihr die Fälle von Natascha Kampusch und Josef Fritzl in den Sinn, über die sie sich schon einige Male mit Hendrik unterhalten hatte. Überhaupt, wo war eigentlich Hendrik? Warum unternahm er nichts? Warum war er nichts längst gekommen und hatte sie und Noah befreit?

Ich muss mich zusammenreißen. Ich muss stark sein. Ich muss Ruhe bewahren …

Immer wieder murmelte Diana dieses Mantra vor sich hin.

»Mama … aua … aua …«

Ich muss mich zusammenreißen.

»Mama, ich hab Durst ...«

Ich muss stark sein.

»Mama, mir ist so kalt ... aua ... aua, Mama ...aua ...«

Ich muss Ruhe bewahren.

Diana wurde von einem hysterischen Anfall erfasst und sie hörte, wie sie zu schreien begann und lange Zeit nicht mehr damit aufhören konnte.

Sich selbst konnte sie diese Situation vielleicht gerade noch schönreden, aber wie sollte sie einem gerade mal dreijährigen, völlig unterkühlten Kind Mut machen, das seit vielen Stunden mit einem wunden Po in einer übervollen Windel lag, bereits zu dehydrieren begonnen hatte und jämmerlich zu verdursten drohte?

»Noah ... Noah, hörst du mich?«, flüsterte Diana, nachdem sie wieder einigermaßen die Kontrolle über sich gewonnen hatte.

»Mama«, antwortete Noah kaum hörbar.

»Hör mir zu, Noah. Du musst deine Windel ausziehen. Hörst du?«

»Ja, Mama. Ja.«

Diana hörte, wie Noah die beiden seitlichen Klettverschlüsse öffnete.

»Prima. Ganz toll machst du das. Jetzt dreh dich auf die Seite und roll dich weg.«

Diana hörte, wie Noah sich bewegte.

»Hab ich gemacht, Mama.«

»Prima, mein Schatz. Und jetzt schmeiß die Windel weg. Aber nicht zu mir. Auf die andere Seite. Hörst du, weg damit.«

Nachdem auch das erledigt war, begann Diana damit, eine Naht an der Einfassung des Matratzenbezugs zu lösen. Zuerst mit den Zähnen und dann weiter mit den Fingern, bis sie ein kleines Stück Stoff greifen konnte.

»Gleich bekommst du was zum Anziehen, Noah«, sagte sie

und riss mit aller Kraft, die sie aufbringen konnte, an dem Stück, bis sie einen langen Streifen Stoff in den Händen hielt.

15. Kapitel

Als Hendrik um die Mittagszeit die Rügenbrücke bei Stralsund überquerte, war die Außentemperatur auf über dreißig Grad gestiegen. Während der Fahrt hatte er noch einige Male erfolglos versucht, Diana auf ihrem Handy zu erreichen und irgendwann damit aufgehört, Nachrichten auf ihrer Mailbox zu hinterlassen.

Eine knappe halbe Stunde später traf er in der Nähe von Juliusruh am Familienhotel ein. Vom Parkplatz aus schweifte sein Blick hinüber zum Strandbad. Instinktiv versuchte er, in dem Gewimmel zwischen den Strandkörben Diana und Noah ausfindig zu machen. Warum konnte er jetzt nicht einfach die beiden dort entdecken, wie sie vergnügt im Wasser planschten, eine Sandburg bauten oder im Strandkorb zusammengekuschelt ein kleines Nickerchen machten?

Als er die Eingangshalle des Hotels betrat, stürmte eine Horde johlender Kinder an ihm vorbei, die als Indianer verkleidet waren, und die von zwei schwitzenden Erzieherinnen flankiert wurden. Nachdem die Bande nach draußen verschwunden war, steuerte er zielstrebig die Rezeption an. Zwei gut aussehende Empfangsdamen standen hinter einem Computermonitor und unterhielten sich. Die Ältere schien der Jüngeren etwas zu erklären. Hendrik schätzte die eine auf Anfang fünfzig, die andere war ungefähr halb so alt.

»Guten Tag, mein Name ist Hendrik Jansen. Ich denke, ich habe vor einigen Stunden mit Ihnen telefoniert.« Hendrik blickte die junge Frau mit einem gezwungenen Lächeln an. Sie schaute ein paar Sekunden lang verdutzt zurück. Er tat sich schwer damit, so etwas wie Intelligenz in ihrem Gesichtsausdruck zu entdecken. Er wandte seinen Blick hinüber zu der Älteren. »Ich möchte gerne wissen, wann meine Frau und mein Sohn eingecheckt haben.« Er sah die Empfangsdame streng an. »Ich hoffe, Sie kommen etwas besser mit dem Buchungssystem zurecht als

Ihre junge Kollegin.«

»Entschuldigen Sie bitte«, sagte sie mit einem freundlichen Lächeln. »Meine Kollegin ist neu hier und es gab einen Notfall. Selbstverständlich prüfe ich das sofort nach.«

»Diana Jansen.«

»Das haben wir sofort. Der Name sagt mir etwas.«

Na also! Erwartungsvoll beobachtete er, wie ihr Blick über den Monitor huschte, während sie abwechselnd Zeichen auf der Tastatur eingab und mit der Maus herumklickte.

Zimmer 203. Ihre Frau und Ihr Sohn sind aber momentan im Strandbad.

Irgendwas in der Art würde er jetzt gleich zu hören bekommen.

»Genau, jetzt habe ich es. Deshalb sagt mir der Name auch etwas. Sie hatten ab Samstag gebucht, also ab gestern, aber bisher nicht eingecheckt.«

NEIN!

»Schauen Sie bitte nochmals genau nach, das kann nicht sein.«

Aber es ist definitiv so. Ich brauche nicht noch mal zu fragen.

»Tut mir wirklich leid, Herr Doktor Jansen. Vielleicht wurde Ihre Frau ja aufgehalten.«

Die Hotelangestellte schaute wieder auf den Monitor.

»Wollen Sie schon mal einchecken? Ihre Frau kommt bestimmt bald nach.«

»Hat sie vielleicht angerufen und eine Nachricht hinterlassen?«

Die beiden Damen sahen sich kurz an und schüttelten dann gleichzeitig den Kopf.

Hendrik drehte sich um und ging weg. Er hörte noch, wie die Ältere etwas von Stornogebühren faselte. Er musste nachdenken. In Ruhe überlegen. Das alles konnte auch eine völlig normale Erklärung haben. Eine Erklärung ohne schwerwiegende Folgen.

Von einem Augenblick auf den anderen kann plötzlich alles ganz anders sein.

Hendrik sank in einen der Ledersessel in der Lobby. Er zog sein Handy aus der Tasche und betrachtete das Display.

Nichts.

Seine Hand zitterte. Etwas huschte an seinem Auge vorbei. Er nahm es zuerst nicht bewusst war. Sein Herz klopfte. Wieder zog es vorbei. Immer und immer wieder. Hendrik sah es aus den Augenwinkeln. Ihm wurde schwindelig, als er den Kopf hob und zu begreifen begann, dass er sich nicht täuschte. Seine Augen starrten auf den Flachbildschirm, wo gerade auf N24 das Wetter der nächsten Tage vorhergesagt wurde. Aber das Wetter war ihm egal. So was von scheißegal. Doch der Schriftzug, der immer und immer wieder am unteren Ende des Monitors vorbeizog, brachte seinen Kopf zum Glühen und verknüpfte einige seiner Erinnerungen.

... Berliner Richter und Staatsanwalt Opfer eines Ritualmordes?... Mörder schmierte mit Blut AMOR FATI auf die Stirnen der Leichen ... Polizei hielt Informationen zurück ...

Hendriks Pulsschlag dröhnte in seinen Ohren.

AMOR FATI

Die beiden Mails! Das konnte kein Zufall sein.

Und jetzt fielen ihm auch wieder Beckers Worte ein: *Gab es in einem der Fälle mal etwas Auffälliges hinsichtlich eines religiösen Fanatikers? Vielleicht einen Hinweis auf eine Sekte, die Schicksalsergebenheit oder etwas Ähnliches als Ideologie verbreitet?*

Hendrik verspürte den Drang, sich selbst zu ohrfeigen, weil er diese Zusammenhänge nicht früher erkannt und deshalb wertvolle Zeit verloren hatte.

16. Kapitel

Uwe Beckers Gesicht war hochrot, als er den Besprechungsraum betrat, in dem die ermittelnden Beamten der SoKo »Justitia« versammelt waren.

Er knallte die großen Berliner Tageszeitungen und Boulevardblätter auf den Tisch, blieb stehen und blickte einmal rundum in die Gesichter der Beamten, bevor er sich setzte. Er rang um Fassung, während er die Titelblätter sortierte. Schließlich begann er, zu zitieren: »Berliner Polizei hielt aus ermittlungstaktischen Gründen wichtige Informationen zurück. Mörder schmierte mit Blut AMOR FATI auf die Stirnen der Leichen. Hilflose Polizei immer noch ohne konkrete Spur. War es richtig, diese Information der Öffentlichkeit vorzuenthalten? Wäre der Täter sonst nicht schon längst gefasst worden? Wann schlägt der ‚Schicksalsmörder' wieder zu? Gab es grobe Fehler bei den bisherigen Ermittlungen? ‚SoKo Justitia' offenbar unfähig … und so weiter und so fort.« Becker blickte auf. »Welches verdammte Arschloch hat den Pressegeiern diese Information gesteckt?« Der Hauptkommissar begann damit, zwischen den Stühlen der Beamten herumzuschleichen wie eine Raubkatze auf der Jagd nach Beute.

Die Beamten sahen sich verstohlen an. Schließlich traute sich einer der jüngeren Beamten, etwas zu sagen.

»Wer sagt denn, dass es einer von uns war? Es kann genauso gut einer der Zeugen, der Notarzt oder sonst jemand gewesen sein.«

Becker drehte sich zu dem Beamten um, ging langsam einige Schritte auf ihn zu und setzte sich mit einer Gesäßhälfte seitlich auf den Tisch, an dem der junge Beamte saß. Der Tisch knarrte unter der Last von Beckers Körpergewicht.

»Kriminalkommissar Schneider. Wie alt sind Sie? Fünfundzwanzig? Maximal siebenundzwanzig, würde ich sagen.«

»Sechsundzwanzig«, antwortete Schneider unbeeindruckt.

»Sechsundzwanzig, so, so. Wissen Sie was, Sie Greenhorn: Als Sie noch bei Ihrem Vater im Sack mit Millionen anderer Spermien auf den Abschuss warteten, war ich bereits im Kriminaldauerdienst. Und wenn ich Ihnen sage, dass es einer der in diesem Raum Anwesenden war, dann nicht, weil ich es *vermute* …«

Becker rutschte noch ein Stück näher an den Beamten heran. Wieder knarrte der Tisch bedenklich.

» … sondern weil ich es aufgrund meiner langen Erfahrung *weiß*. Verstehen Sie das?«

Schneider nickte. Warum sollte er sich mit diesem selbstgefälligen Arschloch anlegen. Irgendwann würde auch diese SoKo vorbei sein.

»Dann ist es ja gut«, sagte Becker und begab sich zurück an seinen Tisch.

Nachdem Becker fast eine Minute schweigend auf die Titelblätter gestarrt hatte, hob er seinen Kopf. Er schien sich wieder einigermaßen beruhigt zu haben.

»Die Blätter haben insofern recht, dass wir keinen Schritt vorangekommen sind. Wir haben keine heiße Spur, nicht wahr? Nichts, was uns bisher weitergebracht hätte.«

Becker blickte hinüber zu der einzigen weiblichen Person der SoKo.

»Maria, die Zusammenfassung der Fakten.«

»Klaro«, sagte Maria Leupold. Sie fummelte mit der linken Hand an ihrem Haargummi herum, während sie mit der rechten in der vor ihr liegenden Mappe herumblätterte. »Okay«, begann sie, nachdem ihre Haare offenbar endlich richtig lagen, »es handelt sich definitiv um ein- und denselben Täter. An beiden Tatorten wurden zahlreiche identische Fingerabdrücke und männliche DNA-Spuren vom Täter gefunden, die jedoch in keiner Datenbank registriert sind. Es scheint so, als ob es ihm völlig gleichgültig ist, dass er Spuren hinterlässt. Das könnte entweder bedeuten, dass er nicht sonderlich intelligent ist, oder dass er sich absolut sicher ist, dass er nicht gefasst werden wird. Oder es ist ihm einfach scheißegal. Jedenfalls müssen wir davon ausgehen, dass noch weitere Taten folgen werden.«

Maria blickte zu Becker hinüber, der daraufhin das Wort ergriff. »Wir müssen uns darauf konzentrieren, welchen Zusammenhang es zwischen den beiden Mordopfern und einem der Gerichtsverfahren, an dem beide beteiligt gewesen waren, geben könnte. Wir müssen herausfinden, wer ein Motiv haben könnte und wer als nächstes potenzielles Opfer infrage kommt. Wie ist der Stand dazu?«

Becker nickte zu Maria hinüber und deutete ihr damit an, fortzufahren. Maria betatschte wieder kurz ihren Zopf, zog dann eine Liste aus ihrer Mappe und begann daraus vorzulesen.

»Also, wir haben 378 Rechtsanwälte, Gutachter, Zeugen und andere Prozessbeteiligte identifiziert, die bei Strafverfahren der beiden Mordopfer irgendeine Rolle gespielt haben. 212 Personen wurden inzwischen vernommen, 26 sind derzeit im europäischen, 14 im außereuropäischen Ausland. Die Auswertungen der Informationen unserer Auslandskollegen dauern noch an. 27 der Prozessbeteiligten sind inzwischen verstorben. 24 sind derzeit noch in Haft. Die restlichen 75 Personen konnten bisher nicht ausfindig gemacht werden. Wir sind aber dran. Von den 13 von Richter Kaltenfeld verurteilten und inzwischen wieder auf freiem Fuß befindlichen Personen haben neun ein wasserdichtes Alibi. Die anderen vier werden derzeit noch überprüft und vernommen. Hinweise aus der Bevölkerung oder der Anwohner haben bisher leider zu keiner heißen Spur geführt …«

Becker hörte sich regungslos die weitere Aufzählung der aktuellen Lage an. Als Maria Leupold schließlich fertig war, nickte er kurz in ihre Richtung und ließ dann erneut seinen Blick über die Gesichter der Anwesenden streifen.

»Maria, Kollegen«, sagte er schließlich mit reichlich Pathos in der Stimme. »Ich weiß, ihr gebt alle euer Bestes. Aber das reicht hier nicht. Ihr müsst mehr als sonst geben. Mehr als hundert Prozent. Stellt euch vor, eure Frau, eure eigenen Kinder wären die Opfer gewesen. Stellt euch vor, der Täter hätte dem Menschen, den ihr am meisten liebt, die Kehle durchgeschnitten und mit seinem Blut die Stirn besudelt. Stellt euch das – *verdammt noch mal* – wahrhaftig vor, vielleicht begreift ihr dann, worum es hier geht.«

Becker sammelte die Boulevardblätter auf dem Tisch ein, klemmte sie sich unter den Arm und ging Richtung Tür. Kurz bevor er den Raum verließ, drehte er sich nochmals um. »Bei der nächsten Sitzung möchte ich brauchbare Ergebnisse sehen«, sagte er mit finsterem Gesichtsausdruck. »Und wissen, wer sich durch den Tipp an die Presse was dazuverdienen wollte. Ich hoffe, ich habe mich klar genug ausgedrückt.«

Dann drehte der Leiter der SoKo »Justitia« sich weg und knallte die Tür hinter sich zu. Im Raum wurde gemurmelt und getuschelt. Kriminalkommissar Schneider schüttelte den Kopf. »Arroganter Sack«, murmelte er vor sich hin.

Maria Leupold tat so, als ob sie die Äußerungen Schneiders nicht gehört hätte. Sie schaute auf ihre Armbanduhr. In dreißig Minuten hatte sie den nächsten Besprechungstermin mit ihrem Chef.

17. Kapitel

Hendrik verharrte in dem schweren Loungesessel und starrte auf den Flachbildschirm, auf dem inzwischen eine Sendung über Delfine zu sehen war. Auch der Text am unteren Ende des Bildschirms hatte sich verändert. Aktuelle Fußballergebnisse wechselten mit Hinweisen auf den Reiseverkehr. Alle möglichen Gedanken jagten ihm durch den Kopf. Er wollte glauben, dass sich vielleicht doch irgendein Spinner einen üblen Scherz erlaubt hatte. Dass alles nur reiner Zufall war. Dass nicht er mit dieser Mail gemeint war, sondern dass es sich um eine Verwechslung handelte. Dass Diana und Noah gleich auftauchen würden. Dass sich alles aufklären und als harmlos herausstellen würde.

Mach dir nichts vor.

Er schloss die Augen. Die abscheulichsten Verbrechen kamen ihm in den Sinn, mit denen er im Laufe seiner forensischen Gutachtertätigkeit konfrontiert worden war.

Ich brauche Gewissheit.

Hendrik hatte immer noch eines dieser altertümlichen Handys, ein Nokia, das er sich vor sechs Jahren zur selben Zeit angeschafft hatte wie seinen Audi. Er erinnerte sich daran, wie Diana in der Vergangenheit immer wieder versucht hatte, ihn davon zu überzeugen, sich doch endlich ein modernes Smartphone anzuschaffen. »Schmeiß doch endlich diesen alten Knochen in die Tonne«, hallten ihm jetzt wieder ihre Worte in den Ohren. Aber er hatte es bisher nie für notwendig gehalten. Ein Handy war zum Telefonieren da, vielleicht noch um Textnachrichten zu schreiben. Aber wozu sollte er mit dem Ding ins Internet? Außerdem war seine Freisprecheinrichtung auf dieses äußerst robuste Modell abgestimmt, das ihm schon unzählige Male ohne Schaden zu nehmen auf den Boden geknallt war. In diesem Moment bereute er jedoch zum ersten Mal, dass er nicht auf Diana gehört hatte. Aber gab es hier nicht auch ein Internet-

Terminal? Hendrik stand auf und suchte die Halle ab. Etwas abseits der Bar wurde er fündig. Ein grauhaariger Mann Mitte fünfzig klickte sich durch die Lokalnachrichten irgendeines Provinzblattes.

»Entschuldigen Sie bitte, ich muss dringend an das Terminal, es ist ein Notfall.«

Der Mann blickte zu Hendrik auf und musterte ihn.

»War eh fast durch … und so wie Sie aussehen, scheint es wirklich dringend zu sein.«

Er stand auf und machte Hendrik mit einer wohlwollenden Geste Platz. »Kann ich Ihnen irgendwie helfen?«, fragte er besorgt. Nachdem Hendrik mit abwesender Miene vehement den Kopf geschüttelt hatte, entfernte sich der Mann.

Hendrik meldete sich an seinem Mailaccount an und öffnete hektisch die zweite Nachricht, die er zu Hause ungelesen in den Ordner »Gelöscht« verschoben hatte.

Doktor,

ich weiß, was dieses Bild in Ihrem Psychiaterhirn auslösen wird. Aber ich kann Sie beruhigen, die beiden leben noch. Noch leben sie. Aber nicht mehr lange, denn sie sind dazu bestimmt zu sterben. Ich kann leider auch nichts dagegen tun, denn es ist bereits, wie alles auf dieser Welt, vorherbestimmt. Die Kausalkette für ihr Sterben reicht weit zurück. Auch Sie, lieber Doktor, sind ein Glied in dieser Kette. Es tut mir wirklich leid um die beiden. Aber sie sind Opfer der Umstände. Genauso wie ich ein Opfer der Umstände wurde. So wie wir alle der Launenhaftigkeit des Schicksals unterworfen sind. Aber das ist gut so.

Hendrik unterbrach das Lesen des Textes und klickte auf das Symbol des Dateianhanges.

amorfati.jpg

Was sich kurz darauf in voller Breite auf dem neunzehn Zoll großen Flachbildschirm offenbarte, raubte ihm den Atem. Ungläubig starrte er auf das Foto, auf dem Diana und Noah abgebildet waren. Sie lagen beide auf dem Rücken auf einer Matratze in einem sonst vollkommen leeren Raum. Ihre Augen waren geschlossen. Ihre nackten Oberkörper waren bis unter die Achseln mit einem weißen Laken bedeckt, unten schauten die bloßen Füße hervor. Ihre Hände ruhten über dem Laken auf dem Bauch, die Finger sorgfältig ineinander verschränkt. Auf der Stirn waren die Worte AMOR FATI zu erkennen. Vermutlich mit Blut geschrieben. Ihrem Blut?

Bitte nicht!

Hendrik hatte große Mühe, sich zusammenzureißen, um nicht in Panik zu geraten. Er wollte sich auf die Details des Fotos konzentrieren, wurde aber immer wieder von dem heftigen Pochen in seiner Brust und an seinen Schläfen abgelenkt. Es musste doch einen Hinweis geben, der ihn davon überzeugen konnte, dass hier nicht die Leichen seiner Frau und seines Sohnes abgebildet waren.

Bitte nicht ... bitte, bitte, bitte!

Bis auf die Flammen einiger Teelichter, die um die Matratzen herum aufgestellt worden waren, gab es keine weiteren Lichtquellen in dem Raum. Das Foto war von vorne und von einer erhöhten Perspektive aus geschossen worden. Vermutlich hatte der Fotograf auf einem Stuhl oder etwas Ähnlichem gestanden. Dianas lange blonde Haare waren fächerartig um ihren Kopf herum ausgebreitet worden. Hendrik musste unweigerlich an einen Heiligenschein denken. Er zoomte das Foto näher heran, um Dianas Gesicht genauer betrachten zu können. Aber es half nichts. Das Bild wurde nur grobkörniger und es war unmöglich zu erkennen, ob der Schriftzug mit Blut oder Farbe geschrieben worden war. Ebenso wenig konnte er sehen, ob sie noch lebte oder bereits tot war. Er zoomte wieder zurück und holte diesmal

Noah näher heran. Er musste sich dazu zwingen, das zarte, unschuldige Gesicht seines kleinen Jungen zu betrachten, der wie ein Leichnam aufgebahrt war. Aber auch in Noahs Gesicht konnte er weder Leben noch Tod erkennen.

Hendrik nahm seine Brille ab und massierte seine geschlossenen Augenlider. Er zwang sich zur Konzentration. Tausend Fragen schossen ihm durch den Kopf. Warum hat jemand dieses Foto so inszeniert? Will er mir nur Angst einjagen oder sind sie tatsächlich tot? Wenn sie nicht tot sind, warum will mir jemand Angst einjagen? Warum hat er sie dann entführt? Was sollte dieses Zitat von Schopenhauer? Was dieser Hinweis auf Nietzsches »Amor Fati«, eine Anspielung auf die Verherrlichung des Schicksals? Was hatten die Morde an dem Richter und dem Staatsanwalt mit seiner Familie zu tun? Wollte ihm vielleicht ein Trittbrettfahrer Angst einjagen? Oder war der Mörder von Kaltenfeld und Hofmann tatsächlich derjenige, der auch Diana und Noah …

Hendrik setzte seine Brille wieder auf und wechselte zurück zum Mailtext.

Es gibt allerdings noch eine Möglichkeit, wie Sie den Tod der beiden verhindern können. Eine einzige Chance haben Sie. Dazu müssen Sie sich mit mir treffen. Ich bin überzeugt, Sie werden diese Chance nutzen. Ich erwarte Sie am Sonntag um 15 Uhr im Café Rosenbaum in Alt-Moabit. Seien Sie pünktlich, ich warte nicht gerne.

Und noch eins: Keine Polizei. Kein Wort an irgendeinen anderen Menschen. Keine versteckten Hinweise. Sonst sind Ihre beiden Lieblinge sofort tot. Glauben Sie mir. Ich beobachte jeden Ihrer Schritte.

Hendrik las die Mail noch ein weiteres Mal. Er versuchte,

zwischen den Zeilen zu lesen, zu erforschen, wie der Verfasser tickte. Es war offensichtlich, dass seine Aussagen widersprüchlich waren. Zum einen behauptete er, der baldige Tod von Diana und Noah sei vorherbestimmt, alles sei determiniert und auch er, der Absender der Mail, könne daran nichts ändern, selbst wenn er es wollte. Dann wiederum sprach er von der Möglichkeit – von einer einzigen Chance –, wie der Tod der beiden doch noch verhindert werden könnte. Diese wenigen Zeilen erlaubten Hendrik keine Diagnose, schon gar keine eindeutige, aber sie gaben ihm doch einige aufschlussreiche Hinweise darauf, mit was für einem Menschen er es zu tun hatte.

In einem Punkt war sich Hendrik absolut sicher: Diese Warnung am Schluss, auf keinen Fall jemanden einzuweihen, war keine leere Drohung. Als Hendrik diese Zeilen gelesen hatte, war ihm sofort ein Entführungsfall in den Sinn gekommen, bei dem er vor einigen Jahren den Entführer zum Zeitpunkt der Hauptverhandlung zu begutachten hatte. Der Angeklagte war schließlich aufgrund von Hendriks Diagnose als voll schuldfähig eingestuft und zu einer lebenslangen Gefängnisstrafe mit anschließender Sicherungsverwahrung verurteilt worden. Die Angehörigen des Opfers hatten damals trotz der Warnungen des Entführers die Polizei eingeschaltet. Daraufhin hatte sich der Täter nach seiner Festnahme tagelang von den Beamten verhören lassen, aber die Adresse des Verstecks erst genannt, als er sich sicher sein konnte, dass das Entführungsopfer nicht mehr am Leben war. Und so war es dann auch gekommen. Das Opfer war bereits zwei Tage tot gewesen, als man es fand – eine knapp fünfzigjährige Frau, angekettet an einem heißen Heizungsrohr im Keller eines Industriegebäudes, jämmerlich verdurstet, nachdem sie mehrfach brutal missbraucht worden war.

Ich erwarte Sie am Sonntag um 15 Uhr im Café Rosenbaum in Alt-Moabit. Seien Sie pünktlich, ich warte nicht gerne.

Sonntag war – heute! Hendrik starrte zuerst auf die Computeruhr. Dann auf sein Handydisplay. Beide zeigten dieselbe Uhrzeit an.

13.02 Uhr

Hektisch schloss er das Browserprogramm und sprang auf. Der Stuhl, auf dem er gesessen hatte, kippte nach hinten und knallte krachend auf den gekachelten Fußboden. Einige der Anwesenden schauten ihm mit offenem Mund nach, als er mit starrem Blick durch die Eingangshalle nach draußen hetzte, zu seinem Wagen rannte und mit quietschenden Reifen davonraste.

18. Kapitel

»Ich bin's.«

Die Frau am anderen Ende der Leitung lächelte, als sie die Stimme erkannte.

»Ich kann es kaum erwarten, dich zu sehen«, sagte sie.

Obwohl Aichner nur mit ihr telefonierte, sah er den nach Zuneigung und Liebe lechzenden Blick vor sich. Er sah in ihre braunen Augen; in ihre stumpfsinnigen, kackbraunen Augen, in denen sich ihr krankes Gehirn widerspiegelte. Er musste vorsichtig sein.

»Es dauert länger, als ich dachte.«

»Wie lange noch?«

»Es ist sicher nur eine kleine Verzögerung. Wir werden so vorgehen wie geplant. Warte, bis ich mich wieder melde. Hast du das verstanden?«

Sie nickte nur.

»Ob du das verstanden hast?«, wiederholte Aichner scharf.

»Ja. Ja, natürlich. Richie, bitte komm so schnell du kannst.«

»Ich liebe dich«, log er, »warte einfach nur auf meinen nächsten Anruf. Dann werden wir tun, was zu tun ist. Und dann wird alles gut werden.«

»Versprochen?«

»Ich schwöre es.«

»Richie. Ich liebe dich auch. Ich bin verrückt nach dir.«

Wie recht sie doch hat, dachte Aichner und gab ihr einen schmatzenden Kuss in den Telefonhörer, bevor er auflegte.

Hendrik war wie ein Irrer über Rügen gejagt, hatte mehrmals riskant überholt, bis er von einem Stau ausgebremst wurde und einige Zeit gar nichts mehr voranging. Jede Minute war ihm wie eine Ewigkeit vorgekommen. Als er endlich die Autobahn erreicht hatte, war er in halsbrecherischem Tempo nach Berlin zurückgerast. Trotzdem betrat er mit fast eineinhalbstündiger Verspätung das Café Rosenbaum in Alt-Moabit. Erschöpft setzte er sich an den einzigen unbesetzten Tisch, der gerade eben erst freigeworden war und von dem aus er den Eingang gut überblicken konnte.

Dass er es nicht mehr rechtzeitig schaffen konnte, war ihm bereits bei seiner Abfahrt vom Hotel klar gewesen. Aber er hatte zumindest gehofft, dass er nur wenige Minuten zu spät kommen würde. Jetzt, als er mit unruhigem Blick nach einem Hinweis auf die Anwesenheit des Entführers suchte, reifte in ihm die Gewissheit, dass dieser nicht auf ihn gewartet hatte. Und er hatte kein gutes Gefühl bei diesem Gedanken. Die Angst, die sich während der Fahrt mit jeder Minute Verspätung gesteigert hatte, nagte an seinem kläglichen Rest Zuversicht.

»Was darf ich Ihnen bringen?«

Hendrik sah die junge Kellnerin mit einem abwesenden Gesichtsausdruck an.

»Ihre Bestellung bitte, ich hab' nicht ewig Zeit.«

»Cappuccino«, sagte er mit einem gezwungenen Lächeln. Es fiel ihm schwer, seine Gedanken zu ordnen. Er hat schon Mühe damit, überhaupt einen einzigen klaren Gedanken zu fassen. Der Psychiater in ihm warf einen klugen Ratschlag nach dem anderen in den Ring: *Du bist von den Ereignissen überrumpelt worden. Deine Psyche kämpft noch damit, diese neue Situation zu begreifen. Du musst analysieren, was du als Nächstes tun kannst. Bewahre Ruhe. Unter Angst und Stress ist das Bewusstsein eingeengt. Gehe davon aus, dass sie noch am Leben sind … aber, aber was ist, wenn er sie doch schon umgebracht hat? Vielleicht waren sie ja tatsächlich schon tot, als er die Fotos gemacht hat?*

»Bitte schön, der Herr.«

Hendrik starrte auf die große, henkellose Tasse vor sich, die die Kellnerin serviert hatte, und verfolgte in einem tranceartigen

Zustand, wie nach und nach Milchschaumblasen unter den darübergestreuten Kakaopartikeln zerplatzten. Plötzlich wurde ihm schwindelig. Er hob deshalb den Kopf und auf eine seltsame Art und Weise war er plötzlich von dem Geschehen in dem Café fasziniert. Er hing an den knallroten Lippen einer bildhübschen jungen Frau am Nebentisch, beobachtete, wie ihr Mund Worte formte, wie sie gestikulierte, wie sie mit ihrer Freundin Blicke austauschte, wie sie sich unterhielten und ihre Füße unter dem Tisch verschränkten. Die Bedienung kreuzte seine Blickrichtung, sie schien wie in Zeitlupe durch den Raum zu gleiten. Es kam ihm alles extrem unwirklich und gleichzeitig doch so klar und deutlich vor.

Als sich die Tür des Cafés öffnete, zuckte er zusammen. Der Mann, der hereinkam, blieb einen Augenblick stehen, schaute sich kurz um und grinste zufrieden, als er ihn entdeckte. Zielstrebig kam er auf Hendrik zu und setzte sich zu ihm an den Tisch. Die beiden musterten sich einige Augenblicke wortlos, bis Richard Aichner das Schweigen brach.

»Taxifahren ist übrigens nicht mein Hauptberuf, Doktor.«

»Wer sind Sie?«

»Sie haben sich verspätet.«

»Was wollen Sie? Geld? Wo sind Diana und Noah? Sagen Sie mir *sofort*, wo die beiden sind, verdammt noch mal!«

Hendrik hatte den letzten Satz so laut ausgesprochen, dass einige Tischnachbarn neugierig ihre Köpfe drehten und die beiden Männer mit skeptischen Blicken musterten. Aichner lächelte gezwungen und rückte seinen Stuhl zurecht, bis er so nah am Tisch saß, wie es nur ging. Dann verschränkte er seine Arme über der Tischplatte und beugte seinen Oberkörper nach vorne.

»Nicht doch, Doktor«, flüsterte er, »Sie werden doch nicht die Beherrschung verlieren.« Aichner erhob sich einige Zentimeter von seinem Stuhl und beugte sich noch weiter über den

Tisch, bis sich die Gesichter der beiden Männer fast berührten. »Denn das würde bedeuten, dass deine Lieben einen langen, qualvollen Tod sterben müssen.«

Aichner ließ sich wieder zurück auf den Stuhl sinken, blieb aber weiterhin mit dem Oberkörper über den Tisch gebeugt. »Es würde Monate … nein, wahrscheinlich Jahre dauern, bis man ihre Überreste findet … wenn man das Versteck überhaupt jemals ausfindig macht.«

Hendrik starrte Aichner an. Obwohl es ihn vor Wut fast zerriss, begann sein Verstand routinemäßig damit, die auf ihn einströmenden Sinneseindrücke zu analysieren.

Erweiterte Pupillen. Rot geränderte Augen. Atem riecht streng nach Zigarettenrauch und Alkohol. Erhöhter Muskeltonus und hochfrequenter, feinschlägiger Tremor. Wahrscheinlich eine Kombination aus Alkohol und Amphetaminen oder Kokain.

Aichner lehnte sich zurück in den Stuhl. Dann drehte er sich zur Seite, winkte die Kellnerin heran und bestellte einen Scotch ohne Eis.

»Her mit dem *alten Knochen*!" Aichner machte mit den Fingern der rechten Hand eine fordernde Geste.

»Was?«

Woher weiß er ...

»Mach schon!«

Außer Diana und mir hat das doch nie ein Mensch mitbekommen ... vielleicht Julia noch ... und Noah ... UND MARC!

Hendriks Herzschlag setzte einen Augenblick aus, um danach umso schneller weiterzuschlagen. Hatte etwa dieser Marc etwas mit der ganzen Sache zu tun? Während sich seine Gedanken überschlugen, fischte er umständlich sein altes Nokia-Handy aus der Jackentasche und schob es über den Tisch.

»So ist es brav«, sagte Aichner mit einem geheimnisvollen Grinsen. Er löste den Akku und die SIM-Karte aus dem Gerät und steckte die funktionslos gewordenen Bauteile in seine

Jackentasche. Als die Kellnerin den Scotch brachte, drückte er ihr einen Zehner in die Hand und verzichtete auf das Wechselgeld.

Augenzwinkernd griff er sich das Glas und prostete Hendrik mit einem »Amor Fati, Doktor« zu. Nachdem er es mit einem einzigen Schluck geleert hatte, sagte er: »Wir gehen.« Dann stand er auf und verließ das Café, ohne sich nochmals nach Hendrik umzudrehen.

19. Kapitel

»Er ist wohl noch unterwegs.«

Julia hatte mehrmals hintereinander die Klingeltaste neben dem hüfthohen Gartentürchen gedrückt, auf dem ein Messingschild mit dem eingravierten Namen *Jansen* befestigt war.

»Ruf ihn doch auf dem Handy an«, schlug Marc vor.

Julia zog ihr Smartphone aus einem kleinen Rucksack, den sie über ihrer rechten Schulter trug, und wählte die Nummer ihres Vaters.

Marc wischte sich derweil den Schweiß von der Stirn. »Langsam könnte dein Alter echt mal auftauchen. Die Hitze macht mich fertig.«

»Wenn wir Glück haben, können wir auch im Haus auf Hendrik warten. Da ist es kühler als hier in der prallen Sonne.«

»Hast du einen Schlüssel?«

»Nein«, sagte Julia. »Aber vielleicht … komm.«

Julia schwang sich über das Gartentürchen, das eher eine symbolische Barriere darstellte, aber dennoch seinen Zweck erfüllte, Besucher vom vorschnellen Betreten des Grundstücks abzuhalten. Von der Straße aus war kaum etwas von der Villa zu erkennen, da die Sicht durch dichte Sträucher und Laubbäume verdeckt war. Marc schaute einen Augenblick nach oben, während er Julia auf dem Weg durch das Anwesen folgte. Das vergnügliche Vogelgezwitscher und das satte, Schatten spendende Grün der Blätter, über denen der strahlend blaue Himmel hindurchschimmerte, erweckte den Eindruck, als ob man durch den Garten Eden spazieren würde. Einige Schritte weiter öffnete sich schlagartig die Sicht auf die prachtvolle Villa. Marc blieb stehen und bestaunte einige Zeit das herrschaftliche Gebäude. Dann wanderte sein Blick hinüber zur massiven Eingangstür, an der Julia inzwischen damit beschäftigt war, auf einem Display Tasten zu drücken. Kurz darauf öffnete sich das Türschloss mit einem kaum hörbaren Klicken.

»Hereinspaziert!«, rief sie Marc entgegen.

»Ich könnte ja noch schnell einen durchziehen, solange dein Alter noch nicht …«

»Marc!«

»Mannomann, wenn Blicke töten könnten.«

»Komm jetzt … er taucht bestimmt gleich auf.«

»Gibt's wenigstens einen Kaffee?«, fragte er, während er die Tür hinter sich zuzog und Julia ins Haus folgte.

Nachdem Julia Marc im Erdgeschoss herumgeführt und ihm die Räumlichkeiten gezeigt hatte, machten sie es sich auf der Wohnzimmercouch bequem und unterhielten sich eine Weile über belanglose Dinge, während sie lustlos in den diversen Zeitschriften herumblätterten, die auf dem Couchtisch gestapelt waren. Immer wieder fiel dabei Marcs Blick auf Hendriks Notebook, das zusammengeklappt neben dem Zeitschriftenstapel lag.

»Ich lass uns noch mal Espresso aus der Maschine«, sagte Julia und verschwand Richtung Küche. Marc war kurz davor Julia hinterherzurufen, er würde jetzt viel lieber was rauchen, ließ es dann aber doch sein. Stattdessen lehnte er sich auf der Couch zurück, verschränkte die Arme hinter dem Kopf und träumte von seinen Cannabispflanzen. Zusammen mit einem Kumpel hatte er an schwer zugänglichen Plätzen im Berliner Umland Setzlinge von feminisierten selbstblühenden Hanfsamen angepflanzt, die speziell für gemäßigte Klimazonen gezüchtet waren. Wie im vergangenen Jahr gediehen die Pflanzen prächtig und die bald anstehende, ertragreiche Ernte sollte für seinen jährlichen Eigenbedarf mehr als ausreichend sein.

Das Geräusch einer mit Hochdruck arbeitenden Espressomaschine, das aus der Küche ertönte, riss ihn aus seinen Gedanken. Im selben Augenblick fiel sein Blick erneut auf Hendriks Notebook. Marc schielte hinüber zur Küche und drehte dann seinen

Kopf kurz in Richtung Flur, der zur Eingangstür der Villa führte. In seinen Fingern kribbelte es gewaltig. Zu gerne hätte er jetzt versucht, sich Zugang zu dem Rechner zu verschaffen, um ein bisschen in den Dateien von Julias Vater herumzustöbern. Julia hatte ihm hin und wieder etwas über den Job ihres Vaters erzählt, war dabei aber nie wirklich in die Tiefe gegangen. Was er wusste, war eigentlich nur, dass Jansen ein Seelenklempner war und als Sachverständiger andere Leute daraufhin untersuchte, ob sie noch alle Tassen im Schrank hatten.

Obwohl Marc bereits nach der achten Realschulklasse nie wieder eine Schule von innen gesehen hatte, war er ein intelligenter und vielseitig interessierter Mensch. Nachdem er die Schule geschmissen hatte, fand er glücklicherweise bald Unterschlupf in einer Wohngemeinschaft. Seine saufenden Eltern, die ihn obendrein regelmäßig verprügelten, hatte er seitdem nicht mehr gesehen und er war sich sicher, dass sie ihn auch keine Sekunde vermissten. Und vermutlich hatte ihm das auch das Leben gerettet. Denn anstatt sich mit harten Drogen oder wie seine Eltern mit Alkohol zu betäuben, bestand das Leben in der WG darin, dass sie im Internet ihr Unwesen trieben, sich von Pizza und Cola ernährten und hin und wieder einen Joint rauchten. Aber sie hatten nie einfach nur bösartig zerstört, sondern hier und da kleinere Beträge von Kreditkartenkonten abgezwackt, die sie im elektronischen Sumpf spurlos versacken ließen, bevor irgendeiner der Karteninhaber überhaupt etwas bemerkte. Marc hatte sich mit Leidenschaft und Hartnäckigkeit schnell einen ausgezeichneten Ruf in der Hackerszene erworben, sich dann aber vor einigen Jahren verabschiedet und stattdessen mit der Musik angefangen. Julia hatte er bisher nichts von seiner Hackervergangenheit erzählt und so sollte es auch bleiben. Bei manchen Dingen war es einfach besser, wenn man sie für sich behielt. Marcs Blick war in die Zukunft gerichtet. Genauso, wie er sich ohne geregelte Ausbildung in die Tiefen der Bits und

Bytes eingearbeitet hatte, hatte er sich das Keyboardspielen beigebracht und die elektronischen Musikprogramme innerhalb kurzer Zeit zu beherrschen gelernt. Was jetzt noch fehlte, war der kommerzielle Erfolg. Marc lächelte bei dem Gedanken versunken in sich hinein, als er sich an die begeisterten Zuschauer ihres letzten Konzerts erinnerte.

»Dir scheint es ja gut zu gehen«, sagte Julia, als sie mit zwei Espressotassen in den Händen aus der Küche zurückkam.

»Klar, ich hab ja dich.«

»So, so, und an was hast du gerade gedacht?«

»Ich dachte an unser Konzert … und ich hab ein bisschen geträumt.«

Julia stellte die Tassen auf dem Couchtisch ab und setzte sich neben Marc. »Ich komm mit«, hauchte sie ihm ins Ohr.

»Wohin?«

»In deinen Traum«, sagte sie und blickte Marc sehnsüchtig an.

Marc schielte Richtung Flur. »Was ist, wenn dein Alter kommt?«

Julia drückte sanft ihren Zeigefinger auf Marcs Lippen.

»Normalerweise hört man, wenn ein Auto auf das Grundstück fährt.«

»Normalerweise?«

Julia zog bereits ihr T-Shirt aus. »Lass uns eine Reise machen«, sagte sie. Bevor Marc auch nur den Hauch einer Chance hatte, noch etwas zu sagen, spürte er bereits Julias Zunge in seinem Mund.

20. Kapitel

Hendrik hatte Mühe, mit Aichner Schritt zu halten, nachdem dieser so abrupt das Café Rosenbaum verlassen hatte. Seit einigen Minuten schon marschierte Aichner die Turmstraße entlang, ohne sich auch nur ein einziges Mal umzudrehen, um sich zu vergewissern, ob Hendrik ihm folgte. Plötzlich blieb Aichner unvermittelt stehen und begann damit, wild um sich zu schlagen. Hendrik war einige Meter hinter ihm geblieben und beobachtete die skurril anmutende Szene. Die meisten Passanten taten jedoch so, als ob sie nichts bemerken würden, beschleunigten ihre Schritte und drehten ihre Köpfe in eine andere Richtung, während sie an Aichner vorbeigingen. Es gab schließlich mehr als genug Irre in dieser Stadt. Am besten hielt man sich raus und versuchte, Konfrontationen zu vermeiden.

Hendrik suchte nach einem Grund für Aichners seltsames Verhalten. So wie es aussah, hatte eine Wespe seinen Weg gekreuzt und Aichner versuchte panisch, das Tier zu verscheuchen. Plötzlich rannte er los und blieb erst nach einer Weile an einer Straßenecke stehen. Dort blickte er sich mehrmals hektisch um, bis er sich allmählich wieder etwas entspannte. Die panische Angst stand jedoch immer noch in seinem Gesicht, als er sich mit dem Unterarm den Schweiß von der Stirn wischte. Bevor Hendrik zu ihm aufschließen konnte, bog Aichner bereits in die nächste Straße ein und blieb erst wieder einige Häuserblocks weiter vor einem heruntergekommenen Mietshaus stehen, wo er einen Schlüsselbund aus seiner Hosentasche zog.

»Insektengiftallergie … oder eine Phobie?«, fragte Hendrik, nachdem er ihn erreicht hatte.

Aichner fuhr mit einem »Halt's Maul!« herum und fixierte ihn mit wild funkelnden Augen. Hendrik war sofort klar, dass es besser wäre zu schweigen, wortlos folgte er ihm ins Treppenhaus. Erst auf Höhe des vierten Stockwerks, wo es streng nach Putzmitteln roch, brach Aichner das Schweigen und zeigte auf eine Wohnungstür. »Die Alte hier hat einen Putzfimmel, wischt zwei Mal am Tag die Treppen mit literweise Meister Propper auf. Die wäre was für Ihre Couch.«

»Ich habe meine Praxis schon vor einigen Jahren aufgegeben.«

Warum erzähl ich ihm das überhaupt?

»In zwei Wochen sind es exakt fünf Jahre und acht Monate«, präzisierte Aichner, nachdem sie seine Wohnungstür im fünften Stock erreicht hatten und er bereits den Schlüssel ins Schloss steckte. »Aber an Sonjas Tod kann es ja wohl nicht gelegen haben«, ergänzte er, während er einen Lichtschalter drückte und Hendrik mit einem allwissenden Grinsen die Tür aufhielt.

Schon wieder weiß er Dinge über mich, in die ich nur sehr wenige Menschen eingeweiht habe ... ihn aber ganz bestimmt nicht.

Zum Beispiel, wie es tatsächlich um seine Ehe mit Sonja gestanden hatte. Mit einem mulmigen Gefühl betrat Hendrik die Wohnung und inspizierte den rechteckigen Raum. So wie es aussah, handelte es sich um ein etwa dreißig Quadratmeter großes Ein-Zimmer-Appartement. An der langen Wandseite gegenüber der Wohnungstür befand sich nach rechts versetzt eine schwarze Ledercouch. Davor stand ein quadratischer Tisch, dessen massive Glasplatte auf einer zusammengeschweißten Konstruktion aus dicken Stahlrohren lastete. Links und rechts des Tisches befanden sich zwei zur Couch passende schwere Ledersessel. Von der Wohnungstür aus links gesehen, zur Straßenseite hin, gab es ein einziges großes Fenster, das durch einen nachtblauen Samtvorhang abgedunkelt war, sodass trotz des sonnigen Sommernachmittags nur wenig Tageslicht in den Raum drang. An der Wandseite, wo auch die Couch stand, war eine überschaubare Küchenzeile eingebaut. Auf dem Büfett stachen Hendrik sofort einige Spirituosenflaschen ins Auge.

Zwischen Küchenzeile und Couch führte ein schmaler Flur weg, der in ein Badezimmer führte. Am auffälligsten war ein riesiger Flachbildschirm, der gegenüber der Couch an der Wand neben der Eingangstür befestigt war. In der hinteren Ecke des Zimmers stand noch ein kleiner Schreibtisch mit einem einfachen Holzstuhl davor, auf dem sich ein zugeklapptes Notebook befand. Insgesamt war die Wohnung, in der weder ein Bett noch ein Esstisch vorhanden war, äußerst spartanisch eingerichtet. Hendrik fragte sich, ob Aichner tatsächlich hier lebte und auf der Couch schlief, oder ob er diese Wohnung nur zu einem ganz bestimmten Zweck angemietet hatte?

Was hat er hier mit mir vor?

»Nehmen Sie Platz, Doktor«, sagte Aichner, während er den Schlüsselbund lustlos auf das Küchenbüfett pfefferte. Er griff sich eine angebrochene, noch fast volle Whiskyflasche und nahm zwei Trinkgläser aus dem Wandschrank. Dann wandte er sich wieder Hendrik zu und ließ sich stöhnend auf der Couch nieder.

»Sie können auch gerne stehen bleiben, aber es wird eine lange Nacht werden. Also setzen Sie sich lieber.«

Hendrik folgte der Aufforderung und setzte sich in den Sessel rechts neben Aichner, der inzwischen damit beschäftigt war, die beiden Gläser zu füllen. Hendrik war aufgefallen, dass Aichner die Wohnungstür nicht abgeschlossen hatte. Anscheinend machte er sich keinerlei Sorgen darüber, dass sein unfreiwilliger Besucher sich verdrücken könnte. Und Aichner hatte natürlich recht. Hendrik konnte sich nicht einfach aus dem Staub machen, denn das hätte vermutlich das Todesurteil für Diana und Noah bedeutet.

»Zum Wohl«, sagte Aichner und schob Hendrik ein halb volles Glas über den Tisch. Hendrik zögerte. Er hatte zum Frühstück lediglich ein Brötchen mit Marmelade gegessen. Und außer dem Milchkaffee im Café Rosenbaum war das alles, was er bis jetzt zu sich genommen hatte. Die Wirkung, die der hochprozentige Alkohol auf nüchternen Magen haben würde, war genau das Gegenteil von dem, was er jetzt brauchen konnte; nämlich einen klaren Kopf, um sein Gegenüber irgendwie dazu zu bringen, den Aufenthaltsort von Diana und Noah zu verraten.

»Mach schon«, wies Aichner ihn scharf an.

Hendriks Atmung beschleunigte sich. Wut und Angst vermischten sich zu einem gefährlichen Cocktail. Während er sich das Glas griff, erschrak er über seine eigenen Gedanken. Denn im Geiste drosch er diesem kranken Arschloch die Whiskyflasche über den Kopf und rammte ihm danach noch den spitzen Hals der zerbrochenen Flasche in die Eingeweide.

Reiß dich zusammen, Hendrik.

»Amor Fati«, sagte Aichner mit einem dämonischen Grinsen und leerte mit einem einzigen Schluck die Hälfte seines Glases. Hendrik nahm nur einen kleinen Schluck, der aber ausreichte, um augenblicklich ein Feuer in seiner Speiseröhre und seinem Magen zu entfachen.

»Guter alter Scotch, fast fünfzig Prozent«, sagte Aichner mit demselben Grinsen im Gesicht. Hendrik nahm einen weiteren, diesmal größeren Schluck und fixierte Aichner mit festem Blick.

»Wer sind Sie? Was wollen Sie von mir? Warum haben Sie meine Frau und meinen Sohn entführt?«

»Richie.«

Hendrik runzelte die Stirn.

»Prost, Doktor. Ich heiße Richie.«

»Beweise mir, dass sie noch leben.«

»Klingt schon besser, Doktor.«

»Ich will Beweise sehen!«

»Hör zu Doktor, es ist völlig egal, was *du* willst. Es ist auch scheißegal, was *ich* oder sonst irgendjemand auf diesem Planeten will. Alles ist bereits vorgegeben, verstehst du das?«

Hendrik suchte in Aichners Verhalten nach Hinweisen, die er einer Symptomatik zuordnen konnte.

»Wer sagt dir denn, dass alles vorgegeben ist?«

Aichner verfiel in ein zynisches Gelächter, das nicht zu enden schien. Nach einiger Zeit hörte er jedoch schlagartig damit auf und ein finsterer Ausdruck lag plötzlich auf seinem Gesicht.

»Das ist typisch für euch Psychodocs. Immer wenn eurer Meinung nach jemand nicht ganz richtig tickt, ist er entweder ein Schizo, der Stimmen hört, oder ein depressiver Mensch. Mehr fällt euch nicht ein. Und dann zückt ihr den Rezeptblock, um einen ruhig zu stellen.«

»Manchmal gerät man an den falschen Arzt.«

Aichner wurde nachdenklich.

»Es gibt Situationen im Leben, Doktor, da kann dir kein Arzt der Welt helfen, da kann dir niemand helfen. Nicht einmal irgendein verdammter Scheißgott kann dir da helfen.«

Aichner leerte sein Glas. Dann kramte er in seiner Hosentasche herum und zog ein durchsichtiges Plastiktütchen mit weißem Pulver hervor. Er streute sich eine Linie auf den Glastisch, kramte aus der anderen Hosentasche einen Fünfziger heraus, den er zusammenrollte, und zog sich das Pulver die Nase hoch. Die restlichen Krümel tupfte er mit dem angefeuchteten Finger vom Tisch und rieb sich damit das Zahnfleisch ein.

»Solltest du auch mal probieren«, sagte er, »Koks hilft zumindest über das Gröbste hinweg.«

Hendrik erinnerte sich an seine Studentenzeit. Einige seiner Kommilitonen und er waren während ihres Medizinstudiums der Meinung gewesen, dass sie die verschiedenen Drogen selbst ausprobieren mussten, um ihre Wirkung nachvollziehen zu können. Kokain war eine davon gewesen. Aber er hatte jede Droge nur genau einmal ausprobiert und war nie abhängig oder süchtig gewesen.

Anders jedenfalls als dieser Typ hier ... und anders als dieser Marc.

»Leider immer nur kurzfristig«, antwortete Hendrik.

»Das ganze Leben ist kurzfristig«, erwiderte Aichner. »Wir werden auf die Welt geworfen und nähern uns von der ersten Sekunde an unausweichlich unserem Tod. Das Programm läuft gnadenlos ab. Es gibt kein Entrinnen.«

Aichner stand unvermittelt auf, ging hinüber zum Schreibtisch und öffnete eine Schublade, aus der er ein Handy zog. Dann griff er sich das Notebook und setzte sich zurück auf die Couch. Er schaltete beide Geräte ein, deponierte das Notebook neben sich auf der Couch und wählte mit dem Handy eine Nummer. Augenblicklich nahm jemand am anderen Ende den Anruf entgegen.

»Ich bin's«, sagte Aichner. »Jetzt!«

Nach einer kurzen Pause fügte er noch hinzu: »Ich dich auch.« Dann beendete er das Gespräch, grinste für einen Augenblick zufrieden in sich hinein und platzierte das Notebook auf seinem Schoß. Er klappte es auf und gab einige Befehle über die Tastatur ein. Ohne aufzublicken, sagte er: »Doktor, du wolltest doch wissen, wo das liebe Dianalein und das süße Noahlein so die Zeit totschlagen. Dann schau mal auf den Bildschirm. Da bekommst du gleich die Show deines Lebens geboten.«

21. Kapitel

Becker rieb sich mit den Knöcheln seiner geballten Fäuste die müden Augen. Er lehnte sich in seinem Bürostuhl zurück und verschränkte die Füße auf dem Schreibtisch. Minutenlang saß er wie versteinert da, bis es an der Tür klopfte.

»Komm rein«, rief er, ohne zur Tür zu schauen.

Maria Leupold betrat mit einem Aktenordner in der Hand das Büro. Becker musterte ihren eng anliegenden Rock.

»Setz dich«, sagte er, während er seine Füße vom Tisch nahm und sich aufrichtete. Er zeigte auf den leeren Stuhl vor seinem Schreibtisch.

Maria setzte sich und schlug die Beine übereinander, sodass der Rock ihre Knie freigab, dann legte sie den Ordner auf ihrem Schoß ab.

»Also«, begann sie ohne Umschweife. »Von den dreizehn von Kaltenfeld unter Beteiligung von Hofmann verurteilten und inzwischen wieder auf freiem Fuß befindlichen Personen kommt keiner infrage. Bis auf eine Person haben alle ein wasserdichtes Alibi … außer einem gewissen Robert Schulze, er war zu beiden Tatzeiten alleine zu Hause. Er ist aber unheilbar an Krebs erkrankt, außerdem wurde ihm schon vor Monaten ein Raucherbein amputiert. Laut Aussage des behandelnden Arztes ist es unvorstellbar, dass er überhaupt alleine das Haus verlassen konnte.«

Becker kratzte sich am Hinterkopf, während er unablässig auf Marias Beine starrte. »Somit fällt also Rache eines Verurteilten als Motiv weg, außer es wäre jemand, der die Morde aus dem Gefängnis heraus in Auftrag gegeben hat.«

»Sind wir dran«, sagte Maria, »es deutet bisher jedoch nichts darauf hin, dass einer der infrage kommenden Häftlinge diesbezüglich irgendwelche Anstrengungen unternommen hätte.«

»Und was ist mit den anderen Prozessbeteiligten? Zeugen?

Angehörige? Gutachter? Nebenkläger?«

»Kam bisher nichts Verdächtiges zutage.«

»Und die Ermittlungen hinsichtlich des Geschmiers auf der Stirn?«

»Leider auch nichts. Wir haben alle bekannten spirituellen und pseudoreligiösen Gruppen sowie alle Sekten unter die Lupe genommen. Nirgends hat dieser Spruch irgendeine Bedeutung. Er taucht nicht mal am Rande irgendwo auf. Selbst im Netz sind wir auf keine Spur gestoßen, die irgendwelche Schlüsse auf einen fanatischen Spinner zuließen, der diesen Spruch benutzt. Nix, rein gar nix.«

Becker zog eine Grimasse. »Was für einen Misthaufen von unfähigen Mitarbeitern hat man mir da zugeteilt?«

»Wir …«, wollte Maria gerade ansetzen, wurde aber von Becker sofort wieder unterbrochen.

»Wer hat der Presse den Tipp gegeben? Habt ihr das wenigstens herausgefunden?«

Maria schüttelte den Kopf und nutzte die Chance, um erneut das Wort zu ergreifen. »Wir haben aber etwas entdeckt, was sich zu einer heißen Spur entwickeln könnte.«

Becker horchte auf. »Raus damit.«

»Wie besprochen, haben wir uns die Gerichtsverfahren mit Beteiligung von Kaltenfeld und Hofmann noch mal genauer angeschaut, bei denen es *keine* Verurteilungen gab.«

»Ja, ja«, sagte Becker ungeduldig. »Und?«

»Von den sechs infrage kommenden Personen haben wir bisher fünf vernommen.« Maria machte eine kurze Pause und richtete ihren Haargummi zurecht.

»Jetzt fummel doch nicht ständig an deinen Haaren herum«, herrschte Becker sie an.

Als fühlte sie sich bei etwas Verbotenem ertappt, lächelte Maria verlegen und konzentrierte sich wieder auf ihre Berichterstattung.

»Vier der fünf haben wasserdichte Alibis zu beiden Tatzeiten.«

Becker stand auf, ging ein Stück um den Tisch herum und legte dabei die Hand ans Kinn.

»Und der Fünfte?«

»Sitzt seit drei Monaten in Untersuchungshaft. Ihm wird Vergewaltigung mit anschließendem Mord vorgeworfen.«

»Scheiße«, sagte Becker und stützte sich mit ausgestreckten Armen auf der Tischplatte vor Maria auf. Sie musste ihren Kopf in den Nacken legen, um ihn anzusehen.

»Die sechste Person allerdings könnte etwas mit unserem Fall zu tun haben. Da stimmt etwas nicht.«

Becker starrte Maria direkt in die Augen.

»Was stimmt nicht?«

»Sie lebt seit vier Jahren in einer Frauen-WG und hat genau in der Nacht, als Hofmann ermordet wurde, ohne ein Wort zu sagen ihre Sachen gepackt und war plötzlich weg.«

Becker runzelte die Stirn. »Und?«

»Das Beste kommt noch«, antwortete Maria mit einem geheimnisvollen Blick. Sie genoss es, die Antwort noch etwas hinauszuzögern. »Die Aussagen ihrer Mitbewohnerinnen waren sehr aufschlussreich ...« Wieder machte sie eine Pause.

Becker verdrehte die Augen und rückte noch näher an Maria heran. »Ich höre«, flüsterte er.

»Sie hat sich seit einigen Wochen regelmäßig mit einem Mann getroffen.«

»Das tun viele Frauen.«

»Ja, sicher, aber sie hat sich bis dahin jahrelang von Männern ferngehalten.«

»Das muss nichts zu bedeuten haben«, sagte Becker.

»Sie ist keine Unbekannte, du wirst dich sofort an ihren Fall erinnern, wenn ich dir ihren Namen nenne.«

»Sag schon.«

Maria lächelte lange mit geschlossenen Lippen, bis sie schließlich mit dem Namen herausrückte.

»Nadine … Schuster.«

»Die Hammermorde!«, schoss es aus Becker heraus. »Wie lange ist das jetzt her? Sechs, sieben Jahre?«

Maria ergriff Beckers Hand und zog ihn zu sich her, sodass er sich etwas bücken musste. »Sieben. Deine Hand liegt auf ihrer Akte.«

Becker schaute verblüfft auf seine Hand und schließlich auf die Akte, die auf Marias Schoß lag. »Wer ist es?«

»Die Mitbewohnerinnen haben ihn nie zu Gesicht bekommen. Sie hat ihn aber immer in Berlin getroffen. Er lebt also in der näheren Umgebung. Ein Team ist an der Sache dran.«

Becker lächelte zufrieden. Dann wanderte seine Hand unter die Akte auf Marias Schoß und er befummelte gierig ihre Schenkel.

»Treffen wir uns heute Abend wieder?«, keuchte er ihr ins Ohr.

22. Kapitel

Sämtliche Fingernägel an Dianas Händen waren inzwischen abgebrochen oder schmerzhaft bis ins Nagelbett eingerissen. Verzweifelt hatte sie versucht, das Drahtseil irgendwie aufzudrillen, bis sie schließlich einsehen musste, dass es ein sinnloses Unterfangen war. Seitdem lag sie mit gespreizten Armen wie eine Gekreuzigte auf dem Rücken und starrte in die Dunkelheit. Aber so konnte sie wenigstens Noahs Hand halten, der jetzt ruhig und gleichmäßig atmete. Unter ihrer Anleitung hatte sich der Kleine zuvor mit den von ihr abgerissenen und zusammengeknoteten Stofffetzen notdürftig umwickelt und war schließlich vor einigen Minuten eingeschlafen, nachdem sie noch einige Zeit ganz leise »Schlaf, Kindlein, schlaf« vor sich hingesummt hatte. Plötzlich kam ihr ein neuer Gedanke. Ja! Das müsste doch klappen? Warum hatte sie nicht schon früher an diese Möglichkeit gedacht?

»Noah, mein Schatz … «, flüsterte sie aufgeregt.

Der Atem des Jungen blieb ruhig und gleichmäßig.

Behutsam ließ sie Noahs Hand los und drehte ihren Unterleib so weit in seine Richtung, wie es der Schmerz ihres nach hinten verdrehten Schultergelenks zuließ. Als ihre Zehenspitzen endlich seine kleinen Füße berührten, liefen Freudentränen über ihre Wangenknochen. Sie schob sich noch ein Stück weiter, obwohl ihr der Metallring am Handgelenk qualvoll ins Fleisch schnitt. Aber das Glücksgefühl, das sie in diesem Augenblick verspürte, verdrängte jeglichen Schmerz. Mit ihrem großen Zeh ertastete sie irgendwann Noahs Bauchnabel, über den sie ihn Monate lang ernährt hatte. Als sie schließlich auch noch seinen warmen Atem an ihrer Fußsohle spürte, musste sie sogar einen Augenblick lang kichern, weil es so herrlich kitzelte.

Doch plötzlich peitschte ein pulsierendes Dröhnen durch den Raum. Gleichzeitig flackerten Lichtblitze auf. Diana presste vor

Schmerz die Augen zusammen. Unwillkürlich zuckte ihr ganzer Körper und ihr Fuß traf Noah mitten ins Gesicht, der dadurch aus dem Schlaf gerissen wurde und entsetzlich zu schreien anfing. Das grell blitzende Licht der beiden nackten Leuchtstoffröhren an der Decke ließ Diana schrille Schreie ausstoßen und in diesem Augenblick ahnte sie, dass dieses Martyrium noch lange nicht zu Ende sein würde.

Anfangs weigerte sich Hendriks Verstand noch, die Bilder zu fassen, die sich zeitgleich mit dem Aufblitzen der Leuchtstoffröhren auf dem Bildschirm aufbauten. Die beiden zuckenden Kreaturen auf dem Boden wirkten wie Protagonisten aus einem billigen Horrorfilm. Die langen nackten Frauenbeine auf dem schmächtigen Jungen, der mit irgendwelchen Stofffetzen umwickelt war, der Tritt in das schlafende Gesicht und das Blut, das kurz darauf aus der Nase des Kleinen schoss, wirkten so surreal, dass er einfach nicht wahrhaben wollte, was er da sah. Das musste irgendein Trick sein. Vielleicht eine Videomontage? Irgendwas am Computer Zusammengebasteltes.

Erst als Hendrik auch die markerschütternden Schreie von Diana und Noah wahrnahm, bröckelte der Schutzmechanismus der Leugnung allmählich ab. Er starrte auf die Szenerie und versuchte zu verstehen, was in diesem Raum vor sich ging.

»Das ist live, Doktor.«

Hendrik drehte langsam den Kopf Richtung Aichner. Seine Schockstarre hatte sich noch immer nicht vollständig gelöst.

»Wie du siehst, leben die beiden.« Aichner setzte einen bedauernden Blick auf. »*Noch* leben sie.«

»Was … was soll das?«, stammelte Hendrik.

»Was soll das? Was soll das?«, wiederholte Aichner spöttisch. »Du siehst doch, was mit den beiden los ist. Sie haben Schiss, die beiden haben einfach gottverdammten Schiss.«

Hendrik schlug die Hände vors Gesicht. Unter seinen Brillengläsern schossen ihm Tränen aus den Augen. Seine Hände begannen zu zittern. In seinen Schläfen pochte es. Ich muss ruhig bleiben, beschwor er sich. Nichts Unüberlegtes tun. Im Augenblick hatte Aichner die absolute Kontrolle. Aber das musste nicht so bleiben. Das *durfte* nicht so bleiben.

Es gibt allerdings noch eine Möglichkeit, wie Sie den Tod der beiden verhindern können. Eine einzige Chance haben Sie. Dazu müssen Sie sich mit mir treffen. Ich bin überzeugt, Sie werden diese Chance nutzen.

Hendrik nahm die Hände vom Gesicht und sah Aichner entschlossen in die Augen. »Was muss ich tun, um den Tod der beiden zu verhindern?« Seine Stimme vibrierte, als er die Worte aussprach.

»Denk nach, Doktor«, sagte Aichner fast beiläufig und schaute kurz hinüber zum Bildschirm. Dann drückte er die Wahlwiederholungstaste auf seinem Handy. »Weiter!«, befahl er und beendete das Gespräch sofort wieder. Mit einem zufriedenen Gesichtsausdruck schenkte er sich Scotch nach und zündete eine Zigarette an. Genüsslich sog er den Rauch in seine Lungen und ließ ihn durch Nase und Mund wieder entweichen. Dann wandte er sich erneut Hendrik zu.

»Das Programm geht weiter, Doktor«, sagte er, während er mit dem Kinn in Richtung des Flachbildschirms wies und sich mit einem entspannten Seufzer zurücklehnte.

Wie hypnotisiert folgte Hendrik der Anweisung und richtete seinen Blick auf Diana und Noah, die beide zitternd vor Kälte und Todesangst, jeder für sich alleine zusammengerollt wie ein Embryo, auf ihren Matratzen kauerten. Mit leerem Blick starrten die beiden vor sich hin und versuchten, wie auch er selbst, das Unbegreifliche, das hier passierte, zu verstehen.

23. Kapitel

Julia und Marc lümmelten bereits seit Stunden auf der Couch herum und schauten sich »Einer flog übers Kuckucksnest« mit Jack Nicholson an. Es war einer von Hendriks Lieblingsfilmen, und da Marc den Film noch nicht kannte, hatte Julia diese DVD ausgesucht.

»Ich hol mir noch'n Bier«, sagte Julia und drückte die Pausentaste auf der Fernbedienung.

»Klaro, ich geh noch mal kurz auf die Terrasse … und bringst du mir bitte noch 'ne Cola mit?«, sagte Marc.

»Ja«, antwortete sie und verschwand mit der leeren Flasche in der Küche. Als sie zurückkam, konnte sie Marc durch das Fenster der Terrassentür beobachten, wie er tiefe Züge von einer selbst gedrehten Zigarette nahm. So wie andere Leute Zigarettenschachteln mit sich herumtrugen, hatte Marc immer einige vorgefertigte Joints in einem schwarzen Lederetui bei sich. Julia lehnte sich auf der Couch zurück. Während sie wartete, bis Marc fertig geraucht hatte, erinnerte sie sich daran, wie sie den Film zum ersten Mal mit Hendrik angesehen hatte. Es war nur wenige Tage nach Sonjas Tod gewesen und Hendrik hatte ihr davon erzählt, dass auch Sonja diesen Film sehr gemocht hatte. Damals war die schlimmste Zeit ihres Lebens gewesen. Julia musste jetzt noch mit den Tränen kämpfen, als sie daran zurückdachte. Aber Hendrik hatte sich anfangs pausenlos um sie gekümmert. Er hatte sogar seine Praxis aufgegeben und ausschließlich als forensischer Gutachter gearbeitet, um mehr Zeit für seine Tochter zu haben.

Aber dann, kurz nach ihrem achtzehnten Geburtstag, wurde alles ganz anders, als er plötzlich mit dieser neuen Flamme ankam. Julia musste zugeben, dass Diana eine beeindruckende Frau war. Ihre Ausstrahlung und ihr unglaublicher Sex-Appeal waren einfach atemberaubend. Und dass sie fast zwanzig Jahre jünger war als er, gefiel ihm natürlich auch. Es war kein Wunder, dass Diana ihren Vater so schnell um den Finger gewickelt hatte. Aber für sie war das alles verdächtig schnell gegangen. Diana wirkte irgendwie berechnend und Julia hatte sich damals schon gewundert, warum ein Psychiater das nicht selbst bemerkte. Aber Liebe macht ja bekanntlich blind und diese Blindheit hatte wohl auch vor ihrem Vater nicht haltgemacht.

Wenige Monate nach Sonjas Tod lag er bereits sabbernd in den Armen dieser Frau. Und nur kurze Zeit später, nachdem Julia ihre von Hendrik so großzügig gesponserte Weltreise begonnen hatte, zog Diana ohne ihr Wissen bei ihm ein, und bald darauf heirateten die beiden – still und heimlich. Erst als Julia ein halbes Jahr später von ihrer Reise zurückkehrte und von Hendrik und einer schwangeren Diana *Jansen* begrüßt wurde, erfuhr sie fast beiläufig, was sich in ihrer Abwesenheit alles verändert hatte. Sie könne natürlich weiterhin in der Villa wohnen bleiben, hatte Hendrik gesagt, ihr aber gleichzeitig die Übernahme aller Kosten angeboten, falls sie in eine eigene Wohnung ziehen wolle. Kurz darauf war sie dann in die WG gezogen.

Während Marc zurückkam und die Terrassentür hinter sich zuzog, fragte sie sich, ob Hendrik vielleicht aus irgendeinem Grund ein schlechtes Gewissen hatte, das ihn dazu veranlasste, sie über Jahre hinweg finanziell so großzügig zu unterstützen, ohne nachzufragen oder zu kontrollieren. Vielleicht hatte er sie auch einfach nur abschieben wollen nach der Gründung seiner neuen Familie. Aber all das passte eigentlich gar nicht zu ihm und im Grunde genommen war es für Julia unvorstellbar, dass ihr Vater so denken könnte. Deshalb schämte sie sich auch jedes Mal, wenn diese Gedanken bei ihr aufkamen. Jedenfalls wurde es allerhöchste Zeit, dachte Julia, dass sie sich endlich mit ihrem Vater aussprach. Sie war sich inzwischen nur nicht mehr so sicher, ob es wirklich klug gewesen war, Marc zu diesem Gespräch mitzunehmen. Wahrscheinlich wäre es doch besser gewesen, zuerst unter vier Augen mit Hendrik zu reden.

»Hi Süße«, sagte Marc, als er sich mit einem breiten Grinsen im Gesicht zurück auf die Couch fallen ließ.

Julia blickte mit sorgenvoller Miene auf die Uhr.

»Hey, mach dir keine Sorgen, er hat wahrscheinlich deine SMS nicht erhalten … oder zumindest nicht gelesen.«

»Es ist jetzt schon nach acht und er hat sein Handy eigentlich immer dabei. Es ist sonst auch nicht seine Art, sich zu verspäten. Er ist ein absolut pünktlicher und verlässlicher Mensch. Er würde sich melden, wenn ihm etwas dazwischengekommen wäre.«

»Vielleicht wurde sein Handy ja geklaut oder der Akku ist alle oder sonst irgendwas. Ich wette, er wird gleich zur Tür hereinspazieren und sich wundern, dass wir schon seit Stunden auf ihn warten.«

Julia blickte erneut auf die Uhr.

»Dann ruf doch seine Frau an. Wie heißt sie noch mal? Diana?«

»Nein!« Nachdem Julia eine Weile überlegt hatte, griff sie sich die Fernbedienung und drückte die Starttaste. Der Film fuhr an der Stelle fort, wo sie zuvor auf Pause gedrückt hatte.

»Wahrscheinlich hast du recht«, sagte sie, streckte sich auf der Couch aus, legte den Kopf in Marcs Schoß und schaute zu ihm hoch. »Bestimmt hast du recht. Lass uns den Film weiterschauen, jetzt kommt gleich eine total witzige Szene.«

Julia richtete ihren Blick zurück auf den Bildschirm. Marc streichelte ihr sanft über die Stirn und fuhr mit seinen Fingern liebevoll durch ihre Haare, während McMurphy und die anderen Insassen der Nervenheilanstalt gerade mit einer gestohlenen Jacht zum Hochseefischen aufbrachen. Julia und Marc prusteten vor Lachen.

Warum sich über alles Mögliche den Kopf zerbrechen, dachte Marc etwas später, bestimmt gab es eine ganz einfache Erklärung. Und außerdem, solange er noch was zu rauchen dabei hatte und etwas zu futtern da war, konnten sie seinetwegen die ganze Nacht über Filme schauen und auf den lieben Herrn Doktor warten. Unweigerlich blieb Marcs Blick erneut für einen Moment an Hendriks Notebook haften. Wieder kribbelte es ihm in den Fingern. Und wenn mir total langweilig wird, dachte er, dann knack ich eben diese Kiste.

24. Kapitel

Ihre erste Aufgabe war es gewesen, das Licht einzuschalten. Der zweite Anruf sollte das Signal dafür sein, die unverschlossene Tür im Keller zu öffnen und hineinzugehen. Sie hatte keine Ahnung, was sich hinter der Tür verbarg. Aber das brauchte sie auch nicht zu wissen. Es kam allein darauf an, dass Richie sie liebte und es keine andere gab, für die er Augen hatte. Erst vor wenigen Wochen war ihr bewusst geworden, wie sehr sie ihn die ganzen Jahre über schmerzlich vermisst hatte. Wie hatte sie nur so lange ohne ihn leben können? Seit sie vor einigen Wochen wieder Kontakt mit ihm aufgenommen hatte, war sie plötzlich aufgeblüht – wie eine Rose von Jericho, nach langer Dürre von einem wohlig warmen Regenschauer wieder zum Leben erweckt. Eigentlich hatte sie die ganze Zeit über gespürt, dass sie wieder zusammenkommen würden. Sie waren eben füreinander bestimmt. Das hatte er beim ersten Treffen zu ihr gesagt. Sie seien Seelenverwandte, hatte er ihr ins Ohr gehaucht. Sie spürte jetzt noch dieses warme, angenehme Kribbeln am ganzen Körper. Und nachdem sie ihm ihre Liebe offenbart hatte, hatte er sie spontan umarmt und ihr gesagt, dass auch er sie immer geliebt habe. Nur schlafen wollte er noch nicht mit ihr. Zuerst müsse sie ihm ihre Liebe beweisen und eine Aufgabe übernehmen. Dann hatte er sie in dieses abgelegene Haus gebracht und instruiert. Sobald sie die Aufgabe erledigt hätte, würden sie für immer zusammenbleiben. Niemand auf der Welt konnte sie dann jemals wieder trennen. Nur noch der Tod konnte sie scheiden.

Sie fasste sich an den Kopf. Obwohl sie vor nicht einmal einer Stunde zwei Tabletten eingenommen hatte, waren ihre Kopfschmerzen heute nicht unterzukriegen. Aber egal, dachte sie, das vergeht wieder, Migräne eben. Entscheidend war, dass er bald wieder bei ihr sein würde, denn viel schlimmer als die

Kopfschmerzen war das schreckliche Gefühl, wenn er nicht da war. Aber jetzt war es an der Zeit, das zu tun, was er ihr aufgetragen hatte. Sie machte sich erneut auf den Weg hinunter in den Keller, wo sie vor zwei Stunden den Lichtschalter betätigt hatte. Was sich wohl hinter der Tür verbarg? Vielleicht ein Geschenk für sie?

Sie drückte auf die Türklinke der massiven Stahltür, aber es bewegte sich nichts. Sie versuchte es erneut mit mehr Kraft, aber auch das reichte nur aus, um die Klinke ein kleines Stück nach unten zu bewegen. Bereits in Sorge darüber, sie könnte die Aufgabe, die er ihr aufgetragen hatte, nicht ordnungsgemäß erledigen, benutzte sie schließlich beide Hände, stellte sich auf die Zehenspitzen und drückte mit ihrem ganzen Körpergewicht die Klinke nach unten. Endlich öffnete sich die Tür einen kleinen Spalt und nur, indem sie sich weiter mit aller Kraft gegen die Stahltür stemmte, schaffte sie es gerade so, durch den Spalt hindurchzuhuschen und den dämmrigen Raum zu betreten. Verwundert verfolgte sie, wie die schwere Stahltür Augenblicke später bereits wieder knarrend ins Schloss fiel. Als sie sich von der Tür wegdrehte, hatte sie nicht bemerkt, dass die Türseite im Kellerraum vollständig plan war und weder eine Klinke hatte noch sonst irgendeinen Mechanismus, mit dem man die Tür von innen wieder hätte öffnen können.

Sie befand sich in einer Art Tunnel, vielleicht vier Meter lang und ohne Beleuchtung. Am Ende des Tunnels zweigte ein Raum ab, aus dem ein Lichtschein drang. Irgendwie eine Atmosphäre wie an Weihnachten, dachte sie. Voller Hoffnung setzte sie sich neugierig in Bewegung. Sie war inzwischen fest davon überzeugt, dass hier ein wundervolles Geschenk auf sie wartete. Vielleicht als Dankeschön für die langen Jahre der Entbehrung? Schon oben in der Wohnung war ihr der Gedanke gekommen, dass womöglich Richie selbst hier unten auf sie wartete. Vielleicht hatte er hier sogar ein Liebesnest für sie beide eingerichtet? Hatte er nicht gesagt, er würde mit ihr schlafen, wenn sie die Aufgabe erledigt hätte? Oben in der Wohnung hatte sie schon so eine Ahnung gehabt und war froh gewesen, dass die nötigsten Schminkutensilien in ihrer Handtasche waren. Während sie sich nun Schritt für Schritt dem Raum näherte, zauberte ihre Vorfreude ein entrücktes Lächeln auf ihr viel zu stark geschminktes Gesicht, das vom zunehmenden Schein des Lichtkegels erhellt wurde und wie eine bizarre Karnevalsmaske wirkte: der überzeichnete knallrote Lippenstift, die viel zu dicke, glänzende Schicht Make-up, das Rouge auf den Wangen, die extrem getuschten Wimpern und der Kajal, der bereits zu fleckigen Augenringen verschmiert war. Als sie am Ende des Gangs angekommen war und schließlich in den Raum blickte, wich ihr Lächeln schlagartig einem ungläubigen Gesichtsausdruck.

Ihr rot beschmierter Mund klappte weit auf.

Die Zornesröte, die ihr ins Gesicht stieg, schimmerte sogar durch die dicke Schicht des Make-ups. Wut ließ ihre Augen feucht glänzen.

Noch war sie nicht fähig dazu, irgendeinen Laut von sich zu geben, aber ihre Muskeln spannten sich bereits an und bereiteten ihren Körper darauf vor, ihrem aufkochenden Blut ein Ventil zu verschaffen.

Strafe setzt Schuld voraus (»nulla poena sine culpa«)

»Ohne Schuld handelt, wer bei Begehung der Tat wegen einer krankhaften seelischen Störung, wegen einer tief greifenden Bewusstseinsstörung oder wegen Schwachsinns oder einer schweren anderen seelischen Abartigkeit unfähig ist, das Unrecht der Tat einzusehen oder nach dieser Einsicht zu handeln.«

§ 20 Strafgesetzbuch
Schuldunfähigkeit wegen seelischer Störungen

»Hat jemand eine rechtswidrige Tat im Zustand der Schuldunfähigkeit (§ 20) oder der verminderten Schuldfähigkeit (§ 21) begangen, so ordnet das Gericht die Unterbringung in einem psychiatrischen Krankenhaus an, wenn die Gesamtwürdigung des Täters und seiner Tat ergibt, dass von ihm infolge seines Zustandes erhebliche rechtswidrige Taten zu erwarten sind und er deshalb für die Allgemeinheit gefährlich ist.«

§ 63 Strafgesetzbuch
Unterbringung in einem psychiatrischen Krankenhaus

25. Kapitel

Als Hendrik die Frau mit dem maskenhaften Gesicht auf dem Bildschirm sah, wanderte sein Blick hektisch zwischen ihr und Diana hin und her. Sowohl Diana als auch die Frau schienen völlig voneinander überrascht worden zu sein und ihre schnell wechselnden Gesichtsausdrücke spiegelten die heftigen Gefühlsregungen wider, denen beide ausgesetzt waren.

Fast im selben Augenblick, als die Frau damit begann, wutentbrannt auf Diana einzureden und dabei ihre hochfrequente Stimme aus den blechern klingenden Lautsprechern des Flachbildschirms tönte, erinnerte er sich daran, woher er diese Frau kannte.

Hendrik bemerkte nicht, wie Aichner ihn aufmerksam beobachtete, während die Erinnerungen an den Fall, bei dem er als forensischer Gutachter tätig gewesen war, allmählich wieder auftauchten. Zuerst waren sie noch vage. Dann aber, als ob er sie erbrechen würde, würgte sein Gehirn sie Schwall für Schwall aus der Vergangenheit zurück in sein Bewusstsein. Und als ob ein glühendes Messer in sein Herz stäche, durchfuhr ihn plötzlich ein Gedanke und er begriff, um wen es sich bei diesem Richie handelte.

Dr. med. Hendrik Jansen
Facharzt für Psychiatrie
und Psychotherapie

Berlin, 05.03.2007

PSYCHIATRISCHES GUTACHTEN

über
Frau Nadine Schuster, geb. am 16.06.1975 in Hamburg,
zuletzt wohnhaft Bergmannstraße 320, 10961 Berlin,
derzeit Justizvollzugskrankenhaus Berlin

Das Gutachten stützt sich in der Beurteilung auf die Kenntnis der übersandten Aktenunterlagen sowie auf Untersuchungen der Probandin in der Charité – Universitätsmedizin Berlin –, Centrum für Neurologie, Neurochirurgie und Psychiatrie (CC 15)
– stationär vom 25.11.2006 bis 19.01.2007
– ambulant am 30.01., 07.02. und 15.02.2007

In dem Gutachten soll laut Auftrag der Staatsanwaltschaft zu der Frage Stellung genommen werden, ob bei der Probandin die Voraussetzungen für aufgehobene oder verminderte Schuldfähigkeit gemäß der §§ 20 und 21 StGB vorliegen und ob ggf. Voraussetzungen für Maßnahmen der Besserung und Sicherung gemäß der §§ 63 und 64 StGB vorliegen.

A. Aktenlage

Am 24.11.2006 um 22:52 Uhr wurde die Polizei darüber informiert, dass es in der Wohnung Leopoldstrasse 121, 3. Stock im Bezirk Prenzlauer Berg eine Gewalttat gegeben habe. Die Polizei fand in der Wohnung die Leichen der 32-jährigen Lara Steinbeck sowie ihrer Tochter Emma Steinbeck (7 Jahre) vor.

Der 34-jährige Familienvater Richard Aichner, der von einer Dienstreise zurückgekehrt war und die beiden Leichen entdeckt hatte, wurde vom Notarzt versorgt. Er war aufgrund eines akuten Schockzustandes zu diesem Zeitpunkt nicht vernehmungsfähig.

Die befragten Nachbarn gaben an, nichts Verdächtiges gehört zu haben, bevor der Familienvater gegen 22:50 Uhr in die Wohnung gekommen sei und plötzlich so laut und durchdringend geschrien habe, dass sofort klar gewesen sei, dass etwas Schreckliches passiert sein musste. Die Nachbarin Anne Koschick aus der gegenüberliegenden Wohnung habe daraufhin sofort den Notruf verständigt. Erst danach habe sie nach der Familie gesehen und schon von Weitem hinter der geöffneten Wohnungstür die blutüberströmte Lara Steinbeck entdeckt. Richard Aichner sei zu diesem Zeitpunkt im Kinderzimmer gewesen und habe immer wieder unverständliche Worte geschrien. Der Anblick der übel zugerichteten Lara Steinbeck habe Frau Koschick den Magen umgedreht, sodass sie in ihre Wohnung zurückgerannt sei und sich übergeben musste. Glücklicherweise hätte ihre Tochter noch tief und fest geschlafen, sodass das Kind von alledem nichts mitbekommen habe.

In der Zwischenzeit hätten sich auch andere Bewohner des Hauses vor der Wohnung versammelt, aber niemand habe sich getraut, die Wohnung zu betreten. Vielmehr sei man damit beschäftigt gewesen, die ebenfalls wach gewordenen neugierigen Kinder und Jugendlichen von dem grausamen Anblick Frau Steinbecks fernzuhalten. Kurz darauf seien dann der Rettungsdienst und der Notarzt sowie zwei Beamte einer Polizeistreife eingetroffen, welche die Wohnung durchsuchten und den Tatort abriegelten. Für Lara Steinbeck und ihre Tochter kam jede Hilfe zu spät. Die Polizeibeamten fanden im Kinderzimmer einen Zimmermannshammer mit Blut- und Gewebeanhaftungen vor, bei dem es sich um die Tatwaffe handelte. Da es sich um ein Tötungsdelikt handelte, wurden die Kriminalpolizei und die Staatsanwaltschaft verständigt. Derweil hatte der Notarzt große

Mühe, den stark traumatisierten und wild um sich schlagenden Richard Aichner mit Medikamenten ruhigzustellen. Nachdem dies unter Mithilfe des Rettungsdienstes gelungen war und die Polizeibeamten bereits damit begonnen hatten, die ersten Nachbarn als Zeugen zu vernehmen, sei nach Angaben der Beamten plötzlich eine verwirrt erscheinende Frau, bei der er sich um Nadine Schuster handelte, die Treppe heraufgekommen und habe in einem apathischen Zustand folgende Worte vor sich hingemurmelt: »Jetzt ist diese Schlampe mit ihrer verfluchten Brut endlich weg. Jetzt gehört er wieder mir. Ganz alleine nur mir. Für immer und ewig.« Da die Bekleidung der Frau zahlreiche Blutspuren aufwies, wurde sie sofort festgenommen. Die Frau ließ dies ohne jeglichen Widerstand geschehen. Als der bereits ruhiggestellte Richard Aichner die Frau wahrnahm, schrie er trotz der starken Beruhigungsmittel erneut entsetzlich laut und versuchte aufzustehen, brach dann aber mit einem Kreislaufkollaps bewusstlos zusammen.

Frau Schuster berichtete in der ersten Beschuldigtenvernehmung am 25.11.2006, dass sie seit etwa eineinhalb Jahren eine Liebesbeziehung mit Richard Aichner habe und er ihr immer wieder versprochen hätte, sich von seiner Frau und seiner Tochter zu trennen, um mit ihr eine eigene Familie zu gründen. Vor zwei Tagen habe er dann jedoch völlig überraschend die Beziehung beenden wollen. Daraufhin habe sie sich in einem Baumarkt einen Zimmermannshammer besorgt und sei dann mit der U-Bahn zu der Wohnung gefahren und habe, nachdem sie die Haustür unverschlossen vorgefunden habe, direkt an der Wohnungstür im 3. Stock geklingelt. Als das Opfer Lara Steinbeck aufgemacht habe, habe sie sofort mehrfach mit dem Zimmermannshammer auf deren Kopf eingeschlagen. Zuerst mit der flachen und dann mit der spitzen Seite, so wie sie es in einem Zeitungsbericht gelesen hatte. Als Frau Steinbeck dann am Boden lag und sich nicht mehr regte, sei sie ins Kinderzimmer gegangen und habe auch dem zweiten Opfer, Emma Steinbeck, den Schädel eingeschlagen. Sie habe dann noch einige Zeit auf Richard gewartet, da er aber nach einer halben Stunde immer noch nicht da gewesen sei, habe sie beschlossen, die Wohnung zu verlassen und nach ihm zu suchen. Sie sei dann einige Zeit die Straßen entlanggelaufen, bis sie irgendwann plötzlich wieder vor dem Haus gestanden habe. Sie habe dann zwar den Notarzt- und Polizeiwagen gesehen, sich aber nicht viel dabei gedacht, und da sie keine Schuldgefühle verspürt habe, sei sie nach oben gegangen, in der Hoffnung, Richard vorzufinden, um endlich wieder mit ihm zusammen sein zu können. Schließlich gäbe es jetzt, nachdem die beiden endlich weg seien, keinen Grund mehr, warum er nicht wieder mit ihr zusammen kommen sollte.

Auf Nachfragen gab Frau Schuster an, dass sie zwar irgendwie gemerkt habe, dass das, was sie getan habe, wohl nicht in Ordnung gewesen sei, aber weder Skrupel noch Gewissensbisse während und nach der Tat empfunden habe. Nur etwas schwindelig sei ihr geworden und Kopfschmerzen habe sie gehabt, aber das sei in letzter Zeit nichts Ungewöhnliches, da ihr Hausarzt vor einigen Monaten Migräne bei ihr festgestellt hätte. Weiter gab Frau Schuster an, dass es einfach so über sie gekommen sei, als sie am Morgen den Zeitungsbericht gelesen hätte. Plötzlich wäre es für sie glasklar gewesen, dass Frau Steinbeck, diese »Schlampe mit ihrer Brut« schuld daran sei, dass Richard sich von ihr trennen wollte und wenn sie erst tot wäre, würde alles wieder gut werden. Dass sie damit eine Straftat begehen würde, sei ihr nicht gegenwärtig gewesen, sie habe nur daran gedacht, dass er dann wieder zu ihr zurückkehren würde.

Nadine Schuster wurde um 0:12 Uhr eine Blutprobe entnommen. In der toxikologischen Untersuchung des Urins gab es keine Hinweise auf Alkohol, Medikamente jeglicher Art oder andere Suchtstoffe.

Der Zeuge Richard Aichner war am folgenden Tag, Samstag,

den 25.11.2006 um 16:00 Uhr, nur eingeschränkt vernehmungsfähig. Er stand noch stark unter dem Eindruck der Geschehnisse. Er gab an, er habe seit etwa eineinhalb Jahren mit seiner Arbeitskollegin Nadine Schuster an einem großen IT-Projekt in Kopenhagen zusammengearbeitet. Sie hätten sich sehr gut verstanden und auch öfter am Abend etwas gemeinsam unternommen. Anfangs wären auch andere Kolleginnen und Kollegen dabei gewesen, man sei immer in einer Gruppe von fünf bis zehn Personen gewesen. Erst in den vergangenen vier bis fünf Monaten hatten sie sich auch ab und zu alleine getroffen, vor vier Wochen dann sei er zum ersten und einzigen Mal mit Nadine Schuster intim geworden. Da alle Mitarbeiter der Firma im selben Hotel wohnten, sei sie noch auf einen »Absacker aus der Minibar« mit auf sein Zimmer gekommen. Sie hätten beide schon recht viel getrunken gehabt und dann habe sich das einfach so ergeben. Am nächsten Tag habe er es sofort bereut und heftige Gewissensbisse bekommen, aber nicht den Mut aufgebracht, der Kollegin klarzumachen, dass er diesen Vorfall als »einmaligen Ausrutscher« betrachtete. Schließlich liebte er seine Frau und seine kleine Tochter über alles und er konnte sich selbst nicht erklären, warum er diese Grenze überschritten hatte. In den darauf folgenden Tagen und Wochen sei Nadine Schuster sehr aufdringlich geworden und habe begonnen, auch private Ansprüche anzumelden. Sie habe von der Gründung einer eigenen Familie gesprochen und vor circa zwei Wochen das erste Mal ernsthaft von ihm verlangt, sich von seiner Frau zu trennen. Sie sei zunehmend eifersüchtig geworden und ihm sei es vorgekommen, als ob sie plötzlich von einer Art »Wahn« befallen worden sei, da sie sich früher sonst nie so verhalten hätte, sondern eher ein zurückhaltendes und zartbesaitetes Wesen gehabt habe. In den letzten beiden Wochen habe sie ihm sogar über das firmeninterne System mehrmals am Tag private E-Mails geschrieben, in der sie einerseits ihre grenzenlose Liebe bekundete, andererseits aber damit drohte, dass, wenn er sich nicht endlich von seiner Familie trennen würde, sie zu allem fähig wäre. Er habe sich Sorgen gemacht, aber eher in der Richtung, dass sich Nadine Schuster selbst etwas antun könnte Am Montag sei Nadine Schuster dann nicht zur Arbeit erschienen, da sie am Wochenende einen heftigen Migräneanfall gehabt habe und sich die ganze Woche habe krankschreiben lassen müssen. Vorgestern habe er sie dann angerufen und ihr mitgeteilt, dass es für sie und ihn keine gemeinsame Zukunft geben werde. Sie habe ihn daraufhin mit wüsten Worten beschimpft. Er habe deshalb aufgelegt und dann am Freitag seine Frau angerufen, um ihr mitzuteilen, dass er am Abend, wenn er wieder zu Hause sein würde, etwas mit ihr zu besprechen hätte.

Als Richard Aichner auf den Fund der Leichen angesprochen wurde, brach er erneut zusammen und konnte nicht weiter vernommen werden. Er wurde in die Obhut eines Psychologen übergeben. Am Tag darauf wurde die Zeugenvernehmung fortgeführt, bei der Richard Aichner plötzlich den Tod seiner Familie leugnete und jegliche Aussage verweigerte. Daraufhin wurde er stationär in einer psychiatrischen Abteilung untergebracht.

B. Eigene Angaben

Frau Schuster berichtete, dass sie in Hamburg geboren und aufgewachsen sei. Seit dem Studium ist sie in Berlin wohnhaft. Ihre Eltern lebten noch in Hamburg, sie habe als Einzelkind eine behütete und harmonische Kindheit verbracht. Nach ihrem Studium der Wirtschaftsinformatik sei sie als IT-Beraterin über viele Jahre in der ganzen Welt herumgekommen. Sie habe immer wieder wechselnde Sexualpartner gehabt, aber es sei nie eine wirklich ernsthafte Beziehung daraus entstanden. Dies sei eben dem Nomadenleben einer IT-Beraterin geschuldet, aber sie habe das Leben trotzdem genossen und ihr habe es an nichts gefehlt. Erst nachdem sie die Beziehung mit Richard Aichner begonnen habe, kam in ihr zum ersten Mal der Wunsch nach einer eigenen Familie mit Kindern auf.

Sie habe in ihrem Leben nie übermäßig Alkohol getrunken und auch keine Drogen zu sich genommen. Ihr Hausarzt habe ihr in den letzten Monaten Migränemittel verschrieben, die sie aber meistens nicht genommen habe, da sie sowieso nicht gegen die immer stärker werdenden Kopfschmerzen geholfen hätten. Stattdessen habe sie es selbst mit Naturheilmitteln wie Akkupunktur und Homöopathie versucht, was allerdings auch keine wirkliche Linderung gebracht hätte.

Zum Tathergang befragt, meinte die Probandin, dass sie nicht lange nachgedacht habe, sondern dieser Entschluss plötzlich da gewesen sei und sie einfach gehandelt habe. Seit dem Anruf von Richard Aichner hätte sich ein grenzenloser Hass in ihr aufgestaut, der sich auf Frau Steinbeck und ihre Tochter gerichtet hätte. Sie habe gar nicht anders gekonnt, als hinzugehen und die beiden »wegzumachen«. Dass sie es mit dem Zimmermannshammer getan habe, wäre reiner Zufall gewesen, da sie am Morgen diesen Zeitungsartikel gelesen hätte. Nachdem die beiden dann tot waren, habe sie zwar eine Erleichterung verspürt, aber gleichzeitig sei sie auch von einer starken inneren Unruhe befallen worden. Als sie dann wieder die Treppe hochgekommen und verhaftet worden sei, hatte sie dunkel das Gefühl, dass sie etwas Unrechtes getan haben könnte, aber sie verspürte weder zu diesem Zeitpunkt noch jetzt irgendwelche Gewissensbisse, worüber sie sich eigentlich selbst wunderte, da sie immer ein sehr sensibles Gemüt gehabt habe.

C. Befunde

Bei der körperlichen Untersuchung der athletisch gebauten Probandin ergaben sich keine Auffälligkeiten. Sie war in einem guten Ernährungs- und Allgemeinzustand.

Bei der neurologischen Untersuchung klagte die Probandin darüber, dass sie seit der Festnahme neben heftigen Migränekopfschmerzen nun auch verstärkt unter Schwindel- und Gleichgewichtsstörungen leide. Daraufhin wurde eine computertomografische Zusatzuntersuchung durchgeführt, bei der ein Meningeom entdeckt wurde, das auf benachbartes Gewebe drückte und einen stark erhöhten Hirndruck im Schädelinneren erzeugte. Die Probandin wurde daraufhin am 29.11.2006 operiert. Bei dem neurochirurgischen Eingriff konnte der gutartige Hirntumor vollständig entfernt werden.

Der psychische Befund vor der Entfernung des Tumors zeigte eine uneinsichtige Probandin, was die Beurteilung des Unrechts ihrer Tat anbelangte. Auf Nachfragen zum Tatgeschehen reagierte sie impulsiv und aggressiv, bis hin zu vereinzelten Wutausbrüchen. Zwei Mal musste daraufhin die Untersuchung abgebrochen werden. Zeitweise wirkte die Probandin verwirrt und hatte große Mühe, über einen längeren Zeitraum Gedankengängen zu folgen. Die Gedächtnisfunktionen, Konzentration und Merkfähigkeit waren stark beeinträchtigt. In der Motorik zeigte die Probandin einen leichten Tremor und Unruhezustände.

Der psychische Befund wenige Wochen nach der erfolgreichen Entfernung des Tumors zeigte eine Probandin, deren Gedächtnisfunktionen, Konzentration und Merkfähigkeit im normalen Bereich lagen. Sie wirkte ruhig, besonnen und konnte problemlos über einen längeren Zeitraum Gedankengängen folgen. Das erste Mal auf ihre Tat angesprochen, brach sie jedoch mit Tränen in den Augen zusammen, sodass die Untersuchung erst am folgenden Tag fortgesetzt werden konnte. Im weiteren Verlauf der Untersuchung zeigte sich eine einsichtige Probandin, die das Unrecht der Tat vollständig begriff und einsah, sich aber nicht erklären konnte, wie sie zu so etwas überhaupt fähig gewesen sein konnte. Sie zeigte sich gequält von Schuldgefühlen und verharrte in einer depressiven Grundstimmung. Es bestand unmittelbarer Anhalt für Suizidalität.

D. Zusammenfassende Beurteilung und forensisch-psychiatrische Einschätzung

Die gravierenden Unterschiede der psychischen Befunde vor und nach dem chirurgischen Eingriff lassen auf eine vorübergehende exogene Psychose schließen, die von einem Hirntumor verursacht worden war und sich nach dessen operativer Entfernung vollständig auflöste.

Die von der exogenen Psychose verursachte Störung beeinträchtigte die Grundfunktionen, die einem normalen Menschen die Fähigkeit zu moralischem Verhalten und Schuldbewusstsein ermöglichen. Die Veränderung der Persönlichkeit führte bei der Probandin zu Enthemmung, verringerter Impulskontrolle, Verminderung der Kritikfähigkeit und zu einem Hang hin zu unmittelbarer und ungebremster Bedürfnisbefriedigung. Aufgrund der Aktenlage und den eigenen Angaben der Probandin ist davon auszugehen, dass die Störung außerdem einen Liebes- bzw. Eifersuchtswahn auslöste, wodurch die Probandin zu der Überzeugung gelangte, Richard Aichner dürfe nur sie alleine lieben und sie müsse ihn von seiner Frau und seiner Tochter befreien.

Sowohl das Vorgehen bei der Tat und das Verhalten unmittelbar danach, als auch die Zeit vor der Operation zeigen einen deutlichen Realitätsverlust bei der Probandin. Die psychopathologischen Veränderungen in Form einer exogenen Psychose müssen der krankhaften seelischen Störung im Sinne des §20 StGB zugeordnet werden. Eine Aufhebung der Einsichtsfähigkeit zum Zeitpunkt der Tat ist nicht auszuschließen, es ist jedoch zu bedenken, dass die Probandin durchaus ahnte, dass sie etwas Unrechtes tat. Aufgrund der psychopathologischen Symptomatik erscheint es aus forensisch-psychiatrischer Sicht wahrscheinlich, dass die Steuerungsfähigkeit bezüglich des Tathandelns aufgehoben war.

Demnach werden die im Gutachtenauftrag gestellten Fragen

folgendermaßen beantwortet: Aus klinischer Sicht litt Frau Schuster zum Zeitpunkt der Tat an einer organischen psychischen Störung nach ICD-10:F07.0. Die Voraussetzung für die Anwendung des §20 StGB sind aus medizinischer Sicht anzunehmen. Eine Therapie unter geschlossenen Bedingungen gemäß §63 und 64 StGB erscheint nicht sinnvoll, da aufgrund der erfolgreichen Entfernung des Tumors die Ursache der exogenen Psychose beseitigt wurde und die damit verbundenen Symptome vollständig verschwunden sind. Aufgrund der weiterhin stark vorhandenen Suizidgefährdung von Nadine Schuster ist jedoch eine vorübergehende Unterbringung in einem psychiatrischen Krankenhaus anzuraten.

Dr. med. Hendrik Jansen
Facharzt für Psychiatrie und Psychotherapie

26. Kapitel

Es dauerte lange, bis Hendrik aus den Erinnerungen an den Fall »Nadine Schuster« in die Gegenwart zurückkehrte. Da er völlig in seinen Gedanken versunken war, bemerkte er nicht, dass Aichner ihn schon seit geraumer Zeit beobachtete.

Hendrik versuchte fieberhaft, die einzelnen Puzzleteile zusammenzufügen: In welcher Beziehung stand Aichner zu Nadine Schuster? Wie war es möglich, dass er mit dieser Frau zusammenarbeitete, die doch seine Familie ausgelöscht hatte? Warum hatte Aichner den Richter und den Staatsanwalt ermordet? War es einfach nur Rache? Oder gab es noch ein anderes Ziel, das er verfolgte? Was hatte er mit Diana und Noah vor? Und was mit ihm selbst?

Hendrik brauchte Zeit. Zeit zum Nachdenken. Und er durfte sich nicht zu stark von den Bildern aus dieser Hölle beeindrucken lassen, in der sich Diana und Noah befanden. So schwer ihm dies auch fiel. Nur wenn er einen klaren Kopf behielt, wenn er Aichner in dem Glauben lassen konnte, dass dieser alles unter Kontrolle hatte, würde er überhaupt eine Chance haben. Aber dazu brauchte er Zeit. Und bei dem Gedanken, dass er diese vielleicht nicht haben würde, wurde es Hendrik schwarz vor Augen.

Langsam hob er seinen Blick und versuchte, die groteske Szene auf dem Bildschirm zu analysieren. Nadine Schuster brüllte in dem Kellerraum wie eine Besessene und gestikulierte wild herum. Aber das war es nicht, was Hendrik die größte Sorge bereitete, sondern dass sie sich immer wieder mit schmerzverzerrtem Gesicht an den Kopf fasste.

Kopfschmerzen!

Das konnte viele Ursachen haben: Stress, Angst, eine Reaktion auf die Extremsituation. Oder auch das, was Hendrik nicht zu denken wagte, was sich aber mehr und mehr als Möglichkeit aufdrängte.

Hendrik erinnerte sich an ein Treffen der American Neurological Association, an dem er vor einigen Jahren in New York als Gast teilgenommen hatte. Die Neurologen Jeffrey Burns und Russell Swerdlow hatten dort einen Fall vorgestellt, bei dem sich ein Schullehrer plötzlich für Kinderpornografie interessierte. Nachdem seine Frau herausgefunden hatte, dass er bereits mehrfach sexuelle Annäherungsversuche bei Kindern unternommen hatte, musste er das gemeinsame Haus verlassen und ihm wurde eine Therapie nahegelegt. Da er sich aber selbst während der Therapie sexuell anstößig verhielt und sich unbelehrbar zeigte, wurde er schließlich zu einer Gefängnisstrafe verurteilt. Obwohl der Mann in seinem ganzen Leben zuvor niemals derartige Neigungen gehabt hatte und ihm sein inakzeptables Verhalten auch durchaus bewusst war, konnte er sich dennoch nicht gegen diesen plötzlich aufgetretenen und immer stärker werdenden Trieb wehren, obwohl er verzweifelt versuchte, sich zu beherrschen. Er äußerte Selbstmordgedanken und hatte Befürchtungen, er könne demnächst jemanden vergewaltigen. Seine Wesensveränderungen wurden noch von weiteren seltsamen Verhaltensweisen begleitet. So störte es ihn beispielsweise überhaupt nicht, wenn er auf sich selbst urinierte.

Da er zu dieser Zeit immer wieder über heftige Kopschmerzen sowie Gleichgewichtsstörungen klagte, wurde schließlich eine Magnetresonanztomografie durchgeführt, bei der ein Hirntumor im orbitofrontalen Kortex diagnostiziert wurde. Einige Monate nach der Entfernung des Tumors waren auch seine pädophilen Neigungen vollständig verschwunden und er durfte wieder zu seiner Familie zurückkehren, nachdem ein Gutachter bescheinigt hatte, dass von ihm keine Gefahr mehr ausginge. Einige Zeit später begann er jedoch erneut damit, pornografische Bilder zu sammeln, bis bei einer weiteren Untersuchung festgestellt wurde, dass der Tumor nachgewachsen war. Nachdem auch dieser Tumor entfernt worden war, verschwanden auch die pädophilen Neigungen wieder vollständig.

Die Parallele zu diesem Fall war unverkennbar, dachte Hendrik, während er seine Aufmerksamkeit auf Aichner richtete. Als sich ihre Blicke trafen, erkannte er in Aichners Augen, dass auch er es wusste. Bei Nadine Schuster hatte sich dieselbe Wesensveränderung vollzogen wie damals. Eifersuchtswahn! Und was das in dieser Konstellation in diesem Kellerloch für Auswirkungen haben würde, war nicht schwer zu erahnen.

»Schicksal«, sagte Aichner mit ruhiger Stimme. »Es ist zurückgekommen und wuchert wieder in ihr. Schon seit einer Weile. Aber sie will es nicht wahrhaben. Sie war noch nicht einmal beim Arzt. Aber ich habe es sofort gesehen, gleich beim ersten Mal, als sie sich vor einigen Wochen mit mir in Verbindung gesetzt hat. Sie hat denselben Schuss wie damals. Sie ist irre, total irre. Und es wird immer schlimmer. Jeden Tag ein bisschen irrer. Aber das ist gut so, sehr gut sogar. Es hätte nicht besser laufen können.«

Nicht nur sie ist irre, Richie, nicht nur sie.

»Was sagst du dazu, Doktor?«

Hendrik verspürte den Drang, seinen Blick zurück auf den Bildschirm zu richten, kämpfte aber dagegen an und versuchte stattdessen weiter, die vorhandenen Fakten im Geiste aufzulisten und in einen sinnvollen Zusammenhang zu bringen. Unzählige Fragen schwirrten ihm durch den Kopf, wie ein Schwarm aufgescheuchter Fliegen. Dazu hatte sich ein monotoner Pfeifton in seinem Kopf eingenistet, den Hendrik als Symptom einer akuten Stressreaktion deutete und den er zu ignorieren versuchte, indem er sich einredete, dass ihm dieser Tinnitus vollkommen gleichgültig sei.

Er musste herausfinden, welche Motive Aichner steuerten und was er weiter plante. Nur dann würde er überhaupt eine Chance haben, Aichner halbwegs zur Vernunft zu bringen. Hendrik versuchte angestrengt, sich auf die Ordnung der Fakten und der daraus ergebenden Fragen zu konzentrieren: Richard Aichner hatte vor sieben Jahren seine Frau und seine Tochter durch ein brutales Gewaltverbrechen verloren, das von Nadine Schuster im Zustand der Unzurechnungsfähigkeit verübt worden war. Den damals am Prozess Beteiligten, Richter Kaltenfeld und Staatsanwalt Hofmann, hatte Aichner vor wenigen Tagen die Kehle durchgeschnitten. Nadine Schuster, die sich dem Augenschein nach durch die erneute Ausbreitung des Hirntumors wieder in einem Eifersuchtswahn befand, war ihm hörig, er hatte sie manipuliert und für seine Zwecke eingespannt. Er hatte sie mit der Familie des damals im Prozess beauftragten Gutachters zusammengebracht, was Nadine Schuster ganz offensichtlich in äußerste Rage versetzte, da sie in dem Raum vermutlich etwas völlig anderes erwartet hatte. Ihn selbst, den Gutachter, ließ er dabei die ganze Szenerie aus der Ferne über einen Bildschirm verfolgen. Ohne Zweifel hatte Richard Aichner die Fähigkeit, über einen längeren Zeitraum systematisch und planvoll vorzugehen. Sowohl die Morde an den beiden Männern als auch die Entführung von Diana und Noah sowie die kurzfristige Einbindung von Nadine Schuster in seine Pläne erforderten hohe geistige Fähigkeiten.

Aber all diese Fakten kratzten nur an der Oberfläche. Hendrik war noch weit von einem klaren pathologischen Befund entfernt. Dazu würden noch viel Zeit und viele Gespräche notwendig sein.

»Doktor, ich hatte dich was gefragt!«

Zeit, die ich nicht haben werde.

Auch wenn es ihm unter diesen Umständen äußerst schwerfiel, er musste zumindest versuchen, den Kreis der Ursachen einzuschränken, indem er die bisher von ihm registrierten Symptome möglichen Befunden zuordnete. Denkbar waren demnach: eine psychotische Störung, möglicherweise paranoide Schizophrenie; eine narzisstische Persönlichkeitsstörung; eine krankhafte Wahnidee; weitere Ursachen konnten hirnorganischer Art sein oder …

»Doktor, ich erwarte etwas mehr Respekt.«

Respekt? So einer wie du redet von Respekt? Lass mich doch einfach mal in Ruhe nachdenken.

Also, welche Motive steuerten ihn: Rache? Mordlust? War es Wahn? Hörte er Stimmen, die ihm etwas befahlen? Was plante er als Nächstes? Warum dieses Theater mit dem Bildschirm hier? Hatte er sadistische Neigungen?

»Doktor!«

»Was?! Siehst du nicht, dass ich nachdenke?«

Plötzlich sprang Aichner auf und baute sich mit hochrotem Kopf vor Hendrik auf, der jetzt erneut den unbändigen Drang verspürte, diesem kranken Arschloch etwas in die Eingeweide zu rammen.

»Was?!«, fragte Hendrik erneut, diesmal in einem äußerst aggressiven Tonfall. »Was willst du von mir?« Jetzt schrie er sogar.

Völlig unvermittelt spuckte Aichner ihm direkt ins Gesicht.

»Du krankes bescheuertes Arschloch«, schoss es aus Hendrik heraus. Noch im selben Augenblick bereute er, was er soeben gesagt hatte.

Plötzlich hielt Aichner die Whiskyflasche in der Hand, die er so fest am Hals gepackt hatte, dass ihm das Blut aus den Fingern gewichen war. Hendrik hatte keine Gelegenheit mehr, seinen Fehler wieder gutzumachen und irgendwie auf Aichner einzuwirken, denn im nächsten Augenblick trafen ihn wütende Schläge im Gesicht und am Kopf. Die tosenden Schmerzen, die das aufplatzende Gewebe und die berstenden Gesichtsknochen verursachten, verschwanden bald hinter Nebelschwaden, bis er vollständig das Bewusstsein verlor.

27. Kapitel

Am Montagmorgen kurz nach acht Uhr trafen Uwe Becker und Maria Leupold wenige Minuten zeitversetzt hintereinander im Dienstgebäude in der Keithstraße ein, nachdem sie die halbe Nacht miteinander verbracht hatten. Während Becker es sich in seinem Büro bequem machte und bei einer Tasse Kaffee die Tageszeitung durchblätterte, brachte sich Maria bei den einzelnen Ermittlungsteams auf den aktuellen Stand. Punkt neun Uhr klopfte sie an die Tür zu Beckers Büro und trat ein, um ihm wie vereinbart Bericht zu erstatten.

Becker bemerkte sofort, wie aufgeregt Maria war. Offensichtlich gab es interessante Neuigkeiten.

»Setz dich«, sagte er mit einer wohlwollenden Geste und zwinkerte ihr, wie so häufig, wenn er alleine mit ihr war oder sich unbeobachtet fühlte, lüstern zu.

Noch bevor Maria auf dem Stuhl saß, legte sie los.

»Ist dir eigentlich bewusst, was für ein Spitzenteam wir haben?«

Becker runzelte die Stirn. »Spar dir das Geschwafel und leg los.«

»Die Jungs haben die ganze Nacht durchgearbeitet und sind einen großen Schritt vorangekommen.«

Becker verdrehte die Augen.

»Wir wissen jetzt, mit wem sich Nadine Schuster getroffen hat. Sie hatte die letzten Wochen mehrfach Kontakt mit Richard Aichner … du erinnerst dich bestimmt. Er war der Lebensgefährte von Lara Steinbeck, mit der er eine gemeinsame Tochter hatte. Die beiden waren Nadine Schusters Opfer.«

Becker schaute Maria ungläubig an. »Woher wisst ihr das?«

»Die Kollegen haben heute Nacht Schusters Zimmer in der WG durchsucht und Aufzeichnungen vorgefunden; eine Art Tagebuch, eindeutig ihre Handschrift. Es steht zwar nicht viel drin, vermutlich hat sie erst vor Kurzem damit begonnen, aber es ist eindeutig daraus zu entnehmen, dass sie sich mehrfach mit Richard Aichner getroffen hat.«

Maria bemerkte, wie Becker angestrengt nachdachte, um eine schlüssige Erklärung dafür zu finden.

»Weiterhin ist daraus zu entnehmen, dass sich die beiden ineinander verliebt haben – zumindest, was Nadine Schusters Sicht der Dinge anbelangt.«

»Unwahrscheinlich«, sagte Becker.

»Das würde jedenfalls ein völlig neues Licht auf den Fall werfen«, warf Maria ein.

»Allerdings«, bestätigte Becker. »Für mich aber unvorstellbar, dass Richard Aichner sich jetzt *ganz* plötzlich in Nadine Schuster verliebt haben soll; in diejenige, die seine Familie auf eine solch bestialische Art und Weise umgebracht hat … nein, nein, es scheint mir eher so zu sein, dass die beiden schon damals gemeinsame Sache gemacht haben könnten.«

Maria schüttelte den Kopf. »Vielleicht versucht sie auch nur, ihr schlechtes Gewissen zu beruhigen, indem sie Aichner gefällig ist. So eine Art Wiedergutmachung.«

Becker hörte Maria gar nicht mehr zu, sondern versuchte, sich seinen eigenen Reim auf die neuesten Entwicklungen zu machen. Maria beobachtete, wie Becker seine Hand an die Stirn legte und gedankenversunken auf die Schreibtischplatte starrte. Nach einer Ewigkeit hob er den Kopf. »Was habt ihr sonst noch rausgefunden?«

Maria holte tief Luft und sortierte ihre Gedanken mit angespannter Konzentration.

»Richard Aichner war nach dem Mord an seiner Familie hochgradig suizidgefährdet und über mehrere Monate in stationärer psychiatrischer Behandlung. Er war damals nicht einmal fähig dazu, an der Beerdigung teilzunehmen. Nach dem Behandlungsprotokoll, das wir heute früh aus der Klinik erhalten haben, litt er an einer akuten posttraumatischen Belastungsstörung. Noch Wochen nach der Tat leugnete er, dass seine Familie umgebracht worden sei und behauptete, sie seien ohne ihn in den Urlaub vorgefahren und er würde bald nachkommen. Die Erlebnisse müssen so schrecklich für ihn gewesen sein, dass sein Verstand sich lange Zeit geweigert hat, sich überhaupt daran zu erinnern. Im Laufe der Zeit bildete sich dann noch eine schwere Depression heraus, die mit hoch dosierten Antidepressiva behandelt wurde.«

Maria machte eine kurze Pause und wartete erfolglos auf eine Äußerung Beckers, der sie jedoch nur ungeduldig ansah.

»Okay«, fuhr sie schließlich fort. »Nach seiner Entlassung aus dem Krankenhaus war er über einen längeren Zeitraum regelmäßig in ambulanter psychotherapeutischer Behandlung, wobei er zwischenzeitlich noch einmal wegen akuter Suizidgefahr für einige Wochen stationär in einer psychiatrischen Klinik untergebracht wurde. Vor zwei Jahren etwa brach er dann ganz plötzlich jeglichen Kontakt zu seinem Therapeuten ab. Die Kollegen haben den Psychiater, einen Mann namens Alexander Grünberger, bereits heute früh befragt. Er hat sich zwar zuerst auf seine ärztliche Schweigepflicht berufen, aber nachdem ihm die Kollegen mit Fotos der beiden Leichen zugesetzt haben, dann doch einen umfangreichen Bericht erstattet. Seiner Aussage nach war Richard Aichner ein sehr verschlossener Mensch und es ist Doktor Grünberger nie gelungen, ganz zu ihm durchzudringen. Aichner hat sich auch nie wirklich auf seine Therapieansätze eingelassen. In den Gesprächen ist er immer sehr oberflächlich geblieben und hat sich nie geöffnet. Doktor Grünberger hat dann versucht, Aichner dazu zu animieren, seine Gedanken für sich allein in Ruhe in einer Art Tagebuch aufzuschreiben und ihm diese Aufzeichnungen dann später zu lesen zu geben.«

»Und?«, fragte Becker.

»Doktor Grünberger hat nie auch nur einen einzigen Satz

erhalten. Jedenfalls hatte Aichner wohl keine allzu schöne Kindheit. Nachdem seine Eltern schon früh bei einem Flugzeugabsturz ums Leben kamen, wuchs er ab seinem sechsten Lebensjahr bei seinen Großeltern in einer badischen Kleinstadt auf. Sein Großvater, ein Realschullehrer, war noch einer von der alten Sorte, der zwar gerne selbst mal einen über den Durst trank, aber in seinem familiären Umfeld auf Zucht und Ordnung pochte. Als er dann, kurz nachdem der kleine Richard eingezogen war, in Pension ging, begann er schon morgens zu trinken. Und da der Junge sich nicht so schnell zurechtfand und eingewöhnte, wie es der Alte gerne gehabt hätte, und zudem immer bockiger wurde, begann er ihn zu züchtigen. Anfangs noch mit Ohrfeigen und Schlägen mit der flachen Hand auf den Hintern. Als der Junge dadurch jedoch noch widerspenstiger wurde, auch bald mit Ledergürtel und Teppichklopfer. Schließlich schlug er ihn auch mit den Fäusten ins Gesicht oder trat ihn, wenn er bereits am Boden lag. Die Oma schaute weg oder wollte es nicht wahrhaben. Wie das halt oft so ist in solchen Fällen. Als Richard dann dreizehn Jahre alt war, verstarb der Alte an einem Herzinfarkt und der Junge kam nach Freiburg zu einer Pflegefamilie, wo er sich wieder einigermaßen fing. Er schaffte schließlich sogar das Abitur und studierte Mathematik und Informatik.«

»Mir ist klar, worauf das hinausläuft«, unterbrach Becker Maria in einem selbstgefälligen Tonfall. »Gewalt gegen Kinder bringt gefühlskalte Psychopathen hervor, die vor keiner Gewalttat zurückschrecken. Er hat als Kind bestimmt auch Tiere gequält, stimmt's?«

Maria warf Becker einen giftigen Blick zu.

»Lass mich doch einfach ausreden. Ganz so einfach ist es nämlich nicht. Nach Aussage des Psychiaters hatte Aichner zwar schon vor der schrecklichen Tat an seiner Familie immer wieder mit Depressionen und Gewaltfantasien zu kämpfen, sie aber nie ausgelebt. Er war ein liebevoller, fürsorglicher Ehemann und

Vater und ist niemals gegen seine Frau oder seine Tochter gewalttätig geworden. Er hat sie über alles geliebt.«

Marias Gesicht nahm einen nachdenklichen Ausdruck an.

»Aichner schien einige Zeit nach der schrecklichen Tat auf einem ganz guten Weg zu sein. Er arbeitete zwischenzeitlich wieder als IT-Berater und hatte nebenbei sogar ein Philosophiestudium begonnen. Laut Doktor Grünberger war er damals vor allem von der Frage nach der Willensfreiheit des Menschen fasziniert und hat sich besonders für die Philosophen interessiert, die sich mit diesem Thema auseinandergesetzt haben: Kant, Schopenhauer, Nietzsche und so. Zu dieser Zeit gab es gerade wohl auch eine aktuelle Debatte zu diesem Thema, ausgelöst durch neueste Erkenntnisse mit bildgebenden Verfahren aus der Hirnforschung. Besonders in der FAZ wurde zuvor lange darüber diskutiert und gestritten. Aichner hat sich geradezu hineingesteigert in diese Thematik. Doktor Grünberger meinte, dass dieses ‚Amor Fati' gut zu dieser Symptomatik passen würde. Aber dann wurde Aichner plötzlich wieder zunehmend verschlossen und in den letzen Monaten vor seinem abrupten Verschwinden wurde dann auch offensichtlich, dass er ein schweres Alkoholproblem hat.«

Maria blickte Becker herausfordernd an.

»Zumindest ein kleines Lob für die Kollegen wäre jetzt durchaus angebracht, meinst du nicht auch?«

»Habt ihr seine Adresse?«, knurrte er nur.

Maria nickte.

»Na dann los, worauf wartet ihr noch?«

Maria stand auf und ging wortlos zur Tür. Als sie bereits die Klinke in der Hand hielt, schaute sie für einen Augenblick auf ihre Armbanduhr und drehte sich dann noch mal kurz zu Becker um. »Die Kollegen sind bereits vor fünfzehn Minuten los.« Dann öffnete sie die Tür. »Und im Gegensatz zu dir hatten sie übrigens wesentlich bessere Laune, als sie aufgebrochen sind. Und das, obwohl sie heute Nacht keine Sekunde Schlaf hatten und sich auch nicht mit einer Frau vergnügen konnten … so wie manch anderer hier.«

Maria ging kopfschüttelnd hinaus und schlug die Tür hinter sich zu. Das erste Mal, seit sie vor wenigen Wochen eine Affäre mit Becker begonnen hatte, spielte sie mit dem Gedanken, das Ganze wieder zu beenden. Und ebenfalls zum ersten Mal bedauerte sie Beckers Ehefrau, die vermutlich ständig seinen Launen ausgesetzt war.

28. Kapitel

»Wir sollten die Polizei verständigen«, sagte Julia, die Marc am Frühstückstisch gegenübersaß und mit sorgenvoller Miene ihren Kaffee schlürfte. Nachdem sie sich noch bis kurz nach zwei Uhr nachts drei weitere Filme reingezogen hatten, waren sie schließlich auf der Couch eingenickt. Gleich, nachdem Julia dann am Morgen wach geworden war, hatte sie mehrfach erfolglos versucht, Hendrik auf seinem Handy zu erreichen. Sie hatte sich sogar dazu überwinden können, es bei Diana zu versuchen. Aber bei allen Versuchen war sie immer nur auf der Mailbox gelandet.

»Die Bullen rufen? Findest du das nicht etwas übertrieben?«, fragte Marc.

Julia rieb sich die Augen. »Aber irgendetwas müssen wir doch unternehmen.«

»Dein Alter hatte sich für gestern Abend mit uns verabredet. Seitdem sind noch nicht einmal vierundzwanzig Stunden vergangen. Vorher unternehmen die Bullen eh nichts … und bei einem Erwachsenen sowieso nur, wenn ein begründeter Verdacht vorliegt. Eine Drohung oder wenn jemand geistig verwirrt ist oder so.«

»Woher weißt du das so genau?«

»Weiß ich eben.«

»Er könnte auch einen Unfall gehabt haben.«

»Klar, alles möglich«, sagte Marc. »Oder er ist doch schon in den Urlaub gefahren und hat uns total vergessen.«

»Niemals!«, protestierte Julia kopfschüttelnd. »Niemals würde er diesen Termin einfach vergessen.« Sie stieß einen tiefen Seufzer aus und schnappte sich ihr Smartphone. »Ich hab ein ungutes Gefühl … ich ruf da jetzt an«, sagte sie und tippte die 110 ein. Kurz darauf wurde der Anruf entgegengenommen und Julia schilderte die Sachlage. Marc, der Julia dabei gespannt beobachtete, konnte bereits nach kurzer Zeit aus dem Wortwechsel und ihrer Mimik entnehmen, dass er richtig gelegen hatte.

»Immerhin wissen wir jetzt, dass er keinen Unfall hatte«, sagte sie, während sie ihr Smartphone auf dem Tisch ablegte.

Marcs Blick blieb zum wiederholten Male am Notebook auf dem Couchtisch hängen und wanderte dann hektisch zwischen dem Rechner und Julia hin und her.

»Was ist?«, fragte Julia.

Nach einem kurzen Zögern antwortete Marc. »Ich könnte mir mal seinen Rechner anschauen. Vielleicht finden wir ja in seinen Dateien einen Hinweis?«

»Du?«

»Das könnte uns weiterbringen.«

»Das Ding ist gesichert. Er hat sich das alles mal hochsicher einrichten lassen, weil er sensible Daten drauf hat. Wegen der Gutachten und so.«

»Nichts ist sicher auf diesem Planeten, außer dass wir alle mal den Löffel abgeben. Ich kenn mich damit einigermaßen aus.«

»Mit dem Löffel abgeben?«

»Mit Computern … und wie man sie … manipulieren kann.«

Julia fixierte Marc mit ungläubigem Blick.

»Das hast du mir nie erzählt.«

»Hey, das war vor unserer Zeit. Das spielt doch jetzt keine Rolle.«

»Na, und ob das eine Rolle spielt. Was erzählst du mir als Nächstes? Vielleicht, dass du vor einigen Jahren mal jemanden umgebracht hast?« Julia schüttelte den Kopf. »Und sagst dann locker flockig: Aber das war vor unserer Zeit.«

Marc verdrehte die Augen. »Irgendwann hätte ich es dir sicher mal in aller Ruhe erzählt, aber ich hatte bisher nie die richtige Gelegenheit gefunden … und außerdem möchte ich dich nur mal an dich selbst erinnern.«

»Was meinst du denn damit?«, fragte Julia mit einem angriffslustigen Unterton.

»Na ja, warum du unbedingt deinen Alten treffen wolltest.«

Im selben Augenblick, als Marc diesen Satz ausgesprochen hatte, bereute er ihn auch schon wieder. Er wusste, dass er damit auf einen empfindlichen Nerv getroffen hatte. Die beiden blickten sich schweigend an, bis Julia aufstand und an Marc vorbeigehen wollte. »Sorry«, sagte er und hielt sie am Oberarm fest. Er brauchte nicht viel Kraft aufzubringen, um sie zum Umdrehen zu bewegen. Kurz darauf lagen sie sich in den Armen.

Schließlich stimmte Julia Marcs Vorschlag zu, da Hendrik angesichts der besonderen Situation diese Vorgehensweise sicher tolerieren würde. Mit einer nicht zu verkennenden Vorfreude schaltete Marc daraufhin das Gerät ein und nach einigen Sekunden hatte er die erste Diagnose gestellt.

»Ich muss mein Notebook holen, sonst komm ich damit nicht weiter.«

»Kannst du nicht auch so das Passwort knacken, ich dachte, du bist ein Hacker?«

Marcs Bauchgefühl sagte ihm, dass es in diesem Fall sinnlos war, von Hand irgendwelche Passwörter auszuprobieren.

»Ich kenne deinen Alten zwar nicht, aber ich bezweifle, dass er so idiotisch ist und sich von einem Spezialisten seinen Rechner hochsicher einrichten lässt, um dann ein schwaches Passwort zu verwenden. Glaubst du wirklich, er wäre so naiv?«

»Eigentlich nicht, aber man weiß ja nie, oder? Versuch es mal mit Sonnenschein, so hat er mich früher immer genannt.«

Marc grinste und gab das Wort über die Tastatur ein. Ein hochfrequenter Piepton ertönte.

»Ich versuch's mal mit Julia«, sagte Marc mit einem schelmischen Unterton. Wieder ertönte der Piepton.

»Häng doch mal mein Geburtsdatum hinten dran«, schlug

Julia vor.

»In welchem Format?«, fragte Marc. »Tag, Monat und Jahr durch Punkte getrennt? Oder ohne Punkte? Und den Monat als Zahl oder ausgeschrieben als Wort oder vielleicht auch nur mit drei Buchstaben abgekürzt? Und dann groß oder klein geschrieben, mit Jahreszahl oder ohne? Mit der neunzehn davor oder nur die zweistellige Jahreszahl? Oder vielleicht nur das Geburtsdatum ohne deinen Namen? Oder den Namen rückwärts geschrieben? Oder vielleicht mit einem anderen Namen davor? Oder den Namen dahinter, oder …«

»Hör schon auf!«, unterbrach ihn Julia.

Marc gab jetzt irgendetwas anderes über die Tastatur ein. Wieder ertönte der Piepton.

»Schau her«, sagte er und deutete auf den Bildschirm. »Nach dreimaliger Falscheingabe müssen wir den Rechner neu starten und warten, bis wir wieder zu dieser Eingabemaske gelangen. Erst danach haben wir wieder drei Mal die Möglichkeit, das Passwort einzugeben.«

Marc schaltete den Rechner aus und kurz darauf wieder ein. Nach einigen Sekunden war dieselbe Eingabemaske wie zuvor zu sehen.

»Die Festplatte ist verschlüsselt. Das bedeutet, die Daten können nur entschlüsselt und damit lesbar gemacht werden, wenn wir das korrekte Passwort kennen. Dazu muss ich die Festplatte ausbauen und an meinen Rechner anschließen.«

»Dann bist du ja doch gar kein richtiger Hacker?«

»Ich geh jetzt los. In zwei Stunden bin ich wieder zurück. Und du erstellst so lange eine Liste mit allen Begriffen, Worten, Namen und Kosenamen, die dein Alter jemals in irgendeinem Zusammenhang benutzt hat. Schreib alles auf, was dir einfällt.«

»Hendrik.«

»Was?«

»Kannst du bitte meinen Vater nicht ständig als *Alten*

bezeichnen. Er heißt Hendrik.«

Marc brauchte einen Moment, bis ihm das bewusst wurde. Es war ihm bisher nie selbst aufgefallen.

»Ähm ... ja, klar, sorry.« Nach einer kurzen Pause fragte er: »Gibt es noch einen anderen Rechner im Haus, mit dem du die Liste erstellen könntest?«

Julia überlegte. »Diana hat noch ein Tablet, glaube ich. Aber keine Ahnung, wo das sein könnte.«

»Dann nimm das Notizbuch auf deinem Smartphone, ich zieh mir das nachher mit Bluetooth rüber. Und trenn die Worte bitte mit Kommata ab.«

»Und was willst du mit dieser Liste anfangen?«

»Damit füttern wir einen Cracker.«

»Einen … Keks?«, fragte Julia kichernd, obwohl sie ahnte, dass sie falsch lag.

Marc schmunzelte. »Eine Cracker-Software benutzt man, um Passwörter zu knacken. Das Programm beinhaltet bereits einige Wörterbücher mit häufig verwendeten Passwörtern. Wir werden aber zuerst deine Liste verwenden. Im Prinzip macht das Programm damit nichts anderes, als was wir gerade mit deinem Vornamen und deinem Geburtsdatum gedanklich durchgespielt haben. Also Worte in allen denkbaren Variationen miteinander zu verknüpfen, Zahlen und Sonderzeichen einzufügen oder anzuhängen und so weiter. Aber natürlich wesentlich schneller, als wir das manuell tun könnten. Das wird hoffentlich nur wenige Minuten dauern.«

Julia schaute Marc erstaunt an. »Das heißt, dann haben wir das Passwort geknackt?«

»Mit etwas Glück, ja«, antwortete Marc. »Ansonsten bleibt uns dann noch eine Brute-Force-Attacke.«

»Und das bedeutet was?«

»Kommt drauf an, wie viele Stellen das Passwort hat und wie komplex es zusammengesetzt ist. Bei einer Brute-Force-Attacke werden mehr oder weniger stupide alle denkbaren Kombinationen durchprobiert. Wenn das Passwort nur aus sechs Stellen und aus Kleinbuchstaben besteht, dann dauert das mit meinem Rechner nur wenige Sekunden. Wenn es komplexer zusammengesetzt ist, also Großbuchstaben, Zahlen und vielleicht noch Sonderzeichen enthält, dann werden daraus schon einige Minuten. Und wenn es sieben oder noch mehr Stellen hat, dann dauert es natürlich entsprechend länger.«

»Wie lange?«

Marc schaute Julia nachdenklich an. Nach einer Pause antwortete er schließlich.

»Es kommt darauf an. Wenn man mehrere Rechner zu einem Cluster verbindet und die CPU der Grafikkarten nutzt, geht es schneller. Aber das kriegen wir auf die Schnelle nicht hin. Jedenfalls kann es einige Stunden oder auch Tage dauern. Ab acht oder neun Zeichen können es schon Wochen werden. Ab zehn oder mehr Zeichen unter Umständen Monate … oder *Jahre.*«

Marc bemerkte, wie Julias Augen glasig wurden. Trotzdem musste er noch einen Satz loswerden.

»Und wenn es ein Passwort von der Art ist wie: ‚Ich-habe-mir-extra-ein-supi-pupsi-langes-Passwort-ausgedacht-hihihi&ätsch', dann wird das im Leben nichts mehr werden.«

29. Kapitel

Hendrik hörte zuerst sein eigenes Stöhnen, als er wieder zu Bewusstsein kam. Dann brachen die höllischen Schmerzen über ihn herein. Vorsichtig tastete er mit der rechten Hand über sein blutverschmiertes Gesicht. Zuerst über seine aufgeplatzten Lippen. Dann an der Nase entlang, um sein gebrochenes Nasenbein herum, wo eine tiefe Wunde klaffte und der Knochen zum Vorschein kam. Schließlich ertastete er die Stellen, an denen der Schmerz am schlimmsten tobte. Frakturen an beiden Jochbeinen war die einzige denkbare Diagnose. Aus seinem linken Ohr tropfte Blut und auch über der Stirn hatte er eine klaffende Kopfwunde.

Angestrengt versuchte Hendrik, durch seine zugeschwollenen Augenlider hindurch etwas zu erkennen. Auf der Couch gegenüber nahm er verschwommen eine Silhouette wahr. Als er seinen linken Arm anheben wollte, wurde er abrupt von etwas zurückgehalten. Mit der anderen Hand ertastete er einen Metallring an seinem linken Handgelenk. Daran befestigt war ein Drahtseil, das sich spannte, sobald er versuchte, seine Hand weiter nach oben zu bewegen.

Genauso wie bei Diana und Noah.

Durch den Schleier hindurch erahnte er, dass das andere Ende an einem der Stahlrohre des massiven Couchtisches befestigt worden war.

Hendrik versuchte, sich etwas weiter aufzurichten und seinen verschwommenen Blick zu fokussieren, was erneut ein lautes, schmerzverzerrtes Stöhnen aus ihm herauspresste. Heftiger Schwindel erfasste ihn und ließ ihn keuchend in den Sessel zurücksinken. In wellenartigen Schüben wurde sein Bewusstsein zurückgedrängt, kehrte wieder zurück, schwand erneut. Es schien so, als könne sich sein Organismus nicht entscheiden, welcher geistige Zustand seiner Situation angemessen war. Jedes

Mal, wenn sein Bewusstsein schwand, fühlte es sich an, als ob er von sanften Meereswellen davongetragen würde. Kehrte es zurück, nahte das beißende Feuer der Hölle. Hendrik wollte sich fallen lassen und einfach nur erlöst werden von diesen entsetzlichen Schmerzen.

Diana!

Die sanfte Strömung trug ihn hinaus aufs offene Meer.

Noah!

Dann begann er, ganz langsam zu sinken. Es war, als würde er in die ursprüngliche Geborgenheit des Mutterleibes zurückkehren.

Ich darf nicht gehen!

Keine Schmerzen mehr. Keine Angst. Nur noch Stille. Absolute Stille in der Tiefe des Ozeans.

Es gibt allerdings noch eine Möglichkeit, wie Sie den Tod der beiden verhindern können. Eine einzige Chance haben Sie. Dazu müssen Sie sich mit mir treffen.

Mit letzter Kraft führte er einen Kampf gegen sich selbst. Er kämpfte gegen den Wunsch an, sich fallen zu lassen. Er kämpfte dagegen an, erlöst zu werden. Er kämpfte darum, zu den Schmerzen zurückkehren zu dürfen. Er musste sich ihnen stellen, damit Diana und Noah überhaupt noch eine Chance hatten. Er konnte nicht einfach so gehen. Er durfte sie nicht im Stich lassen.

Ja, kommt her, ihr Bestien, quält mich so viel ihr wollt.

Hendriks geschwollene Lider zuckten unruhig.

Na los, macht schon. Kommt her. Ich habe keine Angst vor euch. Ihr seid mir egal. Absolut egal. Ihr könnt mir nichts anhaben. Ihr seid nur eine körperliche Reaktion und ich hab schon längst erkannt, wo ich verletzt bin. Ihr könnt euch also wieder verziehen. Ihr seid nutzlos geworden.

Seine Augen öffneten sich und die Schmerzen kehrten mit voller Wucht zurück, so wie er es in Kauf genommen hatte. Und obwohl sie nicht schwächer waren als zuvor, bemerkte er, dass es ihm gelang, ihnen etwas weniger Raum in seinem Bewusstsein einzuräumen.

Solange er noch nicht vollständig ausgeknockt war, solange er auch eine noch so winzige Chance sah, musste er versuchen, sie zu nutzen. Egal wie aussichtslos seine momentane Lage auch erschien. Vielleicht kam ja auch bald Hilfe von außen? Er hatte sich mit Julia verabredet und sie wusste genau, dass er diesen Termin nicht einfach so vergessen würde. Bestimmt hatte sie längst die Polizei verständigt. Sie war ein kluges Mädchen.

Mein Mädchen. Mein Sonnenschein.

Bei ihren Nachforschungen würden die Ermittler bald herausfinden, dass er nach Diana und Noah auf Rügen gesucht hatte. Dieser Kommissar Becker musste das doch mitbekommen und einen Zusammenhang herstellen?

Es gibt noch Hoffnung. Gib nicht auf. Gib nicht auf!

Hendrik konzentrierte sich auf die Gestalt auf der Couch. Er versuchte, einen klaren Blick zu bekommen. Durch die schmalen Spalten seiner zugeschwollenen Augen hindurch erkannte er schließlich Aichner, der apathisch auf der Couch saß und ausdruckslos vor sich hinstarrte.

Hendrik fragte sich, warum er Aichner nicht schon früher erkannt hatte. Er musste doch damals, als er Nadine Schuster begutachtet hatte, Kontakt mit ihm gehabt haben. Er versuchte sich zu erinnern, aber es tauchten keine konkreten Bilder vor seinem geistigen Auge auf. Möglicherweise hatte er ihn auch nur auf Fotos gesehen. Soweit er sich entsinnen konnte, war Aichner damals über einen längeren Zeitraum in stationärer Behandlung und nicht vernehmungsfähig gewesen. Jetzt wurde Hendrik auch klar, warum er geglaubt hatte, dass dieser Taxifahrer ihn schon einmal befördert hatte. So war das oft mit undeutlichen Erinnerungen. Man reimte sich unbewusst irgendeine Erklärung zusammen.

Aichner saß immer noch regungslos auf der Couch. Der Psychiater in Hendriks Hinterkopf meldete sich wieder zu Wort und versuchte, aus dem Verhalten Aichners eine Diagnose abzuleiten.

Möglicherweise eine Form der bipolaren affektiven Störung. Er scheint sich momentan in einer depressiven Episode zu befinden.

Es war schwer, jemandem in einem solchen Zustand näher zu kommen. Vor allem, wenn man angeleint war wie ein Hofhund und dieser Jemand einem zuvor das Gesicht zu Brei geschlagen hatte.

Diana ...

Noah ...

Behutsam drehte Hendrik seinen Kopf etwas zur Seite, damit er den Bildschirm ins Blickfeld bekam. Soweit er ohne Brille und mit zugeschwollenen Augen überhaupt etwas erkennen konnte, war Nadine Schuster offenbar verschwunden. War das ein gutes oder schlechtes Zeichen? Immerhin schienen Diana und Noah weitgehend unversehrt geblieben zu sein. Es sah so aus, als ob Diana sprechen würde. Aber warum war kein Ton mehr zu hören? Sie schaute in Noahs Richtung, der auf der Matratze kauerte und weinte. Offenbar versuchte sie, ihn zu beruhigen.

»Das Mikro ist ausgefallen.«

Hendriks Kopf schnellte zu Aichner hinüber. Die Bestien dankten es ihm augenblicklich mit beißenden Schmerzen. Er stöhnte kurz auf, schaffte es dann aber wieder, sich auf Aichner zu konzentrieren, der auf der Couch mit monotoner Stimme vor sich hinsinnierte.

»Ein technischer Defekt. Aber das ist egal. Es spielt keine Rolle. Nichts spielt überhaupt irgendeine Rolle. Sie werden alle drei sterben. Aber wen interessiert das schon? In kurzer Zeit werden sie vergessen sein. Wir alle werden bald vergessen sein.

Denn irgendwann wird es überhaupt keine Menschen mehr geben, die sich erinnern können. Vielleicht in zehn, hundert oder tausend Jahren? Wer weiß das schon. Die Erde wird irgendwann nicht mehr existieren. Unsere Sonne wird irgendwann verglühen. Und diese kurze Episode der Menschheit hat keine Bedeutung im Universum; überhaupt keine Bedeutung; Bioautomaten, die ihr Leben abspulen, in dem Glauben, sie würden es selbst steuern, in dem Glauben, irgendein Schöpfer hätte den Menschen bewusst so erschaffen. Lächerlich, einfach lächerlich! Schau dir doch mal an, Doktor, was auf dieser Welt passiert. Wenn es tatsächlich einen personifizierten Schöpfer gäbe, dann wäre er entweder ein Dilettant, der die Kontrolle verloren hat, oder ein Sadist, der seine Kreaturen absichtlich so erschaffen hat, um sich an deren Grausamkeiten zu ergötzen.«

Du bist nicht der Erste, der sich über das Theodizee-Problem den Kopf zerbricht. Aber das gibt dir noch lange nicht das Recht, Menschen zu quälen und zu ermorden!

Aichner starrte Hendrik mit wild funkelnden, blutunterlaufenen Augen an. Für einen Augenblick hatte Hendrik das Gefühl, der Teufel persönlich wäre in Aichner gefahren.

»Verstehst du das, Doktor? Deshalb ist es scheißegal, was hier geschieht. Es gibt keine Moral. Es gibt keine Gerechtigkeit. Alles ist im Grunde unbedeutend und ohne Sinn. Für uns Menschen nur eine einzige Qual. Im Unterschied zu einem Tier wissen wir, dass wir sterben müssen. Und dieses Wissen hockt uns das ganze Leben über wie ein Dämon im Nacken und wir strampeln und zappeln auf diesem Planeten umher, versuchen, den Dämon zu verdrängen, indem wir Alte, Kranke und Behinderte in Anstalten abschieben oder das tägliche Sterben in den Nachrichten, wenn überhaupt, nur noch abgestumpft zur Kenntnis nehmen. Stattdessen streben wir nach Statussymbolen, wollen uns amüsieren und nehmen uns wichtig. Aber wir sind nichts anderes als willenlose Automaten, dazu verdammt, durchs

Leben getrieben zu werden, bis wir faltig zusammenschrumpfen und uns wieder in unsere Bestandteile auflösen. Darin unterscheiden wir uns nicht einmal von Pflanzen. Wer würde schon auf die Idee kommen, dass sich eine Pflanze freiwillig dazu entscheidet, sich nach der Sonne auszurichten? Sie muss es einfach tun, weil es so vorgegeben ist. Weil alles sich so entwickelt, wie es das physikalische Prinzip von Ursache und Wirkung erfordert. Oder wer würde schon auf die Idee kommen, dass sich Vogelschwärme freiwillig dazu entscheiden, jeden Winter in den Süden aufzubrechen? Und der Zufall treibt sein Spiel mit uns. Er lässt in dem einen Hirn einen Tumor wachsen und in dem anderen nicht. Und der Tumor lässt den einen Menschen zu einem Hammer greifen, mit dem er …«

Aichners Blick kehrte sich nach innen. Hendrik spürte förmlich, wie Aichner unter großen seelischen Schmerzen gegen die Bilder in seinem Kopf ankämpfte. Plötzlich fixierte er Hendrik mit einem glasklaren, hoch konzentrierten Blick.

»Aber ich habe einen Weg gefunden, damit zurechtzukommen … *AMOR FATI!* … Verstehst du? Man muss es annehmen, wie es ist. Das ist die einzige Chance. Die Dinge geschehen genau so, wie sie geschehen müssen. Man kann nichts dagegen tun. Die einzige Alternative wäre, sich das Hirn wegzupusten, aber dazu bin ich nicht bestimmt. Denn ich habe noch etwas zu erledigen, etwas, bei dem du und deine Familie die Hauptrollen spielen.«

Aichner erhob sich von der Couch, ging hinüber zur Küchenzeile und kam mit einer neuen Flasche Whisky zurück. »Du siehst richtig Scheiße aus mit deiner Fresse«, sagte er, als er sich auf die Couch zurückfallen ließ. Dann füllte er zwei Gläser und schob eines zu Hendrik über die Glasplatte. »Das wird dir guttun und die körperlichen Schmerzen etwas lindern.«

Aichner hob sein Glas und prostete Hendrik zu.

»Amor Fati!«

Er wartete nicht, ob Hendrik Anstalten machte, sein Glas ebenfalls zu greifen, sondern trank sofort einen kräftigen Schluck. Dann streute er erneut eine Linie Koks auf den Tisch und rollte den Fünfziger zurecht. Bevor er das Zeug schnupfte, blickte er Hendrik noch einmal tiefgründig an.

»Aber die körperlichen Schmerzen sind ein Scheißdreck gegen das, was dich beim Anblick deiner toten Familie erwartet. Glaub mir, Doktor, ich weiß, wovon ich rede.«

30. Kapitel

»Der Aichner ist vor zwei Wochen aus seiner Wohnung ausgezogen«, sagte die rothaarige junge Frau, als sie aus der Haustür des vierstöckigen Mietshauses in Schöneberg trat und bemerkte, wie sich die beiden Männer über Richard Aichner unterhielten.

»Kommissar Brande«, stellte sich der junge, kaum dreißig Jahre alte Beamte vor, unter dessen T-Shirt sich ein durchtrainierter Oberkörper abzeichnete. Er zückte seinen Dienstausweis und hielt ihn der Rothaarigen unter die Nase. »Das ist mein Kollege Kommissar Keil.« Brande deutete auf den Mann neben ihm, der nicht wesentlich älter war als er selbst, aber aufgrund seiner fülligen Statur und der hohen Stirn, die mit einem glänzenden Schweißfilm benetzt war, mindestens zehn Jahre älter aussah.

»Und mit wem haben wir die Ehre?«, fragte Brande mit einem freundlichen Lächeln, das ihm angesichts der erotischen Ausstrahlung der jungen Frau trotz seines akuten Schlafmangels nicht schwerfiel. Ihre nackten Füße steckten in Flip-Flops und außer einem luftigen Kleid mit Spaghettiträgern, unter dem sich deutlich ihre weiblichen Rundungen abzeichneten, schien sie nicht viel mehr zu tragen.

»Simone Koppel«, erwiderte sie mit einem frechen Lächeln.

»Wann war das genau?«, hakte Keil ein.

»Sie meinen, wann er ausgezogen ist? Moment … das muss am Montag … oder halt, warten Sie mal, es muss am Dienstag gewesen sein. Ja, ich erinnere mich so genau, weil …«

Sie stockte.

»Weil?«, fragte Keil, hellhörig geworden.

»Weil … weil an dem Tag die Müllabfuhr kam. Und die kommt immer dienstags, meistens zumindest. Jedenfalls kam sie vor zwei Wochen am Dienstag.«

»Kennen Sie zufällig die neue Adresse von Richard Aichner?«, fragte Brande.

Simone Koppel schüttelte den Kopf. »Keine Ahnung. Fragen Sie doch mal bei der Hausverwaltung nach … Stocker Immobilien, finden Sie im Telefonbuch.«

»Ist die Wohnung inzwischen wieder vermietet?«, fragte Keil.

»Sie wurde gleich nach dem Auszug von zwei Polen renoviert, aber eingezogen ist, soweit ich weiß, noch niemand.«

»Na prima«, stieß Keil hervor, angesichts der Tatsache, dass mit Sicherheit keine verwertbaren Spuren mehr zu erwarten waren.

»Ist Ihnen sonst irgendetwas Besonderes oder Ungewöhnliches aufgefallen? Hat er zum Beispiel regelmäßig Besuch erhalten?«

Erneut schüttelte sie den Kopf. »Hören Sie, wir leben hier ziemlich anonym nebeneinander her. Und das ist auch gut so. Ich möchte meine Ruhe haben und mich nicht um die Angelegenheiten meiner Mitmieter kümmern müssen. Das war einer der Gründe, warum ich zum Studieren nach Berlin gekommen bin. Wissen Sie, ich komme aus einem oberbayrischen Kaff, wo jeder jeden kennt, und das ist nicht immer angenehm, wie Sie sich sicher vorstellen können.«

Brande zückte seine Visitenkarte und drückte sie der jungen Frau in die Hand. »Falls Ihnen doch noch was einfallen sollte, rufen Sie bitte diese Nummer an. Auch eine noch so unbedeutend erscheinende Kleinigkeit könnte von Interesse sein. Ja?«

»Logo, wird gemacht«, antwortete sie.

»Dann mal noch einen schönen Tag«, sagte Brande und sah seinen Kollegen vielsagend an.

»Tschüssi«, antwortete Simone Koppel und lächelte dabei etwas gezwungen.

Die beiden Beamten stiegen in ihre schwarze Limousine und als sie losfuhren, fragte sich Simone Koppel, ob es wohl strafbar war, dass sie den beiden Beamten eine Kleinigkeit verschwiegen hatte. Aber sie hatten ja auch nicht danach gefragt und außerdem waren die Bücher bereits im Altpapier gelandet. Die Studentin erinnerte sich jetzt wieder genau daran, dass Richard Aichner an dem Tag, als die Müllabfuhr gekommen war, einen Stapel Bücher im Altpapier entsorgt hatte, bevor er für immer verschwunden war.

Simone Koppel beschloss, die Bücher, die sie damals noch rechtzeitig aus der Altpapiertonne hatte retten können, endlich im Internet anzubieten. Immerhin hatten die Fachbücher einen Neuwert von insgesamt über sechshundert Euro. Damit wäre immerhin die Miete ihrer Einzimmerwohnung für einen Monat bezahlt und vielleicht würde sogar noch eine Kleinigkeit zum Anziehen drin sein. War eh alles schwer genug, neben dem Studium noch zu arbeiten und jeden Cent zweimal umdrehen zu müssen. Außerdem, dachte sie, was sollte das schon für eine Bedeutung haben, wenn jemand seine Bücher im Altpapier entsorgt? Viele Menschen brauchten eben nicht so aufs Geld zu achten wie sie und gingen deshalb auch sorgloser mit den Dingen um.

31. Kapitel

Völlig hysterisch rannte Nadine Schuster durch den Tunnel zurück zur Kellertür. Minutenlang suchte sie laut fluchend nach einer Möglichkeit, die Tür von innen zu öffnen, um dieses dreckige Kellerloch verlassen zu können. In ihrer Verzweiflung trommelte sie mit den Fäusten gegen die Stahltür, rief Richie um Hilfe, flehte am Ende sogar den lieben Gott im Himmel an, aber all das half nichts. Stattdessen waren die Kopfschmerzen zurückgekehrt. Heftiger als je zuvor. Sie verbissen sich in ihr Gehirn und zerrten wie ausgehungerte Hyänen unerbittlich am Fleisch ihrer Beute. Schließlich sank sie, am Ende ihrer Kräfte, schweißüberströmt auf die Knie und übergab sich. Kurz darauf sackte sie bewusstlos über ihrem Erbrochenen zusammen.

»Hallo«, rief Diana zögerlich und horchte, während sie am ganzen Körper zitterte. Nicht nur wegen der Kälte. Vor allem hatte dieser irre Ausdruck in den Augen der Frau ihr schwer zugesetzt. Lange Zeit saß Diana stumm auf ihrer Matratze und wartete auf irgendein Geräusch aus dem Tunnel, das ihr Aufschluss darüber geben konnte, was mit der Frau passiert war.

»Hallo!«, rief sie nochmals, jetzt schon etwas mutiger. Wieder kam jedoch keine Reaktion. Stattdessen begann Noah, der gerade eben erst vollkommen erschöpft eingeschlafen war, sich auf der anderen Matratze zu regen.

»Schlaf weiter, mein Süßer«, flüsterte sie ihm zu. Das Beste war, wenn er so viel schlief wie möglich, dachte Diana. Wenn er so wenig wie möglich von der ganzen Geschichte bewusst miterlebte. Bestimmt würde Hendrik das auch so sehen. Wo blieb er bloß? Warum ließ er sie jetzt, wo sie ihn so dringend brauchte, im Stich? Als verantwortungsbewusster Familienvater hätte er doch längst etwas unternehmen müssen. Es konnte doch nicht so schwer sein, die Spur dieses durchgeknallten Taxifahrers zu verfolgen. Die Polizei hätte doch schon längst hier sein müssen.

Dianas grübelnde Gedanken verflüchtigten sich, als ihr die Webcam an der Decke auffiel. Die Kamera war unerreichbar oben in einer Ecke angebracht worden, sodass der komplette Raum überwacht werden konnte.

»Durst … aua … aua, aua, aua«, begann Noah plötzlich wieder zu winseln. Diana bewegte ihren Rumpf, um Noah erneut durch sanftes Streicheln mit ihren Füßen zu beruhigen. Ihr Versuch bewirkte jedoch genau das Gegenteil. Noah begann, wild um sich zu schlagen und versuchte seine Mutter wegzustoßen.

»Du Blöde … Doofe …«, schrie er und stieß dann noch weitere unverständliche Worte aus, die er sich offenbar irgendwie zusammendichtete.

»Noah … pschhhhh … Noah, bitte beruhige dich …«

Es nützte alles nichts. Der quälende Durst ließ Noah weiterschreien, als ob er gleich sterben würde. Und dass dies vielleicht schon in wenigen Stunden schreckliche Wahrheit werden würde, brachte Diana an den Rand des Wahnsinns. Eine seltsame Gleichgültigkeit erfasste sie plötzlich, teilnahmslos sank sie zurück auf die Matratze. Während ihr Sohn nun völlig verängstigt heulte, starrte sie ins Leere – so, als ob sie gerade eben selbst gestorben wäre.

32. Kapitel

»Anaid&Haon«, flüsterte Marc und küsste Julia, die auf der Couch eingeschlafen war, liebevoll auf die Stirn. Nachdem er mit seinem Rechner zurückgekehrt war, hatte er auf der Terrasse schnell noch was geraucht und sich dann sofort an die Arbeit gemacht.

»Was?«, fragte sie und rekelte sich.

»Das Passwort … ich hab es geknackt: Anaid&Haon, verbunden mit einem kaufmännischen ‚und', dazu das A und H groß geschrieben. Na, sagt dir das was?«

»Keine Ahnung«, antwortete Julia verschlafen.

»Das sind die Namen von deiner Stiefmutter und deinem Halbbruder – rückwärts geschrieben!«

»Diana … Noah«, murmelte Julia vor sich hin.

»Und ich hab noch mehr rausgefunden. Irgendjemand hat deinen Alten … sorry, ich meine Hendrik, ausspioniert.«

»Was?« Julia richtete sich abrupt auf und starrte Marc mit entsetztem Blick an.

»Das muss jemand gewesen sein, der sich sehr gut auskennt. Er hat ein Rootkit auf dem Notebook installiert. Vermutlich hat er es sogar selbst programmiert. Es ist keines der gängigen Rootkits, die man sich einfach so runterladen kann und die jedes Scriptkiddie ohne viel Wissen verwenden kann. Weder der Virenscanner noch die Client-Firewall haben das Programm entdeckt. Es ist raffiniert getarnt und verwendet einen gängigen verschlüsselten Port – TCP 443 … SSL …«

Marc sah an Julias Blick, dass sie ihm nicht mehr folgen konnte.

»Um es auf den Punkt zu bringen: Er hat eine Überwachungssoftware, eine Art Trojaner, auf dem Rechner deines Vaters installiert – unbemerkt und gut versteckt.«

»Und wie hast *du* das Programm dann gefunden?«, fragte

Julia.

Marc konnte nicht verhindern, dass sich ein Anflug von Stolz auf seinem Gesicht breitmachte.

»Weil ich gezielt danach gesucht habe … und weil ich mal einer der Besten war.«

Julia schüttelte den Kopf. »Ich verstehe das immer noch nicht. Warum sollte das jemand tun?«

»Keine Ahnung. Jedenfalls konnte derjenige damit – solange der Rechner eingeschaltet war – alle Daten auf der Festplatte lesen und auch verändern. Er konnte alle Tastatureingaben mitprotokollieren. Und er konnte über das Mikro alles mithören, was in der Nähe gesprochen wurde … und über die integrierte Cam sogar die Umgebung beobachten, je nachdem, wohin der aufgeklappte Bildschirm gerade zeigte.«

»Aber wozu das alles?«, fragte Julia. »Vielleicht wegen einem Gutachten? Aber wer macht so etwas? Ich verstehe es einfach nicht.«

»Kein Schimmer«, sagte Marc und zwinkerte Julia vielsagend zu. »Zumindest noch nicht.«

»Was meinst du damit?«

»Na ja, so eine Software ergibt nur einen Sinn, wenn irgendwo an einem anderen Rechner jemand die Daten auswertet. Und dazu muss das überwachte System die Daten erst mal an das andere System übertragen. Derjenige, der sich in den Rechner deines Vaters eingehackt hat, hat deshalb auch eine Backdoor installiert.«

»Du meinst damit eine Art Hintertürchen?«, unterbrach Julia ihn.

Marc schmunzelte. »Sehr gut, meine Süße. Du hast Talent.«

»Und?«, hakte Julia ungeduldig nach. »Was bedeutet das jetzt?«

Marc setzte einen übertrieben seriösen Blick auf und ahmte einen dozierenden Professor nach. »Nun, meine Liebe, wie Sie wissen, habe ich die ausgebaute Festplatte von Herrn Doktor Jansens Notebook mithilfe meiner mitgebrachten Analysewerkzeuge einer umfangreichen Untersuchung unterzogen. Ich hatte die Vermutung, dass der vermeintliche Spion einen Überwachungsmechanismus einprogrammiert haben muss, der ihm immer dann ein Signal sendet, wenn sich das Notebook des Herrn Doktor Jansen …«

»Du kannst ruhig wieder normal reden!«, fuhr Julia dazwischen.

»Ich wollte dich nur ein wenig aufheitern … also, was ich sagen wollte: Wenn das Notebook von deinem Dad hochgefahren wird, dann versucht der Trojaner, über das Internet eine Verbindung zu einem anderen Rechner herzustellen, indem er verschiedene IP-Adressen abscannt. Ich habe das gecheckt, indem ich die Festplatte unverändert zurück in sein Notebook gebaut habe und den Netzwerkverkehr über ein Sniffer-Programm von meinem eigenen Notebook aus überwacht habe.« Marc hob seinen Zeigefinger. »Natürlich *ohne* das lokale Netzwerk ans Internet anzuschließen.«

»Und das bedeutet?«

»Das bedeutet, wenn ich das Notebook deines Vaters jetzt gleich tatsächlich mit dem Internet verbinde, dann könnte es gut sein, dass irgendwo da draußen im Netz genau der Rechner reagiert, über den dein Vater ausspioniert wird.« Marc zog die Augenbrauen hoch. »Und dann, meine Süße, dann haben wir zumindest mal eine aktive IP-Adresse … und damit einen Anhaltspunkt, um den Aufenthaltsort des dazugehörigen Rechners herauszufinden.« Marc zwinkerte Julia zu. »Natürlich nur, wenn man weiß, wie man vorgehen muss.«

»Aber da müssten wir doch die Behörden einschalten«, sagte Julia. »Sonst gibt uns doch kein Provider irgendeine Auskunft.«

Marc grinste verschmitzt.

»Es gibt noch andere Möglichkeiten, um an den Namen und

den Wohnort eines Anschlussinhabers zu kommen.«

»Du meinst, dich bei dem Provider einzuhacken?«

»Das ist eine Möglichkeit. Das kann aber ziemlich lange dauern. Oft ist es schneller und auch einfacher, die Schwachstelle Mensch auszunutzen.« Marc machte eine kurze Pause. »Schon mal was von Social Engineering gehört?«

Julia schüttelte den Kopf.

»Im Prinzip ist es nichts anderes als das, was viele Verkäufer tagtäglich tun. Man entlockt einem Menschen Informationen oder bewegt ihn zu einer gewünschten Handlung, indem man ihn manipuliert oder täuscht. Ich geb dir ein Beispiel: Du würdest ja deinem Chef sicherlich keine Auskunft verweigern, wenn er dich geschäftlich wegen einer dringend benötigten Information anruft – von der vielleicht sogar das Überleben der ganzen Firma abhängt. Und wenn du davon überzeugt wärst, dass jemand im Auftrag deines Chefs anruft, also von ihm legitimiert wurde, dann ebenfalls nicht, oder? So reagieren zumindest viele Menschen. Ich werde jedenfalls alles versuchen. Es kann etwas dauern, aber ich mach das nicht zum ersten Mal.«

Julia blickte Marc nachdenklich an. Sie hatte immer gedacht, sie würde ihn längst in- und auswendig kennen. Sie hatte auch geglaubt, dass er keine Geheimnisse vor ihr hatte. Jetzt sah sie plötzlich einen Menschen vor sich, der ihr völlig fremd erschien.

»Marc, versprich mir bitte, dass wir meinen Vater finden. Ich möchte ihn nicht auch noch verlieren.« Julia stockte und eine Träne lief über ihre Wange. »Ich muss mit ihm reden. Wir müssen diese Dinge aus der Welt schaffen, die zwischen uns stehen. Er darf nicht einfach so verschwinden, nicht wie damals Mama, bitte, Marc, bitte hilf mir, ihn zu finden.«

Marc nahm Julia in die Arme und drückte sie fest an sich. Er überlegte lange. Eine IP-Adresse war immerhin ein konkreter Ansatzpunkt, aber selbst wenn es ihm rasch gelingen sollte, den Inhaber des zugehörigen Internetanschlusses ausfindig zu machen, musste das noch lange nicht bedeuten, dass sie damit auch denjenigen finden würden, der Hendriks Rechner überwachte. Es konnte genauso gut sein, dass dieser Typ einen Universitätsrechner oder einen Rechner in einer öffentlichen Bibliothek gehackt oder sich über ein fremdes WLAN anonym ins Internet eingeloggt hatte und sich mit seinem eigenen Rechner dahinter verschanzt hatte. Wenn er besonders vorsichtig vorgegangen war, hatte er sogar mehrere solcher Stationen dazwischengeschaltet. Umso schwieriger würde es werden, die Spur zurückzuverfolgen.

»Ich verspreche es dir«, sagte Marc schließlich.

Julia küsste Marc und er spürte, wie sie dabei leicht zitterte. Nach einiger Zeit ließ sie ihre Lippen über seinen Hals und dann weiter seinen Nacken entlang wandern, bis sie sein Ohrläppchen erreichte und verspielt daran knabberte. »Ich liebe dich, Marc«, hauchte sie ihm ins Ohr. »Ich liebe dich über alles … mein kleines Hackergenie.«

33. Kapitel

In den wenigen kurzen Momenten, in denen es Hendrik gelungen war, seine Schmerzen zu verdrängen, hatte er sich während Aichners weltanschaulichen Ergüssen immer wieder gefragt, welche Motive diesen steuerten. Oberflächlich betrachtet schien er von Rachegefühlen getrieben zu sein. Warum sonst hätte er den Richter und Staatsanwalt umbringen und Hendriks Familie entführen sollen? Andererseits gab er niemandem die Schuld für das Verbrechen an seiner Familie. Nicht einmal Nadine Schuster. Er sprach alle Menschen frei von jeglicher Schuld. Jeder war in seinen Augen nur ein willenloses Opfer seines eigenen Gehirns. Alles, was geschah auf der Welt, war determiniert. Er sah den Menschen als neuronengesteuerten Bioautomaten ohne freien Willen, der nur sein für ihn zufällig bestimmtes Programm abarbeitete.

Und genau das war es, was Hendrik stutzig machte. Warum sollte Aichner an jemandem Rache üben, dem er eigentlich keine Schuld gab? An jemandem, der überhaupt nichts für das konnte, was er tat? Das ergab keinen Sinn. Andererseits war Aichner ohne Zweifel krank. Er war bereits ein zweifacher Mörder und Hendrik zweifelte auch nicht daran, dass er fähig dazu wäre, Diana, Noah und auch ihn selbst zu töten. Allem Anschein nach sah Aichner sich selbst als Erfüller vorherbestimmter Geschehnisse. Und er war drogenabhängig. Alles schien darauf hinzudeuten, dass dieser Mensch nicht mehr in der Realität zu Hause war. Trotzdem hatte Hendrik den Eindruck, dass Aichner im Grunde wusste, was er tat, und dass er durchaus noch in der Lage war, sich selbst zu steuern – wenn man mal von seinem Wutausbruch mit der Whiskyflasche absah. Und irgendetwas, das sagte ihm seine jahrzehntelange Erfahrung als Psychiater, führte Aichner darüber hinaus im Schilde. Er konnte förmlich spüren, dass Aichner ein höheres, übergeordnetes Ziel verfolgte. *Aber was ist dieses Ziel? Wenn es nicht Rache ist, was dann?*

Aichner erhob sich, ging zur Spüle hinüber und schaufelte sich mit den Handflächen kaltes Wasser ins Gesicht. Dann fuhr er sich mehrmals mit den feuchten Händen durch seine Haare und schüttelte schließlich den Kopf, während er schnaubte wie ein Walross.

Draußen war es längst hell geworden. Hendrik schätzte die Uhrzeit auf acht oder neun, vielleicht auch etwas später. Es war schwer abzuschätzen, da der Vorhang immer noch zugezogen war und nur zu erahnen war, wie hoch die Sonne stand. Welcher Tag war heute? Es musste Montag sein. Plötzlich vernahm Hendrik eine ihm bekannte Melodie, die offenbar aus den Lautsprechern von Aichners Notebook stammte.

How many roads must a man walk down
Before you call him a man?
Yes, 'n' how many seas must a white dove sail
Before she sleeps in the sand?
Yes, 'n' how many times must the cannonballs fly
Before they're forever banned?
The answer, my friend, is blowin' in the wind
The answer is blowin' in the wind

Aichner bemerkte von alldem nichts. Denn erst nachdem die Lautsprecher des Notebooks wieder verstummt waren, drückte er den Hebel der Mischbatterie nach unten und beendete damit das Wasserrauschen.

Hendrik entschied sich dazu, in die Offensive zu gehen. Er musste endlich etwas unternehmen. Egal was, er durfte nur nicht einfach dasitzen und abwarten. Selbst auf die Gefahr hin, dass Aichner erneut einen Wutausbruch haben und ihm körperlich weiter zusetzen würde, musste er aktiv werden und ihn dazu bringen zu reagieren, anstatt selbst agieren zu können. Aichner durfte das Heft nicht in der Hand behalten. Hendrik sah seine einzige Chance darin, Zeit zu gewinnen und darauf zu hoffen, dass die Polizei dieses Kellerloch ausfindig machen würde, bevor es zu spät war.

Hendrik hatte sich in den letzten Stunden auch einmal die Frage gestellt, was wohl passieren würde, wenn Diana und Noah in ihrem Gefängnis starben. Wie ginge es dann wohl weiter? Würde Aichner ihn noch einige Zeit weiter quälen? Noch mehr körperliche Schmerzen zufügen? Vielleicht würde er auch einfach fröhlich pfeifend die Wohnung verlassen, ihn zuvor knebeln und dann verdursten lassen, während er bis zu seinem bitteren Ende die Leichen auf dem Bildschirm betrachten musste.

»Richie«, sagte Hendrik und schüttelte damit diese grässlichen Gedanken wieder ab. »Würde es dir etwas ausmachen, das Fenster eine Weile zu öffnen, um frische Luft hereinzulassen? Ich habe wahnsinnige Kopfschmerzen. Und ich brauche einen Arzt, bitte, die Schmerzen werden immer unerträglicher.«

»Jammer nicht«, sagte Aichner schroff, während er wieder zurück zur Couch schlurfte. »Wenn du glaubst, verrecken zu müssen, dann tu's.« Aichner lachte lauthals. »Du glaubst doch nicht im Ernst, dass ich einen Arzt rufe. Eine polierte Fresse wird dich schon nicht gleich umbringen.«

Hendriks Zuversicht, er könnte etwas erreichen, schwand. Aber er musste etwas unternehmen. Er musste alles versuchen. Nur was?

Es gibt immer eine Chance, solange noch ein kleiner Funken Hoffnung besteht. Reiß dich zusammen, Hendrik, reiß dich zusammen! Tu was. Egal was, aber tu einfach was.

»Wie gefällt dir Bob Dylan?«

»Was?« Das erste Mal, seit Aichner ihn gefangen hielt, wirkte dieser überrascht.

»The answer, my friend, is blowin' in the wind …«

Augenblicklich griff sich Aichner das Notebook und klappte es auf. Blankes Entsetzen spiegelte sich in seinen Augen wider.

Während er wüste Flüche ausstieß, gab er hektisch Befehle über die Tastatur ein. Schweiß trat auf seine Stirn. Immer wieder verfluchte er sich selbst, weil er so unvorsichtig gewesen war.

Bei Hendrik indessen keimte Hoffnung auf. Vielleicht war die Musik ein Warnsignal gewesen und Diana und Noah waren gefunden worden? Hendriks hoffnungsvoller Blick wanderte hinüber zum Bildschirm, der kurz darauf plötzlich dunkel wurde.

Was ... was hat das zu bedeuten?

»Noch mal Schwein gehabt«, sagte Aichner plötzlich und blickte entspannt von seinem Notebook auf. Nachdem er den Selbstzerstörungsmechanismus des Trojaners auf Hendriks Notebook aktiviert hatte, hatte er auch die Verbindung zu dem gehackten WLAN-Anschluss aus einer Nachbarwohnung gekappt, und damit auch die Videoüberwachung. Mit wenigen Tastatureingaben wechselte er auf ein anderes gehacktes WLAN und startete mit der neuen IP-Adresse ein Reconnect zu dem Rechner, der mit der Kamera im Keller verbunden war. Augenblicklich tauchte nach einem kurzen Flackern wieder das gewohnte Bild auf.

»Danke, Doktor.«

Aichner füllte Whisky in sein Glas nach und nahm einen großen Schluck.

»Du hast mich nach Bob Dylan gefragt«, sagte er, nachdem er sich genussvoll eine Zigarette angezündet hatte. »Ich liebe ‚Blowin' in the wind'. Dieser Song ist die Antwort auf die Frage aller Fragen. Verstehst du das, Doktor?« Aichner fing plötzlich an zu singen. »*The answer, my friend, is blowing in the wind. the answer is blowing in the wind* ... ich kenne keinen Song, der die Bestimmung durch Natur und Zufall besser umschreiben würde.«

»Warum hast du den Richter und den Staatsanwalt getötet?«

Aichner lehnte sich entspannt auf die Couch zurück, legte seinen Kopf in den Nacken und sog den Rauch tief in seine

Lungen. Verträumt schaute er den sich auflösenden Rauchschwaden hinterher. Das Ganze wiederholte er einige Male, bis er sich wieder aufrichtete und Hendrik mit einem melancholischen und gleichzeitig allwissenden Ausdruck anlächelte.

»Hör zu, Doktor! Menschen sind wie lose Blätter im Wind, die sich einbilden, sie würden die Richtung vorgeben. Aber es gibt keinen Plan, keinen Gott, überhaupt keine höhere Macht, die irgendetwas vorgibt. *Alles* wird vom blinden Zufall und dem gnadenlosen Kausalprinzip der Naturgesetze bestimmt. Erkennst du die Wahrheit, Doktor? Schuld ist nichts weiter als ein Hirngespinst der Menschheit, denn in der Natur kommt Schuld gar nicht vor … und deshalb ist es völlig gleichgültig, ob ich Menschen töte.«

Eine heftige Schwindelattacke brach über Hendrik herein. Aichner musste total den Verstand verloren haben. Hendrik hatte keine Zweifel daran, dass er wirklich von dem überzeugt war, was er da von sich gab; dass alles auf einer Stufe stand: ein Blatt, ein Stein, ein Tier, ein Mensch; für ihn schienen sowohl die belebten als auch die unbelebten Dinge in der Natur gleich bedeutend … oder eher gleich bedeutungslos zu sein.

»Das beantwortet meine Frage nicht. *Warum* hast du den Richter und den Staatsanwalt getötet? Es ergibt doch keinen Sinn, einen Menschen völlig grundlos zu töten.«

»Die Frage aller Fragen.« Aichner warf Hendrik einen seltsam sanftmütigen Blick zu. »Natürlich ergibt das keinen Sinn, Doktor. Weil *nichts, aber auch rein gar nichts* auf dieser Welt überhaupt irgendeinen Sinn ergibt. Es gibt nur den Zufall und die Naturgesetze, keinen Sinn, keinen höheren Plan, nichts, null, nada. Alles, was geschieht, ist nur ein weiterer Dominostein in einer langen Kette von Ereignissen. Er fällt um, weil er von einem anderen Stein angestoßen wurde, und stößt dadurch selbst den nächsten Stein an. Weiter nichts, das ist alles, es geschieht einfach. Verstehst du das denn immer noch nicht, Doktor?«

In diesem Augenblick schlugen die Schmerzen mit einer solchen Wucht zu, dass Hendrik die Besinnung verlor. Er hatte keine Kraft mehr, sich gegen den Sog zu wehren. Willenlos ließ er sich hinausziehen aufs offene Meer und versank in der dunklen Stille des Ozeans.

34. Kapitel

Marc wischte sich den Schweiß von der Stirn und lehnte sich in Hendriks Schreibtischsessel zurück. Nachdenklich betrachtete er zuerst Hendriks Notebookbildschirm, an dem er zuvor zur Sicherheit die eingebaute Webcam abgeklebt hatte, und dann den Bildschirm seines eigenen Notebooks, auf dem in den letzten Minuten in rasender Geschwindigkeit Protokolldaten über den Netzwerkmonitor gerauscht waren.

Sein Gegner, mit dem er sich über das Internet dieses kurze, aber heftige Gefecht geliefert hatte, war gut gewesen. Verdammt gut sogar. Und er war schnell gewesen. Schneller als er selbst. Vielleicht lag es ja daran, dass er aus der Übung war, dachte Marc. Es war schon über drei Jahre her, dass er das letzte Mal an einer Hacker-Party teilgenommen hatte. Damals war er noch einer der Besten gewesen. Aber diese lange Pause nach seinem Ausstieg hatte ganz offensichtlich ihre Spuren hinterlassen.

»Was ist los?«, fragte Julia.

»Der Typ hat seine Spuren verwischt. Er war einfach schneller als ich.«

Marc drehte sich zu Julia hinüber, die neben ihm auf einem Stuhl saß. Als sich ihre Blicke trafen, senkte er seinen Kopf.

»Marc, sag mir bitte, was los ist.«

Marc versteckte sein Gesicht hinter seinen Handflächen und begann jämmerlich zu schluchzen.

»Marc? … Marc!«

Ganz langsam hob er seinen Kopf und grinste Julia frech an.

»Er war zwar schneller als ich, aber ich glaube nicht, dass er damit rechnet, dass ich bereits eine ausführliche Analyse der Festplatte vorgenommen habe. Und ich glaube auch nicht, dass er davon ausgeht, dass ich den gesamten Netzwerkverkehr über einen zweiten Rechner mitprotokolliert habe.«

»Ich finde das übrigens nicht witzig«, sagte Julia mit

strengem Blick. »Heißt das jetzt, du hast seine IP-Adresse?«

»Na klar«, antwortete Marc. »Sogar zwei.« Den letzten Satz hatte Marc mit einem geheimnisvollen Unterton ausgesprochen. Sein Grinsen war jetzt einem ernsteren Gesichtsausdruck gewichen. »Ich konnte mich für einen Moment auf seinem Rechner umsehen, bis er die Schotten dichtgemacht hat. Aber es hat gereicht, um festzustellen, dass er noch mit einem anderen System über denselben Port in Verbindung stand. Ich konnte allerdings nicht mehr herausfinden, welche Daten durchgeschleust wurden.«

»Vielleicht spioniert er ja noch andere Leute aus?«, überlegte Julia.

»Gut möglich. Auf alle Fälle haben wir jetzt zwei IP-Adressen und damit zwei Angriffsvektoren.«

Marc richtete sich auf und rückte den Sessel näher an den Schreibtisch heran. Dann startete er den Browser und führte für beide IP-Adressen eine Datenbankabfrage beim RIPE Network Coordination Centre durch. Er stellte fest, dass es sich um zwei unterschiedliche Internet-Service-Provider handelte. Die erste IP-Adresse, mit der Hendriks Notebook überwacht worden war, gehörte zu einem T-Online-Anschluss. Die andere IP-Adresse gehörte zu einem Provider namens Eastcom. Marc gab die Adresse einer Webseite in den Browser ein, mit der man den geografischen Standort einer IP-Adresse lokalisieren konnte. Er fand heraus, dass sich der T-Online-Anschluss im Raum Berlin befand und der Eastcom-Anschluss irgendwo im nördlichen Brandenburg.

Die Chancen, bei Eastcom an den Namen und die Adresse des Anschlussinhabers zu gelangen, waren wesentlich höher als bei T-Online. Im Vergleich zu T-Online war Eastcom ein relativ kleiner regionaler Provider, erfahrungsgemäß hatten diese häufig nicht die Zeit und die Mittel, um alle Aspekte der Datensicherheit zu berücksichtigen. Meistens investierten sie zwar in die technische Absicherung ihrer Netzwerkinfrastruktur, dem menschlichen Faktor in Sachen Sicherheit schenkten sie hingegen oft eher weniger Beachtung.

Im Gegensatz dazu befanden sich die Infrastrukturen der großen Provider in hoch effizienten, professionell betriebenen Rechenzentren, wo neben den hohen technischen Sicherheitsstandards auch die internen Abläufe so optimiert waren, dass die Gefahr, die durch die Sicherheitslücke Mensch existierte, auf ein Mindestmaß reduziert werden konnte. Aber natürlich war es auch hier nicht ausgeschlossen, ohne Genehmigung der Strafverfolgungsbehörden an den Namen und die Wohnadresse eines Anschlussinhabers zu gelangen. Es war in der Regel einfach nur wesentlich zeitaufwendiger als bei einem kleineren Provider. Und wenn Julia und Marc eines nicht hatten, dann war es Zeit.

Marc wollte gerade seine Recherchen fortsetzen, als sein Blick am GMX-Symbol auf der Lesezeichenleiste des Browsers hängen blieb.

»Was hat dein Al… ähm, ich meine dein Dad, für eine E-Mail-Adresse?«

»dr.hendrik.jansen@gmx.de«, antwortete Julia.

»Weißt du eigentlich, dass die meisten Menschen für ihre unterschiedlichen Accounts dasselbe Passwort verwenden? E-Mail, Facebook, Twitter, Instagram, Partnerbörsen, Google, Zalando, Youtube, Paypal, Amazon, Ebay und so weiter und so fort …«

Marc klickte auf das GMX-Symbol und die Login-Seite für das Abrufen der E-Mails baute sich auf.

»Dann schauen wir mal, ob dein Vater da eine Ausnahme macht.«

Marc gab »Anaid&Haon« als Passwort ein und klickte auf »Login«.

»Voilà«, sagte er mit einem zufriedenen Grinsen, als sich die Seite aufbaute. »Dann wühlen wir mal ein wenig in seinen Mails.

Vielleicht finden wir ja was Interessantes?«

35. Kapitel

Aichner betrachtete andächtig die Ladung Koks, die er auf den Fünfzig-Euro-Schein gestreut hatte. Er rollte den Geldschein zu einem Röhrchen, wobei er penibel darauf achtete, den Schein waagerecht zu halten, damit nichts von dem Pulver verlorenging. Er warf einen kurzen Blick auf Hendrik, der wie ein Kartoffelsack regungslos im Sessel hing. So würde er ihn nicht davonkommen lassen. Die feige Sau konnte sich nicht einfach so aus dem Staub machen. Die Dominosteine würden genau so umfallen, wie es sein musste. Aber zuerst einmal musste er den Gutachter zurückholen. Ohne ihn funktionierte es nicht. Aichner bereute für einen Moment, dass er ihm so hart zugesetzt hatte. Eigentlich war es nicht notwendig gewesen. Aber es hatte ihn plötzlich übermannt. Und es hatte so gutgetan. Das Zerbersten seiner Knochen. Das Blut, das aus seiner dämlichen Fresse gequollen war. All das war Balsam für Aichners Seele gewesen. Aber er brauchte den Doktor noch. Ohne Publikum war jedes Theaterstück für die Katz. Völlig sinnlos. So wie alles auf diesem Planeten.

Aichner ging hinüber zu Hendrik und tastete nach dessen Puls. Es war nicht viel, was er da spürte. Aichner inspizierte die Nase der jämmerlichen Kreatur, die da vor ihm im Sessel hing. Im Gegensatz zum rechten Nasenloch, das stark lädiert und mit verkrustetem Blut verstopft war, schien das linke noch einigermaßen intakt zu sein. Vorsichtig drückte er Hendriks Kopf nach hinten in den Nacken und schob den zusammengerollten Fünfziger mit dem Koks in das linke Nasenloch. Er atmete tief ein und blies dann sanft, ja fast liebevoll, seinen Atem in den Geldschein, so als wolle er einem geliebten Menschen ganz zart eine ausgefallene Wimper von der Wange pusten …

Die Ruhe war trügerisch. Das ferne Rauschen war kaum

hörbar. Aber es kam näher, wurde spürbar. Zuerst waren es noch feine Schwingungen. Ganz behutsam fing Hendriks Körper an, sich im Auf und Ab der Strömung hin- und herzuwiegen. Dann aber entwickelte sich ein Sog. Er begann, sich um seine eigene Achse zu drehen. Immer schneller. Er wurde umhergewirbelt. Wusste nicht mehr, wo oben und unten war. Sein Bewusstsein kam zurück und damit der Gedanke, er wäre in einen Strudel geraten. Aber die Sogwirkung zog ihn nicht nach unten, entfernte ihn nicht von der Wasseroberfläche, sondern riss ihn nach oben, hin zum Licht und mit lautem Getöse spuckte ihn der Ozean wieder aus und warf ihn zurück in die Realität.

Noch während Hendrik langsam die Augen öffnete, wartete er darauf, dass die Bestien in seinem Kopf wieder zurückkehrten. Aber die Schmerzen waren in den Hintergrund getreten. Die Kopfschmerzen, seine kaputte Nase und die zertrümmerten Jochbeine waren kaum mehr zu spüren, fühlten sich irgendwie taub an.

Taub?

Als wäre er aus einem langen erholsamen Schlaf erwacht, fühlte er plötzlich eine seltsame Frische und Vitalität. Im selben Augenblick, als Hendrik in das nur wenige Zentimeter entfernte Gesicht Aichners blickte, der ihn mit einem selbstgefälligen Lächeln anglotzte, ging ihm ein Licht auf.

Nein, nicht taub. Sondern betäubt!

Dieser Wahnsinnige hatte ihm eine Ladung Koks verpasst. Es war zwar schon lange her, dass er in seiner Studienzeit einmal Kokain zu Eigenversuchen konsumiert hatte, aber dieses alles durchdringende Hochgefühl vergaß man nicht, wenn man es einmal erlebt hatte.

»Willkommen zurück, Doktor«, sagte Aichner und tätschelte dabei liebevoll Hendriks Oberschenkel.

»Das Programm geht weiter. Wir müssen uns beeilen, sonst

verpassen wir noch den Höhepunkt.«

Aichner ging wieder hinüber zur Couch, setzte sich hin und deutete Hendrik mit vorgerecktem Kinn an, wieder auf den Bildschirm zu sehen.

Hendrik weigerte sich zuerst, hinüberzuschauen. Er wusste, dass er kein Happy End in einem typischen Thriller-Blockbuster zu sehen bekommen würde. Denn das hier war real. Trotzdem richtete er seinen koksgeschwängerten Blick hinüber zum Bildschirm, in der Hoffnung, es würde vielleicht doch noch irgendeine Rettung geben. Als seine Augen jedoch die Szene erfassten und sein Verstand begriff, was da vor sich ging, wollte er sich wieder fallen lassen und zurück auf den Meeresgrund sinken.

Aber die Wirkung des Kokains war stärker.

Er war hellwach und hochkonzentriert.

Und während sein Blick zwischen dem höhnischen Grinsen Aichners und dem Bildschirm hin und her schnellte, war er sich plötzlich absolut sicher, dass der Zimmermannshammer, den Nadine Schuster in der Hand hielt und bedrohlich hin- und herschwang, von Aichner absichtlich in diesem Kellerloch deponiert worden war.

»Du widerliche Drecksau«, brüllte Hendrik. »Du krankes, widerliches Arschloch«, schrie er so laut und heftig, dass die inzwischen verkrustete Wunde an seinem Nasenbein, oder dem, was noch davon übrig geblieben war, wieder aufriss und stark blutete.

Hendrik sprang aus dem Sessel auf. Er zerrte wie ein Wilder an dem Drahtseil, um Aichner auf der Couch an die Gurgel zu gehen. Aber das Seil spannte sich nur immer wieder stramm, da der schwere, massive Couchtisch, an dem das andere Ende befestigt war, keinen Millimeter nachgab.

Aichner stand auf, machte einen großen Bogen um Hendrik und ging hinüber zur Küchenzeile, wo er sich an einer Schublade zu schaffen machte. Dem Wahnsinn nahe, zerrte Hendrik weiterhin wie besessen an dem Seil und bemerkte dabei nicht, wie Aichner von hinten näher kam. Erst als dieser ihm den Elektroschocker an den Hals hielt, realisierte er die Situation. Aber es war bereits zu spät. Gleich der erste Impuls lähmte sein Nervensystem und machte ihn bewegungsunfähig. Aichner fing den erschlaffenden Körper auf und warf ihn zurück in den Sessel. Zufrieden ging er zur Küchenzeile und kam mit einem Nylonseil und einer Rolle Gewebeklebeband zurück.

Auch wenn die Mitbewohner in unmittelbarer Nähe seines Appartements sich einen Dreck umeinander scherten, musste er vorsichtiger sein, dachte Aichner, während er damit begann, Hendrik am Sessel festzubinden.

»Und ab jetzt hältst du deine blöde Psychiaterfresse«, sagte Aichner, als er das Klebeband auf Hendriks aufgeplatzten Lippen festdrückte.

36. Kapitel

Diana zitterte am ganzen Leib. Völlig unvermittelt war diese Irre plötzlich wieder aus dem Tunnel aufgetaucht und stand jetzt mit einem spitzzackigen Hammer in der Hand vor ihr und redete wirres Zeug. Ihre schwarzen Haare waren zersaust und verklebt. Ihr knallroter Lippenstift war über das halbe Gesicht verschmiert, die ehemals weiße Bluse mit Erbrochenem übersät.

Was war das für eine Frau? Warum hatte man sie zu ihnen in dieses Loch gesperrt? Wo hatte sie plötzlich diesen Hammer her?

»Beruhigen Sie sich bitte«, sagte Diana, obwohl sie ahnte, dass sie zu dieser Frau nicht durchdringen würde. »Bitte, ich … wir haben Ihnen doch gar nichts getan.«

»Er liebt nur mich … nur mich allein … niemanden sonst, du Schlampe.« Ihre hasserfüllten Augen funkelten wild.

»Wen meinen Sie, bitte … ich will Ihnen doch gar niemanden wegnehmen.«

»Du hast es auf Richie abgesehen, gib es zu, du Schlampe, gib es zu.«

»Was für ein Richie denn?«

Diana begriff, dass es keinen Sinn hatte, zu versuchen, diese Irre vom Gegenteil zu überzeugen. Diese Frau hatte sich offensichtlich in eine Art Eifersuchtswahn hineingesteigert und lebte in ihrer eigenen Welt. Das konnte man auch ohne psychologische Ausbildung leicht erkennen. Sie schien zu allem fähig zu sein.

»Ich bin lesbisch«, sagte Diana und bemühte sich, mit fester Stimme zu sprechen. »Männer üben keinerlei sexuelle Anziehungskraft auf mich aus. Ich fühle mich nur von Frauen angezogen.« Diana holte tief Luft. Dann schrie sie, so laut sie nur konnte: »Hören Sie mir verdammt noch mal zu … Ich bin *L E S B I S C H*! Verstehen Sie nicht … *lesbisch, lesbisch, lesbisch*!«

Der rechte Arm der Frau senkte sich ganz langsam, bis der

Hammer in ihrer Hand auf Kniehöhe baumelte. Augenscheinlich waren zumindest diese Worte zu ihr durchgedrungen. Sie schien sich tatsächlich zu beruhigen. Sie überlegte und kratzte sich mit der freien Hand am Hinterkopf.

Wie ein Affe, dachte Diana, sie erinnert mich an einen Affen. Mehr Intelligenz scheint sie auch nicht zu besitzen. Diana schöpfte neuen Mut. Wenn sie sich konzentrierte und schlau war, konnte sie diese Irre in Schach halten. Vielleicht schaffte sie es ja sogar, sie so zu manipulieren, dass sie ihre Verbündete wurde. Die Frau hatte ein Werkzeug gefunden. Vielleicht war ja noch mehr davon in diesem Tunnel zu finden? Mit dem Hammer könnte sie vielleicht die Öse aus der Wand schlagen oder das Drahtseil durchtrennen. Und die Tür! Mit einem Hammer konnte man vielleicht die Tür irgendwie aufbrechen. Irgendwann gab schließlich alles mal nach. Man musste nur lange genug auf dieselbe Stelle einschlagen.

»Ich habe mir nie etwas aus Männern gemacht. Schon als ich in die Pubertät kam, spürte ich, dass bei mir etwas anders war. Jungs haben mich nie interessiert. Und bis heute ist das so geblieben.« Diana blickte der Frau sanft in die Augen und lächelte sie an. »Wie heißen Sie eigentlich? Mein Name ist Diana.«

Die Frau lächelte zurück. Diana war sich sicher, dass sie kurz davor war, ihren eigenen Namen auszusprechen. Damit wäre der erste Schritt getan. Zwei Frauen, die sich anlächeln und mit Vornamen ansprechen. Das war doch eine Basis. Damit konnte man in die Zukunft blicken. Der nächste Schritt war nicht mehr weit.

»Mama ... aua ... aua!«

Als ob ihr jemand einen Stich ins Herz versetzt hätte, nahm Diana das Winseln Noahs wahr. Ihr Blick haftete weiter an dem Gesicht der Frau. Diese schien immer noch zu lächeln, aber es war deutlich zu erkennen, dass es in ihrem Gehirn gerade heftig arbeitete.

»Meine Freundin und ich haben ihn adoptiert, als er ein Jahr alt war. Sein Name ist Noah. Seine Eltern sind bei einem Verkehrsunfall ums Leben gekommen.« Diana versuchte, diese Worte so emotionslos wie möglich klingen zu lassen, so, als ob sie es nur beiläufig erwähnen würde. Aber ihre Stimme zitterte und die Worte sprudelten hektisch heraus.

Schlagartig wich das Lächeln aus dem Gesicht der Frau. Zorn, Wut und Hass funkelten jetzt wieder in ihren Augen. Viel mehr noch als zuvor. Während sie den Hammer in die Luft hob, stieß sie mit hysterischer Stimme Worte aus. Worte, die in wenigen Augenblicken vermutlich grausame Wahrheit werden würden.

»Du Schlampe … du dreckige Schlampe mit deiner verfluchten Brut. Wenn ihr weg seid, wenn ihr endlich weg seid, dann gehört er wieder mir. Ganz alleine nur mir. Für immer.«

37. Kapitel

Ohne anzuklopfen, stürmte Maria Leupold mit einigen losen Blättern in der Hand in Uwe Beckers Büro. Sie setzte sich auf einen der beiden Stühle gegenüber dem Schreibtisch und legte sofort los. Nicht einmal an ihren Haaren fummelte sie herum.

»Die Hammermorde, der Fall Nadine Schuster«, sagte sie aufgeregt. »Der Gutachter von damals, Doktor Hendrik Jansen, ist entführt worden … und seine Frau mit dem gemeinsamen dreijährigen Sohn ebenfalls.«

»Wann soll das gewesen sein?«, fragte Becker ungläubig. »Ich habe ihn gestern Vormittag vernommen, hier im Gebäude … und seine Frau hat ihm da auch noch eine SMS gesendet.«

»Vermutlich gestern Nachmittag«, antwortete Maria. »Seine Tochter und ihr Freund hatten sich für gestern Abend mit ihm in seiner Villa verabredet. Als er heute Vormittag immer noch nicht da war, haben sie die Polizei verständig. Sie sind aber erst mal vertröstet worden. Du weißt ja, wie das in solchen Fällen ist.«

»Was hat die Handy-Ortung ergeben?«

»Weder Doktor Jansens Handy noch das seiner Frau konnten geortet werden. Die richterliche Anordnung zur Auswertung der Verbindungsdaten haben wir bereits beantragt.«

Maria streckte Becker die losen Blätter hin.

»Der Freund hat das Notebook von Doktor Jansen unter die Lupe genommen … und danach haben die beiden noch mal bei der Polizei angerufen. Und diesmal hatten sie was Handfestes vorzuweisen. Hier!«

Erst jetzt griff sich Becker die Papiere und begann damit, sie zu überfliegen. Maria fuhr währenddessen mit ihren Ausführungen fort.

»Laut Aussage des Freundes ist Jansens Notebook bereits seit einiger Zeit überwacht worden. Außerdem hat er Jansens E-Mails durchstöbert und dabei zwei aufschlussreiche Mails entdeckt. Du hältst die Ausdrucke gerade in den Händen.«

»Namen und Alter?«, fragte Becker, ohne aufzuschauen.

»Der Freund heißt Marc Degen, vierundzwanzig Jahre alt. Die Tochter heißt Julia Jansen, dreiundzwanzig Jahre.«

Becker blickte kurz auf. Irgendwie kam ihm der Name Marc Degen bekannt vor. Da aber auf Anhieb keine konkrete Erinnerung auftauchte, vertiefte er sich wieder in die Ausdrucke. Nachdem er den Text der zweiten Mail ohne erkennbare Regungen gelesen hatte, schaute er lange auf das ausgedruckte Foto, auf dem Diana und Noah wie Leichen aufgebahrt waren. Dann holte er eine Lupe aus der Schublade und betrachtete damit ausgiebig den Schriftzug, zuerst auf Dianas Stirn, dann auch auf der des Kleinen.

»Die beiden sind auf dem Weg hierher und sollten jeden Moment da sein«, sagte Maria.

Becker fuhr mit der Lupe über jeden Quadratzentimeter des Fotos. Schließlich blickte er auf und schob die Papiere über den Tisch zu Maria hinüber.

»Ab damit ins Labor«, sagte er. »Die Jungs sollen sich das mal genauer anschauen. Könnte auch eine Fotomontage sein.«

»Das sieht aber verdammt echt aus«, erwiderte Maria. »Und schau mal bitte auf das Versendedatum der Mail. Zu diesem Zeitpunkt war die Tatsache, dass dem Richter und dem Staatsanwalt ‚Amor Fati' auf die Stirn geschmiert worden war, noch nicht veröffentlicht. Das heißt, die Mail stammt mit hoher Wahrscheinlichkeit vom Täter.«

»Das ist mir nicht entgangen, aber auch so ein Datum kann man manipulieren«, sagte Becker. Im selben Augenblick klopfte es an der Tür. »Ja«, sagte Becker. Kurz darauf öffnete sich die Tür einen Spalt und ein Beamter der SoKo streckte seinen Kopf herein. »Die beiden sind da.«

»Okay«, sagte Becker.

Julia und Marc betraten das Büro. Maria stand auf, begrüßte

die beiden freundlich mit Handschlag und führte sie an Beckers Schreibtisch. Becker blieb sitzen. »Setzen Sie sich«, sagte er knapp.

Marc und Julia setzten sich auf die beiden freien Stühle gegenüber Beckers Schreibtisch. Maria zog sich einen weiteren Stuhl heran und nahm etwas seitlich versetzt Platz.

»So, dann erzählen Sie mal«, sagte Becker, nachdem er die beiden misstrauisch gemustert hatte.

Julia, in deren Augen Tränen standen, blickte zu Marc hinüber, der sofort verstand, dass sie jetzt nicht reden konnte. Deshalb ergriff Marc das Wort und führte die Einzelheiten auf: Das vereinbarte Treffen mit Hendrik um zwanzig Uhr. Die SMS, dass sie früher kommen würden. Dass sie die ganze Nacht wartend in Hendriks Villa verbracht hatten. Der Anruf bei der Polizei. Dann kam er zu dem Punkt, als er Hendriks Notebook unter die Lupe genommen hatte.

»Doktor Jansens Notebook wurde mit einem Trojaner überwacht. Derjenige konnte damit …«

»Woher wissen Sie das?«, unterbrach ihn Becker.

»Na, weil ich das festgestellt habe.«

»So, so. Sie kennen sich offensichtlich ganz gut mit Computern aus.«

»Geht so«, antwortet Marc. »Wie man sich eben auskennt, wenn man jahrelang täglich Stunden vor diesen Kisten verbracht und gezockt hat.«

»Und beim Zocken haben Sie gelernt, Trojaner zu entdecken?«

»Was spielt das denn für eine Rolle?«, platzte Julia dazwischen. »Suchen Sie lieber meinen Vater, bevor dieser Psychopath ihm etwas antut!«

Becker betrachtete die verheulte junge Frau. Dann wanderte sein Blick für einen Moment verstohlen weiter an ihr herunter, bis er wieder ihre Augen fixierte.

»Es ist nicht erwiesen, dass es sich um einen männlichen Einzeltäter handelt«, sagte Becker und sah Marc auffordernd an. »Weiter … bitte.«

»Da war ein Trojaner installiert und …«

»Wieso *war*?«

»Vor ein paar Stunden ist es jemandem gelungen, die digitalen Spuren zu verwischen …«

»Interessant … und was für ein Zufall, nicht wahr?«

»Der Rechner ist bereits im Labor«, ergänzte Maria. »Die Jungs sind schon dran.«

Becker machte eine Pause und schaute Marc einige Zeit fest in die Augen. Marc hielt Beckers Blick regungslos stand. Schließlich fuhr Becker fort. »Unsere Jungs im Labor sind gut. Sehr gut sogar. Wenn irgendwas faul ist, dann finden sie das heraus. Und in der Regel gelingt es ihnen auch, gelöschte Dateien wieder herzustellen.«

Maria war der misstrauische Unterton Beckers nicht entgangen. Sie fragte sich, was er damit bezweckte. Die beiden waren aus ihrer Sicht nicht als Verdächtige hierhergekommen. Aber Becker schien das anders zu sehen und bohrte weiter.

»Konnten Sie irgendwelche Rückschlüsse ziehen, um wen es sich bei diesem … *ominösen* Hacker handeln könnte? Konnten Sie seine Spur irgendwie zurückverfolgen?«

»Ja«, antwortete Marc. Dann sah er kurz zu Julia hinüber. »Ich hab seine IP-Adresse notiert.«

Marc zog einen Zettel aus seiner linken Hosentasche und überreichte ihn Becker, der einen kurzen Blick darauf warf und den Zettel dann Maria hinüberreichte.

»Und woher hatten Sie das Passwort, um sich auf seinem Notebook einzuloggen? Haben Sie das auch beim Zocken gelernt?«

»Geraten«, antwortete Marc, »Julia hat mir dabei geholfen. Anaid&Haon, das sind die Namen seiner Frau und seines Sohnes

– rückwärts geschrieben!«

»Das muss man erst mal erraten. Das hat bestimmt Stunden gedauert.«

»Wir hatten Glück«, antwortet Marc.

»Und wie war das mit den beiden Mails? Wie haben Sie darauf Zugriff erhalten?«

»Sein E-Mail-Account hat dasselbe Passwort.«

»So, so«, sagte Becker und fixierte Julias rot geränderte Augen. »Gibt es noch andere Rechner im Haus?«

Julia wich Beckers Blick aus. »Nein.«

»Ich finde es sehr seltsam«, sagte Becker mit einem ironischen Unterton, »dass ein forensischer Gutachter nur einen einzigen Rechner besitzt, mit dem er seine Gutachten verfasst, und gleichzeitig damit im Internet herumsurft. Man fängt sich ja schnell mal einen Virus ein … oder einen Trojaner.«

Julia schaute Becker gereizt an. »Mein Vater hat sich den Rechner mal hochsicher einrichten lassen. Er wollte alles von einem Gerät aus machen können: Recherche, E-Mails und seine Gutachten. Die Worddateien der Gutachten hat er regelmäßig auf einem USB-Stick gesichert. Und sobald ein Fall abgeschlossen war, hat er die Dateien auf dem Rechner wieder gelöscht und nur noch die Ausdrucke und die Sicherungen auf dem Stick aufbewahrt.«

»So, so«, sagte Becker.

Julia stiegen Tränen der Wut in die Augen. »Tun Sie lieber was Sinnvolles, anstatt uns hier dumm anzumachen.«

»Wann haben Sie Ihren Vater zum letzten Mal gesehen?«

»Ich … am zweiten Weihnachtsfeiertag … wir …« Julia verfiel in einen Weinkrampf und konnte den Satz nicht mehr zu Ende sprechen.

Becker griff sich den Telefonhörer auf seinem Schreibtisch und drückte eine Taste. »Die beiden brauchen eine Pause«, sagte er unbeeindruckt und legte wieder auf. Kurz darauf erschien ein

Beamter und führte Julia und Marc, dem man deutlich ansah, dass er sich nur mühsam beherrschen konnte, in einen anderen Raum.

»Was sollte das?«, fragte Maria, nachdem sie mit Becker alleine war. »Du glaubst doch nicht …«

»Ich glaube gar nichts«, fuhr Becker dazwischen. »Ich glaube prinzipiell erst einmal überhaupt niemandem irgendetwas. Aber mein Bauchgefühl sagt mir, dass mit diesen beiden etwas faul ist. Für mich riecht das verdammt nach Trittbrettfahrern, die eine günstige Gelegenheit genutzt haben … wofür auch immer.«

Maria wurde nachdenklich. Becker schaute sie scharf an.

»Maria, ich will alles über diesen Jansen und seine Familie wissen … und auch alles über diesen Marc Degen. Die Kollegen sollen sich mit dem Dezernat für Computerkriminalität in Verbindung setzen. In irgendeinem Zusammenhang hab ich den Namen schon einmal gehört. Ich möchte alle Details über die finanzielle Situation der Familie Jansen auf dem Tisch haben. Vor allem, ob, wann und in welcher Höhe Lebensversicherungen abgeschlossen wurden und wer im Todesfall die Begünstigten sind.« Becker massierte sich nachdenklich die Schläfen. »Und ich möchte wissen, von welchem Internetanschluss aus diese beiden Mails versendet wurden.«

Maria nickte, stand auf und verließ wortlos das Büro.

Sie wurde das Gefühl nicht los, dass sich Becker da in etwas verrannt hatte.

38. Kapitel

Als Hendrik wieder aus der Bewusstlosigkeit erwachte, wünschte er sich im ersten Augenblick, er wäre für immer dort versunken geblieben. Doch beim ersten Gedanken an Diana und Noah ekelte er sich angesichts dieses Wunsches vor sich selbst.

Solange es noch eine Chance gibt, werde ich nicht aufgeben. Niemals. Unter keinen Umständen.

Erst allmählich bemerkte er, dass sich etwas verändert hatte. Sein Oberkörper und die Rückenlehne des Sessels waren mit einer Nylonschnur fest verschnürt. Seine Arme waren nach hinten gekreuzt, eingezwängt zwischen der Sessellehne und seinem Rücken. Sein Mund war zugeklebt. Nicht einmal Worte konnte er jetzt noch als Waffe benutzen.

Wenn kein Wunder geschieht, dann ist es vorbei.

Zeitgleich mit diesen Gedanken fiel sein Blick auf den Bildschirm und das machte ihm schockartig bewusst, dass er recht haben würde.

Um Gottes willen. Nein!

Aichner saß auf der Couch und ergötzte sich an der Szene, während er grinsend an seiner Zigarette zog und mit dem Rauch Ringe in die Luft blies.

Hendrik wand sich hin und her, um sich von den Fesseln zu befreien.

Aussichtslos.

Worte wollten aus ihm heraus. Bösartige Worte, die er noch nie in seinem ganzen Leben jemals gesagt, ja nicht einmal zu denken gewagt hatte. Aber außer dumpfen, silbenlosen Tönen, die sich anhörten, als wäre er am Ersticken, brachte er nichts heraus.

»Mmmmmhhmmmhnnnnnn«

Diese totale Hilflosigkeit erzeugte eine explosive Mischung aus Verzweiflung und blankem Hass, die jedoch kein Ventil fand.

Du feige, dreckige Sau. Du verwichstes Arschloch. Du elender Hurensohn. Ich bringe dich um! Ich bring dich um, du Sau!

»Na, wie gefällt dir das, Doktor?« Aichner blies mit dem Zigarettenrauch weiter Ringe in die Luft. Diesmal in die Richtung von Hendrik. Die Ringe wurden größer und verflüchtigten sich vor Hendriks Augen allmählich in kaum noch sichtbare Schwaden.

»Ein multipler Orgasmus ist ein Scheißdreck dagegen, was? Schau hin, Doktor. Gleich ist es so weit. Schau ganz genau hin!«

Aichner verfiel in ein irres Gelächter.

»Mmmhhmhnnn ... Mmmmhhmmhnnnn ...«

Hendrik starrte entsetzt auf den Bildschirm. Nicht, weil es Aichner befohlen hatte. Er konnte nicht anders. Vielleicht sah er jetzt seine Lieben zum letzten Mal lebend. Er konnte nicht einfach die Augen schließen.

Nadine Schuster stand mit erhobenen Händen vor Diana, den Griff des Zimmermannshammers fest umschlungen. Diana hielt sich die Hände vors Gesicht, als ob sie sich damit vor den brutalen Schlägen schützen könnte, die gleich auf sie niedergehen würden. In ihren weit aufgerissenen Augen, die hinter ihren gespreizten Fingern verängstigt das Unfassbare zu fassen versuchten, spiegelte sich blanke Todesangst wider. Obwohl kein Ton zu hören war, dröhnten ihre verzweifelten Schreie in Hendriks Ohren.

Schau nicht hin. Diese Bilder wirst du nie wieder loswerden. Schau nicht hin!

Hendrik presste die Lider zusammen, bis eine Ohrfeige seine Augen öffnete.

»Schau hin, oder ...«

Was oder, du verdammtes Arschloch? Womit willst du mir denn noch drohen?

Hendrik registrierte, wie Nadine Schuster plötzlich innehielt.

Kurz darauf trat sie einen Schritt zurück.

Sie überlegt es sich. Gott sei Dank! Sie kommt vielleicht zur Vernunft.

Nadine Schuster drehte sich ruckartig von Diana weg und wandte sich plötzlich Noah zu. Es sah aus, als ob ihre Augen gleich aus den Höhlen springen würden. Diana hechtete hinüber zu Noah, bis sich das Drahtseil abrupt aufs Äußerste spannte. Mit schmerzverzerrtem Gesicht krümmte sie sich auf der Matratze. Diana hätte alles gegeben, um Noah zu retten, da war sich Hendrik sicher. Ein Arm wäre noch das kleinste Opfer gewesen. Alles hätte sie geopfert. Ihr Leben hätte sie ohne zu zögern für Noah geopfert.

Aichners Augen blitzten wild auf. »Schau hin, Doktor. Sie hat es sich überlegt. Siehst du? Zuerst das Kind!«

NEIN!

Noah blickte mit dem unschuldigen Blick eines dreijährigen Kindes, das nicht fassen konnte, was hier passierte, hoch zu Nadine Schuster, die zum Schlag ausholte.

Schau nicht hin!

Plötzlich hielt sie erneut inne und fixierte mit einem Stirnrunzeln den Hammer in ihrer Hand. Nach einiger Zeit lächelte sie, als ob der Allmächtige persönlich sie erleuchtet hätte. Sie drehte den Hammerstiel in ihrer Hand, bis die spitze Seite des Eisens nach oben zeigte. Mit einem irren Grinsen befummelte sie ausgiebig die flache Hammerseite, die jetzt nach unten zeigte.

Zufriedenheit machte sich auf ihrer gespenstischen Fratze breit. Hendrik stockte der Atem, als er sah, wie Nadine Schuster diesmal tatsächlich zum tödlichen Schlag ausholte.

39. Kapitel

»Warum hast du diesem Kommissar Becker nur eine IP-Nummer genannt?«, fragte Julia, nachdem sie mit Marc das Dienstgebäude in der Keithstraße verlassen hatte. Sie sah müde aus. Die fast zweistündige Befragung hatte ihre Spuren hinterlassen.

»Er glaubt uns kein Wort.«

»Aber die Polizei muss doch allen Spuren nachgehen.«

Marc blieb stehen und griff nach Julias Hand. »Ich hatte schon mal mit ihm zu tun.«

Julia stieß Marcs Hand weg. »Wie bitte? Das wird ja immer schöner.«

»Vor etwa vier Jahren. Damals wurde ein sechzehnjähriges Mädchen über einen Chatroom zu einem Treffen gelockt. Fünf Tage später fand man sie tot in einem Waldstück, übel zugerichtet. Dieser alte Fettsack hatte tagelang seinen perversen Fantasien an ihr ausgelebt.«

»Und was hattest du bitteschön damit zu tun?«

»Ich hatte mir dummerweise zu diesem Zeitpunkt ein paar Euro von seinem Kreditkartenkonto abgezwackt. Als man dem Typen dann auf die Spur kam, wurde natürlich alles, was irgendwie verdächtig war, überprüft. Die haben alle Hebel in Bewegung gesetzt und sind dann irgendwann auch auf meinen Namen gestoßen, aber nachweisen konnten sie mir nie etwas. Dieser Becker war damals schon so ein arrogantes Arschloch …«

»Was hast du mir eigentlich sonst noch so alles verschwiegen?«

»Das ist vorbei. Ich bin schon lange raus aus der Szene. Die Band ist meine Zukunft. *Du* bist meine Zukunft.«

»Ich weiß nicht mehr, was ich glauben soll, Marc … ich weiß überhaupt gar nichts mehr.«

»Wir können uns nicht allein auf die Bullen verlassen. Becker glaubt uns doch kein Wort. Wir müssen das selbst in die Hand nehmen.«

Julia schüttelte den Kopf. »Und du glaubst wirklich, *du* kannst das besser als die Kripo?«

»Glaub mir einfach.«

»Ich hab Angst. Ich hab furchtbare Angst.«

Marc ergriff erneut Julias Hand.

»Komm schon, Becker hat doch die T-Online-IP. Lass ihn mal diese Spur verfolgen und wir nehmen uns Eastcom vor. Ich wette, wir werden noch vor ihm was herausfinden.«

Julia schaute Marc einige Zeit nachdenklich an. Schließlich nickte sie. »Okay, dann lass uns zur Villa zurückfahren.«

Nach einem obligatorischen Kurzaufenthalt auf der Terrasse hatte Marc in weniger als einer halben Stunde im Netz genügend Informationen über Eastcom gesammelt. Während er in Hendriks Büro auf Julia wartete, die in der Küche die Espressomaschine bediente, bereitete er sich wie ein Schauspieler auf seine Rolle vor. Er versuchte, sich in die Person hineinzuversetzen, die er gleich am Telefon spielen würde, um so authentisch wie möglich zu wirken.

»Wie weit bist du?«, fragte Julia, als sie mit den beiden Tassen zurückkam.

»Setz dich, Süße. Es kann losgehen.« Marc klopfte mit der flachen Hand auf den Stuhl neben sich.

»Zucker ist drin und umgerührt«, sagte Julia nachdenklich, als sie die Tassen vorsichtig auf dem Schreibtisch abstellte. »Marc?«

»Ja?«

»Meinst du nicht, es wäre besser, mal auf das Kiffen zu verzichten, solange ...«

»Quatsch! ... Wieso?«

»Na ja, ich mein ja nur, ein klarer Kopf ...«

»Pass auf, Süße«, sagte Marc, ohne weiter auf Julias Vorschlag einzugehen. »Ich habe zwei Namen: Rainer Falke und Peter Melzer. Und es gibt lediglich zwei Rufnummern, die öffentlich bekannt sind. Eine einheitliche zentrale Rufnummer, die bei allen Kontaktangaben und auch auf der Homepage von Eastcom angegeben ist, und eine weitere für den technischen Support.«

Marc hatte durch seine Recherchen anhand der IP-Adresse und der Internetdomain von Eastcom die beiden Namen identifiziert. Rainer Falke war als administrativer und Peter Melzer als technischer Ansprechpartner für Eastcom angegeben. Aus dem Impressum der Webseite hatte Marc noch die Information entnommen, dass Rainer Falke auch Geschäftsführer von Eastcom war.

»Dann mal los«, sagte Marc, setzte sein Headset auf und wählte die zentrale Rufnummer von Eastcom. Julia rückte näher an Marc heran und hörte, wie sich kurz darauf eine freundliche, weibliche Stimme meldete.

»Schönen guten Tag, Eastcom GmbH, Sabine Hansen am Apparat, was kann ich für Sie tun?«

»Einen wunderschönen guten Tag, Frau Hansen«, antwortete Marc. »Hier spricht Martin Frank von der Bundesnetzagentur. Ich hätte gerne Ihren Geschäftsführer, Herrn Falke, gesprochen.«

»Tut mir leid, Herr Falke ist noch bis einschließlich Ende kommender Woche im Urlaub. Um was geht es denn?«

»Das ist aber bedauerlich«, antwortete Marc. »Dann hat Herr Falke vermutlich vergessen, unseren Termin abzusagen. Er wurde mir als Ansprechpartner für eine Umfrage genannt, die wir derzeit für eine Studie im Auftrag des Bundesministeriums für Wirtschaft und Technologie durchführen. Ist er denn während seines Urlaubs telefonisch erreichbar?«

»Für Notfälle habe ich natürlich seine Handynummer, aber

ich glaube kaum, dass ich ihn deshalb in Neuseeland anrufen kann, zumal es dort um diese Uhrzeit mitten in der Nacht ist. Aber da kann Ihnen bestimmt auch unser Mitarbeiter Peter Melzer weiterhelfen. Er ist unser Teamleiter Technik und Support. Einen Augenblick, ich verbinde Sie.«

»Warten Sie! Da muss ich erst bei meinem Vorgesetzten nachfragen, da mir explizit Herr Falke als Ansprechpartner genannt wurde. Sie wissen ja, wie genau die deutschen Behörden da sind.«

»Oh ja, wem sagen Sie das. Wenn ich nur daran denke, was wir derzeit für Probleme mit den Behörden beim Anbau unseres Wintergartens haben, dann wird mir ganz schlecht.«

»Oh ja, Frau Hansen. Da kann ich auch ein Lied von singen. Da helfen nur gute Nerven und Durchhaltevermögen. Nur nicht aufregen, das lohnt sich nicht.«

»Das sagen Sie so leicht. Aber Sie haben natürlich recht.«

Marc sah kurz zu Julia herüber und lächelte verstohlen.

»Ja, ändern können wir eh nichts daran. Sagen Sie, Frau Hansen, könnten Sie mir bitte die Durchwahl von Herrn Melzer geben, dann kann ich ihn direkt anrufen, sobald ich das mit meinem Vorgesetzten abgeklärt habe.«

»Tut mir leid, wir haben die strikte Anweisung, dass wir keine Durchwahlen herausgeben dürfen.«

»Keine Sorge, Frau Hansen, wenn jemand Daten vertraulich behandelt, dann ist das ganz bestimmt die Bundesnetzagentur. Wir sind schließlich auch dazu da, den Verbraucher zu schützen … ganz im Gegensatz zu manch anderen Behörden, wie zum Beispiel die Baubehörde.«

Frau Hansen entwich ein Stöhnen.

»Erinnern Sie mich bloß nicht wieder daran. Warten Sie bitte kurz, ich frag ihn mal, ob wir eine Ausnahme machen können …«

Bevor Marc noch irgendetwas sagen konnte, war er auch

schon in der Warteschleife gelandet. »Fuck!«, fluchte er und schlug mit der Faust auf den Schreibtisch, sodass die beiden Espressotassen schepperten.

»Ich konnte Herrn Melzer leider nicht erreichen. Er ist heute in einem Meeting, das den ganzen Tag dauert«, meldete sich kurz darauf erneut die Empfangsdame. »Und wird erst ab halb sieben heute Abend wieder telefonisch in seinem Büro erreichbar sein. Um diese Uhrzeit landen Sie allerdings über die zentrale Rufnummer auf dem Anrufbeantworter, da der Empfang nur bis halb sechs besetzt ist.«

»Hm, ich habe aber auch ein Pech heute. Ich muss die Daten bis morgen acht Uhr bei meinem Vorgesetzten abgeben und den interessieren keine Ausreden. Schon gar nicht, dass mein Ansprechpartner bei Eastcom vergessen hat, den verabredeten Termin rechtzeitig abzusagen.«

»Das ist aber doch nicht Ihre Schuld. Sie können ja schließlich nichts dafür, dass Herr Falke den Termin vergessen hat.«

»Das wird ihn nicht interessieren. Und wir haben derzeit eh nicht das beste Verhältnis.« Marc stieß einen tiefen Seufzer aus. »Und ich muss ja schließlich auch meine Familie ernähren.«

»Na, schön, Herr Frank, in diesem Fall mache ich für Sie mal eine Ausnahme. Ich denke, Herr Melzer wird das genauso sehen. Aber Sie versprechen mir, die Nummer nicht weiterzugeben, ja? Sonst bekomme *ich* nämlich Ärger.«

»Sie haben mein Ehrenwort.«

»17-2478«

»Vielen Dank … und viel Erfolg noch mit der Baubehörde.«

»Danke, und Ihnen viel Glück mit Ihrem Vorgesetzten.«

»Das kann ich gebrauchen«, sagte Marc und beendete das Gespräch.

»Und was bringt uns das jetzt, du Schlaumeier?«, fragte Julia und wunderte sich über Marcs zufriedenes Gesicht.

»Na ja«, antwortete er, während er mit einer Hand das Headset vom Kopf nahm und sich mit der anderen Hand durch die Haare fuhr. »Jetzt haben wir einige Informationen, die wir zuvor nicht hatten, und die auch einem Außenstehenden normalerweise nicht zugänglich sind.«

»Und was willst du damit konkret anfangen?«

»Jetzt ruf ich die Nummer der technischen Hotline an«, antwortete Marc und zwinkerte Julia zu. »Du wirst gleich sehen, was solche anscheinend unbedeutenden Informationen alles bewirken können.«

40. Kapitel

Als Nadine Schuster zum tödlichen Schlag ausholte, spürte Diana, wie ihr Herz aussetzte. Sie war unfähig zu atmen. Ihr ganzer Körper befand sich in einer Schockstarre. Wie gelähmt starrte sie mit weit aufgerissenen Augen auf den Hammer, der jeden Moment auf den Kopf ihres Sohns heruntersausen würde. Trotz des unmittelbar bevorstehenden Schlags konnte sie ihren Blick nicht abwenden. Sie stellte sich vor, wie Noahs Kopf gleich durch den Aufschlag des massiven Eisens aufplatzen würde. Sie hörte bereits das Knacken seines zersplitternden Schädelknochens. Sie malte sich aus, wie Gehirnmasse aus seinem aufgerissenen Schädel herausquoll. Sie versuchte krampfhaft, sich gegen diese Bilder zu wehren, aber es gelang ihr nicht. Und das Schlimmste daran war, dass es gleich Realität werden würde; dass es in Wahrheit noch viel schlimmer sein würde, als sie es sich überhaupt jemals vorstellen konnte.

Noahs sah verständnislos nach oben, wo sich diese Irre bedrohlich über ihm aufgebaut hatte. Diana konnte keinen einzigen Muskel mehr aus seiner Erstarrung lösen. Sie hatte vollkommen die Kontrolle über ihren Körper verloren.

Dann hörte sie die Schreie.

Es waren Schreie, die von einem unvorstellbaren Schmerz durchdrungen waren.

Schreie, die jegliches Bewusstsein raubten.

Schreie, die den Tod ankündigten.

Schreie, die …

Diana sah wie in Zeitlupe den Hammer nach unten sausen.

… für immer nachhallen würden.

Schreie … die aber nicht von Noah stammen!

Hatte sich ihre Vorstellungskraft mit der Realität vermischt? Sie kniff mit verzerrtem Gesichtsausdruck die Augen zusammen, hielt einen winzigen Moment inne, und als sie ihre Augen ganz langsam wieder öffnete, wagte sie es kaum hinzusehen.

Der Zimmermannshammer glitt Nadine Schuster aus den kraftlosen Fingern und schlug auf dem Steinboden auf. Sie schrie immer noch entsetzlich und trommelte unablässig mit den Fäusten gegen ihren Kopf. Dann wurden ihre Knie weich. Ein kurzes, aber heftiges Zittern durchzuckte ihren Leib. Die Schreie verstummten und ihre Gesichtszüge entglitten zu einer unwirklichen Fratze. Sie taumelte nach hinten und versuchte noch, mit Ausfallschritten irgendwie das Gleichgewicht zu halten, bis sie auf dem kalten Steinboden zusammensackte.

Diana starrte ungläubig auf den Körper der Irren. Er lag zu weit weg, um ihn erreichen zu können, aber es war deutlich zu erkennen, dass sich der Brustkorb hob und senkte. Sie lebte noch.

»Mama, Mama … Noah hat Angst … Mama …«

»Ich weiß, mein Kleiner«, versuchte Diana, ihn zu beruhigen. Und dass er jetzt plötzlich wieder in der dritten Person sprach, zeigte ihr, wie verstört er war. »Alles wird gut werden … und bald bekommst du was zu trinken«, fügte sie noch hinzu, während sie an dem stramm gespannten Drahtseil zerrte und gleichzeitig versuchte, mit ihren Zehenspitzen den Hammer auf dem Boden zu erreichen. Nur noch wenige Zentimeter und sie hatte es geschafft. Sie zerrte jetzt mit aller Kraft, die ihr geschwächter Körper noch aufbringen konnte, an dem Seil. Und jeder Millimeter, den sich der Metallring an ihrem Handgelenk dabei weiter ins Fleisch schnitt, brachte sie dem Hammer ein Stück näher. Aber der Schmerz war egal. Diana spürte in diesem Moment gar nichts mehr. Wie besessen hatte sie nur noch ein Ziel vor Augen: Diesen Hammer irgendwie zu fassen bekommen, bevor die Wahnsinnige wieder bei Bewusstsein war.

41. Kapitel

Marc kippte seinen kalt gewordenen Espresso hinunter, setzte das Headset wieder auf und gab die Nummer der technischen Hotline von Eastcom ein. Julia rückte erneut dicht an Marc heran, kurz darauf meldete sich eine männliche Stimme.

»Eastcom GmbH, technischer Support, Michael Egri, guten Tag.«

Marc wackelte einige Male am Stecker des Headsets, was ein Knacksen in der Verbindung zur Folge hatte.

»Entschuldigung, ich habe Sie nicht verstanden, es gab hier gerade heftige Nebengeräusche. Spreche ich mit Herrn Egri?«

»Ja, der bin ich.«

»Sehr schön, dann bin ich ja an der richtigen Stelle gelandet. Mein Name ist Doktor Martin Frank. Herr Egri, Sie wurden mir von Herrn Melzer als Ansprechpartner für eine Umfrage genannt, die wir derzeit bei einigen ausgewählten Providern für eine Studie im Auftrag des Bundesministeriums für Wirtschaft und Technologie durchführen.«

»Ach ja, davon weiß ich gar nichts.«

»Ich hatte den Interviewtermin während eines Abendessens mit Ihrem Geschäftsführer Herrn Falke vereinbart – kurz bevor Rainer in seinen wohlverdienten Urlaub aufgebrochen ist.«

»Ach so, okay.«

»Er nannte mir Herrn Melzer als Ansprechpartner. Der Interviewtermin war für heute zugesagt. Herr Falke gab mir vor seinem Aufbruch nach Neuseeland noch die Durchwahl von Herrn Melzer und da habe ich ihn vor einer halben Stunde auch kurz sprechen können, aber leider wird er heute keine Zeit mehr haben, um meine Fragen zu beantworten.«

Marc machte eine Pause, um eine Reaktion und damit weitere Informationen von seinem Gesprächspartner herauszukitzeln.

»Ja, ich weiß, Herr Melzer hat heute den ganzen Nachmittag

Vertragsverhandlungen.«

»Genau, das hat er mir auch mitgeteilt. Und er sagte mir auch, dass ich mich stattdessen an Sie wenden solle. Sie seien sowieso der kompetentere Ansprechpartner, weil die Fragen sehr techniklastig sind und da seien Sie genau der richtige Mann, sozusagen das beste Pferd im Stall.«

»Okay.«

»Er wollte Ihnen dazu auch noch eine E-Mail zur Bestätigung senden, mit dem Hinweis, dass dieses Interview absolute Priorität hat und Sie sich unbedingt soviel Zeit nehmen sollten, wie wir benötigen. By the way, Sie sollten noch wissen, dass heute der letzte Tag ist, an dem die Interviews stattfinden können. Ab morgen werden die Daten konsolidiert. Natürlich alles streng vertraulich. Wir als Aufsichts- und Regulierungsbehörde sind ja schließlich für dieses Thema zuständig. So, ich hoffe das reicht Ihnen als Hintergrundinformation. Ach, eins noch. Ich selbst bin in technischen Dingen nicht so bewandert. Ich lese die Fragen eigentlich nur ab. Ich möchte Sie deshalb bitten, Ihre Antworten so präzise wie möglich zu geben und nicht zu schnell zu sprechen, wenn es geht. Okay, dann würde ich jetzt mit den Fragen beginnen, wenn es Ihnen recht ist.«

»Okay, dann schießen Sie mal los. Ich hoffe, ich kann Ihnen behilflich sein.«

»Wunderbar«, sagte Marc und zwinkerte Julia hoffnungsvoll zu. »Es geht um das Thema IP-Vorratsdatenspeicherung. Sie haben ja sicherlich mitbekommen, dass der Europäische Gerichtshof im April dieses Jahres die EU-Richtlinie zur Vorratsdatenspeicherung aufgehoben hat. Also, die erste Frage lautet: Welche der folgenden drei Informationen speichern Sie als Anbieter von Internetzugangsdiensten?

A: die dem Teilnehmer für eine Internetnutzung zugewiesene Internetprotokoll-Adresse.

B: eine eindeutige Kennung des Anschlusses, über den die

Internetnutzung erfolgt.

C: den Beginn und das Ende der Internetnutzung unter der zugewiesenen Internetprotokoll-Adresse nach Datum und Uhrzeit unter Angabe der zugrunde liegenden Zeitzone.«

»Alle drei«, kam es wie aus der Pistole geschossen.

»Sehr schön. Dann zu Frage zwei: Über welchen Zeitraum speichern Sie diese Daten?«

»Maximal sieben Tage.«

»Okay. Jetzt kommen wir zu Frage drei. Das ist jetzt eine der angesprochenen technischen Fragen. Bitte wie erwähnt so präzise wie möglich antworten, aber bitte langsam und deutlich, damit ich das auch korrekt notieren kann. Also, wie und wo speichern Sie diese Daten?«

»Das ist tatsächlich etwas komplizierter. Ich fang am besten beim Internetanschluss an. Wir bieten verschiedene Zugangsmöglichkeiten an, bei denen manche Nutzer eine feste IP-Nummer zugewiesen bekommen, die über die gesamte Nutzungsdauer dieselbe bleibt. Die meisten Nutzer aber erhalten aus einem Pool eine dynamische IP-Adresse zugewiesen, die sich immer wieder ändert. Die Informationen, wann welche Kennung welcher IP-Adresse zugewiesen war, schreibt unser Radius-Server in ein textbasiertes Logfile. Dieses Logfile wird mehrmals täglich über ein Perl-Script in eine MySQL-Datenbank importiert, wo die Daten den Benutzerkonten zu Abrechnungszwecken zugeordnet werden. Reicht Ihnen das so?«

»Moment, ich schreib gerade noch … so, jetzt hab ich es. Ähm, ja, genau, und wo genau befindet sich diese Datenbank und welches Betriebssystem hat der Server, auf dem die Datenbank installiert ist?«

Marc hörte, wie sich der Techniker räusperte und seine Antwort hinauszögerte. Marc überlegte, ob er vielleicht zu direkt gefragt hatte, aber bevor er eingreifen konnte, begann Michael Egri zu antworten.

»Das ist momentan nicht ganz so optimal gelöst, muss ich zugeben. Der Server, auf dem die Daten normalerweise gespeichert werden, ist vor einigen Tagen abgeschmiert – Hardwareproblem. Unser Web-Hosting-Server hat seitdem diese Funktion mit übernehmen müssen. Wir haben zwar inzwischen ein Ersatzgerät hier, aber leider noch nicht die Zeit gefunden, den Server neu zu installieren. Wie gesagt, das ist nicht die beste Lösung, weil die virtuellen Webserver eh schon genug Ressourcen benötigen und die Maschine jetzt mit der zusätzlichen Datenbankinstanz am Anschlag läuft.«

»Und was ist das für eine Art von Webserver?«

»Sie meinen das Produkt? Die Software?«

»Ja, genau.«

»Apache unter Windows.«

»Schreibt man das wie den Indianerstamm?«

»Ja, genau, das ist eine Open-Source-Software.«

»Aha. Prima, hab ich notiert. Und haben Sie da nicht sicherheitstechnische Bedenken?«

»Sie meinen wegen Hackern und so?«

»Ja, richtig.«

»Nein. Der Server ist ja hinter der Firewall und wir haben nur die Ports für HTTP, SSL, FTP und noch einen für den Admin-Zugang geöffnet. Das ist sicher. Sonst müssten wir uns ja auch Sorgen um die Webseiten unserer Kunden machen. Bisher wurde jedenfalls noch keine gehackt.«

»Verwenden Sie auch ein Intrusion-Detection-System?«

»In der Firewall ist eine ähnliche Funktion bereits integriert. Also wenn mal wieder irgendeines dieser Script-Kiddies einen Portscan absetzt, dann klingelt es bei mir. Das passiert recht häufig, ist aber eigentlich harmlos.«

»Verstehe«, sagte Marc. Jetzt war es an der Zeit, zur eigentlichen Frage vorzustoßen. »Herr Egri, wir haben in den vergangenen Tagen einige Testeinwahlen über einen Internetzugang von Eastcom durchgeführt und für die Studie genau aufgezeichnet, über welche Zeiträume uns diese IP-Adressen zugewiesen waren. Um diese Datenaufzeichnungen verifizieren zu können, benötige ich exemplarisch einen Datensatz aus Ihrer Datenbank. Ich nenne Ihnen jetzt die IP-Adresse und Sie sagen mir bitte, welcher Kennung diese Adresse in den vergangenen vierundzwanzig Stunden zugeordnet gewesen war. Okay?«

Marc zwinkerte Julia erneut mit einem spitzbübischen Grinsen zu.

»Tut mir leid, Herr Doktor Frank, diese Informationen darf ich nur an befugte Ermittlungsbehörden weitergeben. Das müssten Sie doch am besten wissen.«

Marc wich schlagartig das Grinsen aus dem Gesicht. Damit hatte er nicht gerechnet. Er war sich sicher gewesen, dass er Egri so weit gebracht hatte, die notwendigen Informationen auszuplaudern. Hektisch überlegte er, wie er ihn doch noch umstimmen konnte.

»Oder Sie sprechen noch mal mit Herrn Melzer«, ergriff Egri wieder das Wort. »Wenn er mich persönlich dazu anweist, dann kann ich Ihnen diese Informationen natürlich gerne geben.«

»Herr Egri«, schlug Marc jetzt einen bestimmenderen Tonfall an, »wie gesagt muss die Studie *heute* fertiggestellt werden. Und ich habe Ihnen ja bereits erklärt, dass Sie sich bezüglich der Datensicherheit keine Sorgen machen müssen. Ich weiß auch nicht, wie Rainer … wie Ihr Geschäftsführer reagieren wird, wenn er erfährt, wie unkooperativ Sie sich gegenüber einer Bundesbehörde verhalten haben. Aber gut, wenn Sie nicht wollen, dann brechen wir das hier jetzt eben ab. Sagen Sie aber später bloß nicht, ich hätte Sie nicht gewarnt.«

»Ich habe gerade meine Inbox gecheckt. Herr Melzer hat mir keine Bestätigungsmail geschickt.«

»Vermutlich hatte er keine Zeit mehr gehabt … und nicht damit gerechnet, dass sich sein bestes Pferd im Stall wie ein störrischer Esel verhalten würde.«

Im selben Augenblick wurde Marc klar, dass er verloren hatte.

»Wenden Sie sich an meinen Vorgesetzten«, sagte Egri, »ich glaube, ich habe eh schon viel zu viel ausgeplaudert.« Dann legte er auf.

Marc riss sich das Headset vom Kopf und schleuderte es auf den Schreibtisch.

»Scheiße, ich hab's verkackt«, brüllte er. »Das wäre mir früher nie passiert, nie und nimmer!«

Julia schaute Marc mit einem leicht vorwurfsvollen Blick an.

»Was ist?«, fragte Marc.

Julia überlegte noch, ob sie sagen sollte, was sie in diesem Moment dachte.

»Was glotzt du mich so an?«

»Marc?«

»Was?!«

»Vielleicht wäre dir das ja mit einem klaren Kopf nicht passiert?«

»Wie meinst du das?«

»Tust du nur so oder verstehst du mich wirklich nicht?«

»Ach was! ... So ein Schwachsinn ... das ist doch voll behindert.« Marc sprang auf, schnappte sich sein Zigarettenetui und ging hinaus auf die Terrasse. Obwohl er erst vor einer knappen halben Stunde etwas geraucht hatte, steckte er sich einen Joint an und inhalierte den Rauch tief, während er nachdenklich auf der Terrasse auf und ab ging. Julia war ihm bis zum Wohnzimmer gefolgt und hatte sich dann auf die Couch gesetzt. Während sie Marc beobachtete, fragte sie sich, was wohl passieren würde, wenn sie sein Etui mal verstecken würde.

Als Marc von der Terrasse zurückkam, schien er das kurze Wortgefecht mit ihr völlig vergessen zu haben.

»Pass auf, Süße«, lächelte er Julia an. »Wir machen das jetzt über die technische Spur. Dieser Egri hat schließlich einige Details ausgeplaudert. Die Maschine, auf der die Daten liegen, ist über verschiedene Ports direkt übers Internet erreichbar. Und außerdem ist es ein Windows-Server. Jede Wette, dass die Admins von Eastcom längst nicht alle aktuellen Sicherheitspatches aufgespielt haben … die hatten ja nicht mal genug Zeit, den abgeschmierten Datenbankserver neu aufzusetzen.«

»Ich fühlte mich wie zernichtet unter dem grässlichen Fatalismus der Geschichte. Ich finde in der Menschennatur eine entsetzliche Gleichheit, in den menschlichen Verhältnissen eine unabwendbare Gewalt, allen und keinem verliehen. Der Einzelne nur Schaum auf der Welle, die Größe ein bloßer Zufall, die Herrschaft des Genies ein Puppenspiel, ein lächerliches Ringen gegen ein ehernes Gesetz, es zu erkennen das Höchste, es zu beherrschen unmöglich.«

Georg Büchner, deutscher Schriftsteller
Fatalismusbrief, Gießen, nach dem 10. März 1834

42. Kapitel

Diana schaffte es schließlich tatsächlich, den Stiel des Hammers mit ihren Zehen zu berühren, was allerdings nur dazu führte, dass sich der Hammerstiel um das schwere Eisen herum ein Stück um die eigene Achse drehte und jetzt noch weiter entfernt war als zuvor. Resigniert sank sie auf die Knie, bis ihr eine neue Idee kam. Fast zeitgleich, als sie darüber nachdachte, die Matratze vielleicht irgendwie hochzustemmen zu können, um sie dann ein Stück weiter in Richtung des Hammers wieder fallen zu lassen und somit den Hammer zu sich heranzuangeln, fing die Bewusstlose an zu stöhnen. Kurz darauf öffnete sie auch die Augen. Diana begriff sofort, dass es zu spät war, ihre Idee in die Tat umzusetzen. Die Irre richtete sich bereits wieder auf und stand kurz darauf erneut mit dem Hammer in der Hand vor Noah. Ein langer Speichelfaden hing aus ihrem Mundwinkel und in ihrem kranken Gehirn schien sich ein einziger, todbringender Gedanke festgesetzt zu haben, der keinen Raum mehr für eine andere Wahrnehmung zuließ.

Oder vielleicht doch?

Ein neuer Gedanke blitzte in Dianas Kopf auf. Noch eine Idee. Eine sehr gute Idee sogar!

Ja, das könnte funktionieren ... das muss funktionieren!

Wenn es auch nur dazu führte, das Ganze etwas hinauszuzögern. Aber vielleicht kam es ja auf jede Minute oder gar Sekunde an. Gut möglich, dass die Polizei die Adresse des Verstecks inzwischen herausgefunden hatte und bereits auf dem Weg hierher war. Vielleicht würden sie jeden Augenblick hereinstürmen. Das war doch durchaus möglich. Irgendwann musste es doch so weit sein.

»Hey, du Dumpfbacke!«, schrie Diana so laut sie nur konnte.

Die Frau drehte den Kopf blitzartig zu ihr herüber.

»Du hast recht gehabt. Ich habe mit Richie gefickt.«

Die Irre schaute sie ungläubig an. Sie schien noch nicht vollständig begriffen zu haben, was sie da eben gehört hatte.

»Wir haben nicht nur einmal gefickt. Hunderte Male haben wir es miteinander getrieben. In jedes Loch hat er mich gefickt. Und jedes Mal, wenn ich ihm einen geblasen habe, hat Richie laut gestöhnt und gesagt, so gut wie du, Diana, hat es mir noch keine besorgt.«

Jetzt hat sie es begriffen. Na, komm schon her zu mir. Los, komm schon.

Aber plötzlich richtete die Wahnsinnige ihren Blick mit hochrotem Kopf wieder auf Noah.

Komm jetzt her, du Ausgeburt des Teufels!

»Und weißt du, was Richie noch gesagt hat: Ich liebe dich, Diana, hat er gesagt. Ich liebe dich, wie ich noch nie in meinem ganzen Leben irgendeine Frau geliebt habe. Und noch was: Wir werden bald heiraten. Hörst du. Von dir will er doch gar nichts wissen, du Schlampe. Weißt du, was er mir über dich erzählt hat? Hm, soll ich es dir sagen?«

Die Frau drehte sich von Noah weg und kam jetzt wutentbrannt auf sie zu. Sie hob bereits die Hand mit dem Hammer, um zum Schlag auszuholen. Ihre Augen waren nur noch auf Dianas Mund gerichtet.

»Die blöde, stinkende Fotze liegt beim Ficken da wie ein Stück Holz, hat er gesagt, wie ein modriges, von Würmern zerfressenes Stück Holz. Und dumm wie Brot wärst du auch, hat er noch gesagt …«

Diana hatte keine Gelegenheit mehr, weiter zu provozieren. Es war auch nicht mehr notwendig. Der Blick der Frau war nur noch auf Dianas Lippen fixiert. Sie stolperte über den Rand der Matratze und knallte direkt neben Diana auf den Steinboden.

Entweder sie oder ich.

Diana brauchte nicht lange zu überlegen. Sie schlang das Drahtseil um den Hals der Irren und zog die Schlaufe mit aller

Kraft, die sie aufbringen konnte, zu. Selbst als die Frau keinen Mucks mehr von sich gab, konnte Diana nicht damit aufhören.

Erst als sie Noahs verstörten Gesichtsausdruck wahrnahm, der sie die ganze Zeit über mit Tränen in den Augen beobachtet hatte, ließ sie erschöpft von ihr ab. Und in diesem Augenblick wurde ihr bewusst, dass sie soeben einen Menschen getötet hatte.

43. Kapitel

In Hendriks Augen blitzte Hoffnung auf. Er schaute hinüber zu Aichner, der überrascht auf den Bildschirm glotzte.

Amor Fati! Hörst du, du Arschloch. AMOR FATI! Fick dich doch mit deinem verdammten Amor Fati!

Während Hendrik in eine Art innerlichen Lachkrampf verfiel, fragte er sich, ob er bereits auf der Schwelle zum Wahnsinn stand. Der forensische Psychiater in ihm meldete sich wieder zu Wort und erklärte, dass sein und auch Dianas Verhalten unter den gegebenen Umständen völlig normale Reaktionen waren. Ein Mensch war in Extremsituationen zu allem fähig. Er musste nur weit genug in die Enge getrieben werden. Und wenn die Situation ausweglos wurde, wenn Todesangst und blanker Hass sich vereinten, dann konnte jeder Mensch so weit getrieben werden, dass er einen anderen Menschen tötete.

Wenn ich nicht gefesselt wäre, Richie, dann würde ich dir jetzt deinen verdammten, kranken Schädel einschlagen.

»Bravo … Bravo!« Aichner klatschte in die Hände, während er einige Schritte auf den Bildschirm zuging.

»Ist der Zufall nicht das Größte, was es gibt, Doktor? Herrlich! Schau hin, ihr Brustkorb bewegt sich keinen Millimeter mehr. Nadine ist tot. Ha! Sie ist mausetot.«

Hendrik konnte viel zu wenig erkennen, als dass er Nadine Schusters Tod mit Sicherheit hätte bestätigen können – soweit dies überhaupt per Ferndiagnose über einen Bildschirm möglich war. Aber er musste Aichner recht geben, es war äußerst unwahrscheinlich, dass sie noch lebte.

»Scheißegal, Doktor, es spielt überhaupt keine Rolle, dass sie jetzt verfaulen und sich in ihre Bestandteile auflösen wird. Im Universum geht nichts verloren. Die Atome ihres Körpers werden weiter existieren. Nur ihr Geist wird für immer verschwinden. Wenn er überhaupt jemals existiert hat, denn im

Grunde war er nur eine subjektive Illusion ihres Gehirnorgans … so wie bei allen Menschen. Stimmt's, Doktor?«

Aichner drehte sich zu Hendrik um und ging einige Schritte auf ihn zu, bis er vor ihm stand. Dann ging er in die Hocke und schaute ihm direkt in die Augen.

»Noahlein und Dianalein werden ihr trotzdem bald folgen. Ich hatte mir ursprünglich eh was ganz anderes für die beiden ausgedacht. Dass Nadine plötzlich aufgekreuzt ist, war reiner Zufall. Verstehst du das … *Zufall*! Aber so ist es eben. Immerhin hatten wir dadurch eine unterhaltsame Show.«

Aichner setzte wieder sein unheimliches Grinsen auf. Er bemerkte, dass Hendrik etwas sagen wollte. Sein Grinsen wurde daraufhin noch irrer.

»Na gut«, sagte er schließlich. Dann riss er Hendrik das Klebeband mit einem Ruck von den aufgeplatzten Lippen.

Hendrik schrie auf. Er spürte noch die Wärme seines Bluts am Hals und an der Brust. Dann wurde ihm schwarz vor Augen.

»Ups!«, sagte Aichner, als er Hendriks Lippen begutachtete. »Das sieht aber wirklich scheiße aus.«

44. Kapitel

Uwe Becker hatte kurzfristig eine Sitzung zum aktuellen Stand der Lage angeordnet. Bereits fünf Minuten vor dem vereinbarten Zeitpunkt saßen alle einberufenen Ermittlungsbeamten an einem großen runden Tisch. Becker schaute kurz auf seine Armbanduhr und ließ dann seinen ausdruckslosen Blick über die Gesichter der Anwesenden wandern.

»Okay«, sagte er schließlich und wandte sich an Maria, die rechts neben ihn saß. »Fangen wir mit den Hinweisen aus der Bevölkerung an.«

Maria, die in ihren Ordner vertieft war, räusperte sich kurz und begann damit, den Stand der Ermittlungen vorzutragen.

»Bis dato gingen insgesamt 512 Hinweise aus der Bevölkerung zu den beiden Morden ein. Das Verhältnis ist allerdings sehr unausgeglichen. Obwohl Richter Kaltenfeld vor Staatsanwalt Hofmann umgebracht wurde, gingen zu seinem Fall lediglich 46 Hinweise ein. Der Rest hingegen, also exakt 466 Hinweise, bezogen sich ausschließlich auf den Mord im Volkspark Wilmersdorf.« Maria befeuchtete mit der Zunge ihren Zeigefinger und blätterte eine Seite weiter. »Wir konnten bisher knapp 400 Hinweisen nachgehen. Die Überprüfung hat allerdings keine brauchbaren Ergebnisse hervorgebracht.«

»Was ist mit den verbleibenden Hinweisen? Wieso dauert das so lange?«, fragte Becker.

»Wir arbeiten alle rund um die Uhr«, antwortete Maria.

Die beiden Kommissare Brande und Keil, die auf die Spur Richard Aichners angesetzt worden waren, schauten sich kurz an. Jeder wusste, was der andere dachte.

»Zumindest fast alle«, fügte Maria noch ohne aufzuschauen hinzu. »Fakt ist, im Falle des Richters scheint tatsächlich niemand etwas gesehen zu haben. Die Hinweise, die wir erhalten haben, stammen ausnahmslos von Anwohnern, die irgendwelche seltsamen Geräusche gehört oder ungewöhnliche Schatten gesehen haben wollen. Aber leider alles völlig substanzlos. Die meisten wollten sich wohl nur wichtigmachen.«

»Und Hofmann?«, fragte Becker.

»Es gibt massenhaft Hinweise von Parkbesuchern, die Hofmann an diesem Tag gesehen haben wollen. Er drehte fast täglich seine Runden im Volkspark. Viele der Anwohner, die sich dort regelmäßig aufhalten, kannten Hofmann vom Sehen und haben ihn auf dem veröffentlichten Foto wiedererkannt. Am Tag seiner Ermordung wurde er zuletzt um circa 21 Uhr 30 von zwei Joggern gesehen, die ihm auf der Fußgängerbrücke über der Bundesallee begegnet sind. Kurze Zeit später war er bereits tot. Einigen Parkbesuchern ist zu diesem Zeitpunkt eine verdächtige Person aufgefallen, allerdings sind die Beschreibungen des Unbekannten so vage und unterschiedlich, dass uns das bisher nicht weitergebracht hat.«

Maria blätterte weiter. Dann schaute sie zu Brande und Keil hinüber und nickte anerkennend. »Die Kollegen haben aber vielleicht etwas, das uns weiterbringen könnte.«

Maria gab Brande ein Zeichen, der daraufhin das Wort ergriff.

»Die Spurensicherung hat Aichners ehemalige Wohnung in Schöneberg unter die Lupe genommen. Nach seinem Auszug wurden von der Hausverwaltung zwei polnische Hilfskräfte mit den Renovierungsarbeiten beauftragt … Tapezieren, Streichen und so weiter, das Übliche halt, teilweise wurden auch neue Fußböden verlegt. Die beiden haben sauber gearbeitet, aber das Badezimmer musste nicht renoviert werden. Es wurde zwar nach den Renovierungsarbeiten von einer Reinigungskraft auf Hochglanz poliert, aber im Siphon des Waschbeckens und im Abfluss der Dusche haben wir Haare gefunden, die vermutlich Aichner zuzuordnen sind. Die DNA wird gerade ermittelt und mit den DNA-Spuren an den beiden Tatorten verglichen. Wir warten noch auf das Ergebnis.«

»Sehr schön«, sagte Becker mit dem Anflug eines Lächelns, das jedoch sofort wieder von einem grimmigen Gesichtsausdruck verscheucht wurde. Er sah hinüber zu Lothar Schott, einem hageren und bleichgesichtigen Endvierziger mit langen, grauen, zu einem Pferdeschwanz zusammengebundenen Haaren, der nervös am Fingernagel seines Daumens nagte. Schott war als Vertreter des Dezernats für Computerkriminalität zu der Besprechung abgesandt worden.

»Was ist mit diesen Droh-E-Mails?«, fragte Becker und fixierte Schott, der daraufhin verlegen seinen Daumen vom Mund nahm.

»Die Mails wurden von einem Anschluss in Wilmersdorf aus versendet, aber diese seltsame Absenderadresse determinator@laplacescherdaemon.de existiert nicht. E-Mails kann man problemlos mit frei erfundenen Absenderadressen versenden.«

»Wir haben den Anschlussinhaber bereits überprüft«, mischte sich Maria ein. »Eine vierköpfige, gut situierte Familie, die allem Anschein nach mit der ganzen Sache nichts zu tun hat. Alles deutet daraufhin, dass ihr WLAN gehackt und zum Versenden der Mails missbraucht wurde.«

»Was ist mit der Geschichte, die uns dieser Marc Degen aufgetischt hat?«, wandte sich Becker jetzt wieder an Schott.

»Wir konnten keinerlei schädliche Software auf dem Rechner von Doktor Jansen finden. Das System ist – zum gegenwärtigen Zeitpunkt jedenfalls – absolut sauber. Bemerkenswert ist jedoch, dass einige Speicherbereiche der Festplatte mehrmals gezielt überschrieben worden sind. Normalerweise werden diese Bereiche ja nicht gelöscht, sondern lediglich als ‚frei' markiert, damit sie vom System wieder zum Abspeichern von neuen Daten genutzt werden können. Das gezielte mehrmalige Überschreiben aber, zudem noch mit unterschiedlichen Zeichen, deutet darauf hin, dass jemand absolut sichergehen wollte, dass seine Daten unwiederbringlich gelöscht sind. Es ist uns zwar gelungen, über den Restmagnetismus einige Fragmente zu restaurieren, aber es reicht nicht aus, um sinnvolle Daten wiederherzustellen.«

»Was ist mit der IP-Adresse, die uns Degen mitgeteilt hat?«

»Hilft uns leider auch nicht weiter«, ergriff Maria das Wort. »Die Adresse gehört zu einem T-Online-Anschluss in Alt-Moabit. Dasselbe Spiel wie in Wilmersdorf. Es deutet alles darauf hin, dass der WLAN-Anschluss gehackt worden ist. Der Anschlussinhaber wohnt alleine in der Wohnung und ist seit drei Tagen auf einer Geschäftsreise in Paris. Den WLAN-Router hatte er angelassen.«

»Was habt ihr in diesem Café Rosenbaum herausgefunden?«

»Die Bedienungen, die an diesem Nachmittag Dienst hatten, konnten anhand der gezeigten Fotos niemanden identifizieren. War wohl auch der Teufel los an dem Tag. Jedenfalls scheint es so, als ob kein Treffen stattgefunden hat – zumindest nicht zwischen Richard Aichner und Doktor Jansen.«

Becker kratzte sich für einige Augenblicke am Hinterkopf. Dann wandte er sich wieder an Schott. »Und um diese Speicherbereiche zu löschen, musste man dazu an Doktor Jansens Notebook sitzen oder ist so etwas auch übers Internet möglich?«

»Das spielt keine Rolle«, antwortete Schott. »Jemand, der sich auskennt, kann den Code auch über das Netz einschleusen und starten. Das Programm putzt dann die Platte und verabschiedet sich danach selbst. Wir hätten eventuell eine Chance gehabt, wenn der Rechner noch eingeschaltet oder im Standby- oder Hibernate-Modus geparkt gewesen wäre. Dann hätten wir zumindest den Arbeitsspeicher noch auslesen können. Aber das Betriebssystem war komplett heruntergefahren, als der Rechner im Labor abgegeben wurde. Da war nix mehr zu machen.«

»Hm«, brummte Becker. »Degen hat also den Rechner absichtlich komplett heruntergefahren. Ich wette, diese Hackergeschichte ist eine Erfindung von ihm … und diese Droh-E-Mails kann jeder verschickt haben, der sich mit Computern auskennt und einen WLAN-Zugang hacken kann.«

»Definitiv«, bestätigte Schott. »Und Marc Degen ist ja auch kein Unbekannter, was das anbelangt.«

Becker horchte auf und musterte Schott, der sich erneut eine kleine Zwischenmahlzeit in Form eines Stücks von seinem Fingernagel gönnte.

»Marc Degen ist mehrmals als Hacker aktenkundig geworden. Er konnte aber nie überführt werden. Zuletzt ist er vor vier Jahren auffällig geworden, im Fall des Mädchens, das übers Internet angelockt und wenige Tage später im Tegeler Forst tot aufgefunden wurde. Er hatte damals mutmaßlich vom Kreditkartenkonto des Täters …«

»Wusste ich's doch!«, stieß Becker aus, der sich jetzt wieder daran erinnerte, in welchem Zusammenhang er den Namen Marc Degen schon mal gehört hatte.

Im selben Augenblick riss Herzog die Tür auf und stürmte herein. Er hielt eine dünne Akte in der Hand, mit der er in der Luft herumwedelte. »Die an beiden Tatorten gefundene DNA stimmt eindeutig mit der DNA der Haare aus Aichners Wohnung überein.«

»Das reicht«, sagte Becker. »Sofort eine Großfahndung einleiten!«

Dann wandte er sich an Brande und Keil.

»Und ihr heftet euch an die Fersen von Marc Degen und Jansens Tochter. Ich wusste, dass da was ganz gewaltig stinkt.«

45. Kapitel

»Die Kiste ist offen wie ein Scheunentor«, sagte Marc und lächelte Julia an, die neben ihm an Hendriks Schreibtisch saß und die kryptischen Zeichenketten auf dem Bildschirm mitverfolgte. Innerhalb weniger Minuten hatte Marc die übers Internet erreichbaren Dienste des Kunden-Webservers von Eastcom auf vorhandene Sicherheitslücken überprüft. »Ich kann mich gar nicht entscheiden, durch welches Loch ich kriechen soll«, spottete er. »Ich hab auch schon zwei Remote-Exploits in der Tasche, die für unsere Zwecke geeignet sind.«

»Was ist das denn nun schon wieder, ein *Remote-Exploit*?«, fragte Julia, die so langsam den Eindruck hatte, tatsächlich in einer Informatikvorlesung zu sitzen.

»Das sind Codefragmente, die Sicherheitslücken in einer Software ausnutzen. Sie werden entweder von Menschen mit noblen Vorsätzen programmiert, damit die Softwarehersteller rechtzeitig Updates für aufgedeckte Sicherheitslücken zur Verfügung stellen können, oder von irgendwelchen Freaks, die einfach nur ihren Spaß daran haben, andere zu ärgern und die Informationen auch nur in der Szene weitergeben … und dann gibt es auch noch ein paar Jungs, die Kohle abzocken wollen, und die Hersteller erpressen.«

»Und wo findet man diese … *Exploits*?«

»Na, Suchmaschinen, Hackersites … oder über Kontakte in der Szene.«

Marc grinste Julia an.

»Die Exploits, die ich gefunden habe, sind frei zugänglich und über bereitgestellte Patches der Hersteller längst gefixt. Nur wenn man die Sicherheitsupdates eben nicht zeitnah aufspielt, so wie unsere lieben Freunde von Eastcom, dann kann das passieren, was ich dir jetzt gleich zeigen werde.«

Marc zwinkerte Julia zu und gab weitere Befehle über die

Tastatur ein. In rasender Geschwindigkeit huschten seine Finger über die Tasten. Dann hielt er einige Sekunden inne, wartete gespannt auf eine Rückmeldung, lächelte zufrieden, als genau das auf dem Bildschirm auftauchte, was er erwartet hatte, und gab die nächsten Befehle ein. Diese Abfolge wiederholte sich einige Male. Julia, die nicht nur das Geschehen auf dem Bildschirm verfolgte, sondern auch immer wieder Marcs Gesichtsausdruck beobachtete, bemerkte, mit welchem Spaß und welcher Leidenschaft er dieser Beschäftigung nachging.

»Voilà, da haben wir ja die Datenbankinstanz. Ist alles genau so, wie's Egri ausgezwitschert hat.«

Marcs Augen funkelten vor Erregung. »Und jetzt injizieren wir der Kiste mal einige SQL-Statements und schauen, was sie so alles ausspuckt.« Nur wenige Sekunden später erschienen einige Datensätze. »Geil … supergeil«, sagte Marc und gab noch einige weitere Befehle ein. Mit einer theatralischen Handbewegung ließ er schließlich von weit oben seinen Mittelfinger auf die Return-Taste sinken, womit er die Abfrage des Datensatzes startete, der die gesuchten Informationen enthielt. Er lehnte sich entspannt in den Sessel zurück und blickte erwartungsvoll auf den Bildschirm, auf dem kurz darauf ein vollständiger Datensatz erschien.

»Yessss! … Na, was sagst du?«

Julia musterte den Datensatz. Sie erkannte einen Namen und eine Adresse sowie eine Bankverbindung und diverse Abrechnungsdaten.

»Marianne Winkler aus Zolldorf«, las sie ab. »Wo liegt das denn?«

Marc beugte sich wieder nach vorne, öffnete über den Browser die Seite von Google Maps und suchte nach Zolldorf.

»Ein Kaff in der Nähe von Templin … Brandenburg … ungefähr neunzig Kilometer von hier.«

»Seltsam«, sagte Julia, nachdem sie die Daten noch mal

genauer inspiziert hatte.

»Was?«

»Na ja, schau dir mal das Geburtsdatum an.«

Diesmal las Marc laut vor: »17. Februar 1923.«

»Die gute Frau ist über neunzig«, bemerkte Julia nachdenklich. »Ich glaube kaum, dass sie etwas mit einer Entführung zu tun hat.«

Marc kratzte sich am Kopf. »Das muss nichts zu bedeuten haben. Die Dinge erscheinen oft anders, als sie sind.«

Julia und Marc schauten sich lange schweigend an, bis beiden ein Lächeln übers Gesicht huschte und sie sich annickten.

»Wir können den Touran nehmen«, sagte Julia. »Mit dem kutschiert sonst immer Diana durch die Gegend. Die Schlüssel hab ich im Flur hängen sehen.«

»Worauf warten wir noch«, sagte Marc. »Ich check unterwegs, ob Oma Spuren im Netz hinterlassen hat. Vielleicht ist sie ja Mitglied bei den Grauen Panthern und für den Bereich Social Media zuständig. Wer weiß, wer weiß?«

Julia musste losprusten. Kurz darauf wurde sie jedoch wieder nachdenklich. »Wenn es nicht so eine ernste Sache wäre, dann könnte ich fast Spaß an der ganzen Detektivarbeit kriegen.«

»Wird schon alles gut werden«, sagte Marc, während er bereits sein Notebook zusammenpackte.

Wenige Minuten später stiegen die beiden in den Wagen von Diana. »Scheiß auf das Warnsymbol«, sagte Marc, woraufhin Julia den Wagen startete, kurz mit den Schultern zuckte und losfuhr. Sie steuerten dieselbe Strecke an, die vor zwei Tagen das Taxi genommen hatte, das Diana und Noah auf die Insel Rügen hätte befördern sollen. Wenige Minuten später, als sich der Touran bereits auf der Stadtautobahn befand, näherte sich Hendriks Villa eine schwarze Limousine. Nachdem der Wagen in der Nähe des Hauses angehalten hatte, sahen sich die beiden

Insassen des Wagens, Kommissar Brande und Kommissar Keil, mit müden Augen fast liebevoll an und fragten sich, ob sich die beiden Zielpersonen wohl in dem Gebäude befanden.

46. Kapitel

Diana lag mit geschlossenen Augen rücklings auf der Matratze. Ihre Hand umklammerte den Griff des Hammers. Ein heftiges Schwindelgefühl hatte sie in die horizontale Lage gezwungen, kurz nachdem sie die Taschen der Toten erfolglos nach einem Handy oder sonst etwas Brauchbarem durchsucht hatte. Der Flüssigkeitsentzug hatte ihren Mund längst in eine staubtrockene Wüste verwandelt, und auch bei Noah war die Dehydrierung inzwischen weiter fortgeschritten. Wenn er nicht gerade schlief, dann wimmerte er oder brabbelte Unverständliches. Diana merkte, wie ihre Fähigkeit zum klaren Denken immer mehr nachließ. Sie fragte sich, wie lange sie jetzt schon in diesem Loch gefangen gehalten wurden. Sie hatte keine Ahnung, wie lange sie bewusstlos gewesen war. Es gab keine Fenster in diesem Raum. Keine Geräusche drangen von außen in dieses dreckige Loch. Die Tote hatte auch keine Uhr bei sich. Diana konnte nur Vermutungen anstellen. Aber es mussten mindestens zwei Tage sein, vielleicht auch schon drei oder sogar noch mehr.

Wie lange konnte man ohne Wasser überleben? Wie lange konnte ein dreijähriges Kind ohne Flüssigkeit überleben? Drei, vier oder fünf Tage? Natürlich spielte auch die Umgebungstemperatur und die Luftfeuchtigkeit eine Rolle. Das war das einzig Gute an dieser Situation in dem Drecksloch, es war kühl und feucht hier unten.

Als Diana sich aufrichtete, fiel ihr Blick auf die Frau neben ihr.

Ist sie wirklich tot?

Sie trat einige Male mit dem Fuß gegen den leblosen Körper. Keine Reaktion. Sie tastete nach einem Puls. Zuerst an den Handgelenken, dann am Hals, wo das Drahtseil tiefrote Striemen hinterlassen hatte. Nichts. Sie hielt ihr Ohr ganz nah an Mund und Nase der Frau. Auch nichts.

Natürlich ist sie tot. Wie sollte sie das überleben?

Aber vielleicht war sie ja doch noch nicht ganz hinüber? In Horrorfilmen tauchten die scheinbar Toten immer noch einmal ein letztes Mal überraschend auf, um mit blutverschmiertem Gesicht und trotz eines abgehackten Arms ihr böses Werk zu vollenden. Sollte Diana ihr sicherheitshalber mit dem Hammer noch den Schädel einschlagen? Sollte sie ihr Blut trinken, um der Dehydrierung entgegenzuwirken? Oder Noah das Blut dieser Irren …

Nein!

Mehrmals schüttelte sie den Kopf, um diese grässlichen Gedanken zu verjagen.

Schau noch vorne!

Diana nahm all ihre Kraft zusammen und wankte hinüber zu der Öse, die in der Wand verschraubt war. Sie überlegte, was wohl der beste Weg wäre, sich zu befreien. Mit dem Hammer auf das Seil oder die Öse einzudreschen oder zu versuchen, mit der Hebelwirkung des Hammers die Schraube herauszudrehen? Diana entschied sich für die letzte Variante. Sie steckte die spitze Hammerseite in die Öse und drückte mit aller Kraft entgegen dem Uhrzeigersinn gegen den Stiel. Nach einigen erfolglosen Versuchen gab es plötzlich einen kurzen knackenden Ruck und dann ging es verblüffend einfach, die Schraube vollständig herauszudrehen.

Diana schaute mit Freudentränen in den Augen zu Noah hinüber und überlegte, was sie als Nächstes tun sollte.

Zuerst die Kellertür.

Mit diesem Hammer musste das doch irgendwie möglich sein.

Natürlich ist das möglich!

Plötzlich wurden ihre Knie weich. Ihr Blick trübte sich und sie wurde erneut bewusstlos. Als sie wenige Minuten später wieder zu sich kam, fühlte sie sich entsetzlich leer und kraftlos.

Wenn sie alleine gewesen wäre, hätte sie die Augen geschlossen und sich ihrem Schicksal ergeben.

Aber du bist nicht alleine!

Laut stöhnend kam sie auf die Beine und schleppte sich durch den Tunnel hindurch bis zur Stahltür. Dass es keine Möglichkeit gab, die Tür von innen zu öffnen, überraschte sie nicht. Aber als sie diese massive Stahltür vor Augen hatte, stieg eine entsetzliche Panik in ihr hoch. Sie verspürte den Drang, mit dem Hammer einfach ziellos auf die Tür einzuschlagen.

Reiß dich zusammen. Du musst deine letzten Kräfte sinnvoll einsetzen. Irgendeine Schwachstelle muss es doch geben.

»Mama, Mama … MAMAAAA …«

Sie fixierte die Türbänder.

»Aua, Mama …«

Sie schrie laut auf, um sich selbst Mut zu machen und schlug wie wild auf die Türbänder ein. Nach einigen wenigen Schlägen jedoch rutschte ihr der Hammer aus der Hand, der sofort mit einem lauten Knall von der Tür abprallte und nur wenige Zentimeter an ihrem Kopf vorbeiflog, bevor er hinter ihr auf dem Steinboden aufschlug.

Entsetzt presste sie ihre bebenden Lippen zusammen. Zuerst entwichen ihr einige gequälte Laute, bis sie plötzlich von einem hysterischen Lachanfall geschüttelt wurde. Trotzdem schaffte sie es mit der letzten Kraft, die noch aus ihrem dehydrierten Körper herauszuholen war, sich nach dem Hammer zu beugen und ihn aufzuheben. Mit dem allerletzten Funken Hoffnung, den ihr zerstörtes Urvertrauen übrig gelassen hatte, fuhr sie mit dem verzweifelten Versuch fort, sich aus diesem Dreckslocн zu befreien.

47. Kapitel

»Gottverlassene Gegend hier«, sagte Marc zu Julia, als er zum wiederholten Male den Klingelknopf an dem heruntergekommenen Einfamilienhäuschen drückte. Da sich immer noch nichts rührte, kämpften sich die beiden durch den zugewucherten Gartenweg hindurch zur Hinterseite des Gebäudes, um vielleicht von dort irgendwo einen Blick ins Innere zu erhaschen. Die Fensterrahmen im Erdgeschoss waren unübersehbar mit Moosflechten bewachsen und die Zimmer durch innenliegende Jalousien abgedunkelt worden. Nachdem sie einmal um das Haus herumgelaufen waren, legte Marc seinen Kopf in den Nacken und suchte nach einer Möglichkeit, an eines der Fenster im Obergeschoss zu gelangen.

»Was sucht ihr hier?«

Julia zuckte zusammen. Marc löste seinen Blick vom Haus und drehte sich in die Richtung, aus der er die Männerstimme vernommen hatte.

»Da könnt ihr euch die Finger wund klingeln, ist niemand zu Hause.«

Marc musterte den Alten, der sich auf einem altmodischen Spazierstock aus dunkelbraunem Holz abstützte, an dem unzählige kleine Blechtäfelchen befestigt waren, die von den zahlreichen Wanderungen seines Besitzers zeugen sollten. Marc schätzte ihn auf Anfang achtzig. Im Gegensatz zu seiner festen Stimme wirkte sein Äußeres jedoch sehr gebrechlich.

»Wunderschönen guten Tag«, sagte Marc in einem freundlichen Tonfall. »Wir sind auf der Suche nach Marianne Winkler. Haben Sie eine Ahnung, wann sie wiederkommt?«

»Wer will das wissen?«, fragte der Greis kauzig.

»Wir sind weitläufig verwandt mit Marianne und wollten ihr einen Besuch abstatten.«

Der alte Mann musterte Marc und Julia mit grimmigem Blick.

»Das könnt ihr vergessen. Bei Marianne ist nicht mehr viel zu holen. Außer vielleicht der alten Hütte hier.« Nachdenklich ließ er seinen Blick über das Haus schweifen. »Und die wird sie wohl bald verkaufen müssen … wenn sich überhaupt jemals ein Idiot findet, der diese Bruchbude hier kauft.«

Marc und Julia schauten ihn fragend an.

»Außerdem kommt da wohl ihr Großneffe noch vor euch zum Zuge. Wäre auch nur gerecht. Außer ihm hat sich ja nie jemand um die Frau gekümmert. Und seit sie im Altenpflegeheim nur noch vor sich hinvegetiert, kümmert er sich wenigstens um die nötigsten Reparaturen am Haus. Aber das wird den Verfall nicht aufhalten. Wenn so ein altes Haus nicht bewohnt wird …« Der Mann schüttelte verächtlich den Kopf. »Nichts ist mehr wie früher. Die Jungen ziehen in die Städte und die Alten bleiben zurück und vergammeln zusammen mit ihren Häusern.«

»Wie heißt denn der Großneffe?«, fragte Julia und versuchte, dabei ein freundliches Gesicht zu machen.

»Ich kenne nur seinen Vornamen, junge Dame. Hübsches Ding. Wirklich ein hübsches Ding.« Der Mann zwinkerte Julia lüstern zu.

Du widerlicher alter Sack kriegst doch eh keinen mehr hoch, dachte Marc.

Julia ignorierte die Anzüglichkeiten des Alten und bohrte vorsichtig nach: »Und wie lautet der Vorname?«

Der Greis starrte in den Himmel, während er angestrengt nachdachte. »Sapperlot! … vor Kurzem konnte ich mich doch noch an den Namen erinnern.« Er tippte mit dem Spazierstock einige Male gegen seinen Schuh, als ob er damit den Namen herauskitzeln könnte. »Micki! … oder … nein, wartet … Ricky … oder Richie? Ja, genau, Richie, ich glaube, so heißt er. Marianne hat ein paar Mal von ihm erzählt. Kommt aus der Hauptstadt.«

»Wann war er das letzte Mal hier?«, fragte Marc.

»Woher soll ich das wissen? Außerdem, wie ich schon sagte, das Pflegeheim frisst alles auf. Da ist für euch nichts mehr zu holen.« Er schüttelte den Kopf. »Die Jungen hauen ab und lassen die Alten verrecken. Was ist das für eine Welt geworden? Was ist das bloß für eine Welt geworden?«

Plötzlich drehte sich der Alte um und machte sich daran, seinen Spaziergang fortzusetzen.

»Wissen Sie, in welchem Pflegeheim Marianne untergebracht ist?«, rief Marc ihm hinterher.

Ohne sich nochmals umzudrehen, machte der Alte eine abfällige Handbewegung und ging schweigend weiter.

»Scheiße«, murmelte Julia vor sich hin. »Was machen wir jetzt?«

»Hier kommen wir jedenfalls erst mal nicht weiter«, sagte Marc, während er sein Lederetui aus der Tasche zog.

»In dem Kaff da vorne sind wir an einer Fressbude vorbeigefahren. Wir könnten uns dort mal ein bisschen umhören. Vielleicht erfahren wir ja noch etwas, das uns weiterbringt. Und außerdem hab ich einen riesigen Kohldampf. Nach 'ner Curry mit Pommes und 'ner Cola hab ich bestimmt eine zündende Idee. Manchmal muss man sich einfach nur eine Weile entspannen, dann kommt die Lösung des Problems von ganz alleine.«

»Ich wusste es«, schrie Julia plötzlich los. »Ich wusste es, verdammt noch mal. Wir hätten das der Polizei überlassen sollen. Aber du wolltest das ja unbedingt – vollgekifft bis zum Rand – alleine durchziehen. Es ist deine Schuld, wenn mein Vater …«

»Ich warte im Wagen«, sagte Marc, bevor ihm etwas herausrutschte, das er später bereuen würde. Er machte sich auf den Weg zum Wagen, den sie gut fünfzig Meter vom Haus entfernt geparkt hatten. Als Julia Marc hinterhersah, tat ihr schon wieder leid, was sie gesagt hatte. Trotzdem bekam sie keinen Ton heraus. Sie schlug die Hände vors Gesicht und wischte sich mit den Handballen die Tränen aus den Augen. Dabei spürte sie ihre heftig pulsierenden Schläfen. Es war einfach zu viel für sie. Zuerst ihre Mutter und jetzt drohte sie auch noch ihren Vater zu verlieren.

Schließlich trottete sie los und folgte Marc in Richtung des Wagens. Nach einigen Metern blieb sie jedoch wieder stehen und neigte ihren Kopf etwas zur Seite. Hatte sie da nicht eben etwas gehört? Angespannt hielt sie die Luft an und horchte. Aber da war nichts. Schließlich ging sie weiter und sah Marc, wie er auf der gegenüberliegenden Wagenseite an der Tür lehnte und an seinem Smartphone herumfummelte, während er schon wieder gierig einen Joint durchzog.

Julia drehte sich noch einmal kurz um. Sie hätte schwören können, aus dem Haus ein dumpfes Geräusch gehört zu haben. Aber sie hatte sich wohl getäuscht, das pulsierende Pochen an den Schläfen und ihre blank liegenden Nerven hatten ihrem Gehör einen Streich gespielt.

48. Kapitel

Als Hendrik erwachte, war vom Hals aufwärts alles nur noch ein einziger brodelnder Schmerz. Er versuchte etwas zu sagen, aber über seine geschwollenen Lippen kamen nur noch unverständliche Silben. Aichner, der auf dem Sofa saß und mit versteinertem Blick auf den Bildschirm glotzte, drehte seinen Kopf Hendrik zu und blickte eine Weile nachdenklich auf das zugeschwollene Gesicht dieser sabbernden Kreatur im Sessel neben ihm.

»Leid«, begann er schließlich. »Was spielt es schon für eine Rolle, wenn Lebewesen leiden oder getötet werden? Leid und Schmerz sind von der Evolution einzig zum Zweck des Lernens hervorgebracht worden. Die Natur kennt keine Grausamkeiten, keine Moral, keine Ethik. Sie kennt auch kein Gut oder Böse. Es sind nur wir Menschen, die der Natur irgendwelche moralischen Kategorien andichten wollen. Aber das interessiert außer uns Menschen niemanden. Schau her, Doktor: Tiere werden bei lebendigem Leib von anderen Tieren zerfleischt, bei manchen Arten fressen die Eltern sogar ihre eigenen Kinder. Und ist das grausam? Ist das böse? Ist das krank? Nein, sag ich dir. Als es noch keine Menschen gab, existierte so etwas wie Moral noch gar nicht. Trotzdem war das Prinzip ‚Fressen und Gefressen werden' schon Millionen von Jahren alt und niemand hat sich darüber beschwert, dass die Welt grausam oder ungerecht wäre. Ganze Sonnensysteme und Galaxien wurden in den Milliarden von Jahren seit Entstehung des Universums zerstört. Veränderung ist ein Prinzip der Natur, das nur wir Menschen als Zerstörung fehlinterpretieren. Erst wir Menschen haben diese moralinsaure Sicht auf die Dinge ins Spiel gebracht. Und weißt du wieso? Ich sag es dir, Doktor. Weil wir nicht damit zurechtkommen, dass wir sterblich sind. Niemand hat uns gefragt, ob wir auf diese Welt kommen wollen; ob wir mit diesem gespaltenen Bewusstsein leben wollen, das uns einerseits sagt ‚Du musst unbedingt überleben', uns aber andererseits ständig daran erinnert, dass wir nach wenigen Jahrzehnten schon wieder verschwinden und dass danach nichts weiter sein wird als das kalte, leere Universum. Dieses ganze Gesülze über ein Leben nach dem Tod ist nichts weiter als ein Wunschgedanke, nichts weiter als ein verlogener Versuch, Menschen zu manipulieren. Was meinst du, wie viele menschliche Wesen in den Krieg gezogen sind, in dem Irrglauben, sie würden gegen *das* Böse kämpfen? Wie viele haben ihr Leben irgendeinem Gott, irgendeiner Religion oder irgendeinem Land geopfert, in der Hoffnung, nach dem Tod nicht in der Hölle zu schmoren, sondern in den Himmel zu kommen? Wie viele Selbstmordattentäter haben Anschläge verübt in dem Glauben, sie würden nach dem Tod dafür belohnt werden? Gequirlte Scheiße! Alles gequirlte Scheiße! Aber wenigstens ist keiner von ihnen enttäuscht worden. Denn wie sollten sie sich an die gemachten Versprechungen erinnern, nachdem ihre Gehirne in tausend Stücke gerissen worden sind?« Aichner huschte ein seltsam sanftmütiges Lächeln über das Gesicht. »Der Mensch ist nichts weiter als ein Tier mit einem besonders ausgebildeten präfrontalen Kortex, der ihm ein Bewusstsein ermöglicht. Und das, lieber Doktor, ist der einzige, poplige Unterschied zwischen uns und den Tieren. Das ist alles. Mehr nicht. So einfach ist das. Und nur deshalb glauben wir, etwas Besseres zu sein. Aber das ist ein Trugschluss. Wir sind genauso wie alle anderen Lebewesen nur Spielbälle der Natur. Warum sollten wir uns dann selbst für irgendetwas die Schuld geben? Wenn wir doch gar nichts dafür können. Für nichts. Schau uns doch mal genau an. Wir tun ständig Dinge, die wir eigentlich gar nicht tun wollen. Schau dir die Kriege auf der Welt an, die Verbrechen, die Versklavung der Menschen in der modernen Arbeitswelt, die Ausbeutung und Zerstörung der Natur, das Zerstörungspotenzial der Atomkraft, die entfesselten

Finanzmärkte … es gibt noch unzählige weitere Beispiele dafür, die beweisen, dass im Grunde genommen alles außerhalb unserer Kontrolle liegt. Es passiert einfach, weil sich alles verändern muss. Weil auch die biochemisch und mit elektrischen Impulsen betriebenen Gehirne der Menschen dem physikalischen Kausalitätsprinzip und dem evolutionären Drang nach Veränderung unterworfen sind, so wie alles andere im Universum. Und wir fragen uns dann verwundert: Warum tun Menschen das? Warum zerstören wir uns selbst? Warum strebt der Mensch egoistisch und rücksichtlos nach immer mehr Macht und Geld? Ich sag es dir, Doktor. Weil es ein Naturprinzip ist. Und daran gibt es nichts zu rütteln. Die Natur interessiert es einen Scheißdreck, ob sich die Menschheit selbst auslöscht. Die Natur interessiert es nicht einmal, wenn wir die Erde mit Atombomben zerstören. Diese nichtige atomare Kettenreaktion würde gar nicht auffallen im Universum.

Und deshalb gibt es auch keine Schuld, keine Gerechtigkeit und keine Moral. Alles nur Einbildung. Alles nur gequirlte Scheiße. Und genau deshalb werde ich jetzt auf diese Taste hier drücken und das Ganze zu Ende bringen. Aber ich mach das nicht von mir aus, Doktor. Ich selbst bin angestoßen worden. Es ist nur die konsequente Fortführung einer Kettenreaktion, Ursache und Wirkung. So einfach ist das.«

Hendrik hatte keine Kraft mehr, etwas von sich zu geben. Die Resignation hatte gesiegt. Sein Wille war gebrochen. Restlos. Vielleicht hatte Aichner ja sogar recht mit dem, was er gesagt hatte.

Es spielt keine Rolle. Nichts spielt überhaupt irgendeine Rolle. Wir werden alle drei sterben. Aber wen interessiert das schon? In kurzer Zeit werden wir vergessen sein. Wir alle werden bald vergessen sein. Denn irgendwann wird es überhaupt keine Menschen mehr geben, die sich erinnern können.

Wenn Noah, Diana und er selbst von Aichner umgebracht

worden waren. Was blieb dann noch? Es würde nicht lange dauern und die nächste grausame Tat würde die Aufmerksamkeit der Öffentlichkeit auf sich ziehen und das Schicksal seiner Familie bald in den Hintergrund drängen, irgendwann vergessen machen.

Aber Julia, meinen Sonnenschein, gäbe es noch. Vielleicht bekommt sie einmal eigene Kinder, vielleicht gibt es eines Tages sogar Enkelkinder? Es geht immer weiter. Irgendwie geht es eben doch immer weiter!

»Ich habe es lange versucht«, fuhr Aichner mit seinem Monolog fort. »Ich habe versucht, mir alles schönzureden, so wie es einem die Motivationsgurus und religiösen Führer predigen – nach dem Motto ‚Alles, was dir zustößt, hat einen Sinn im Leben'. Einen höheren Sinn, den du vielleicht erst später erkennen wirst, oder einen Sinn, den Gott vorgegeben hat und den du, du ach so dummer armer Mensch, nur noch nicht erkennen kannst. Aber vertraue mir, deinem Gott, deinem Guru, deinem gequirlte Scheiße redenden Furz … ich weiß, was gut für dich ist. Gequirlte Scheiße ist das, nichts als gequirlte Scheiße! Deshalb hat Gott wohl auch Leid und Schmerz auf die Welt gebracht, weil er uns liebt und es gut mit uns meint … blablabla. Wenn ich das schon höre: ‚Mein Wille geschehe, wie im Himmel, so auf Erden'! So eine gequirlte Scheiße. Nichts anderes als Einbildung im präfrontalen Kortex. Verstehst du, Doktor, wenn du das einmal erkannt hast, dann bleibt dir nicht mehr viel. Dann bleibt dir nur noch eine Option … AMOR FATI, dann bleibt dir nur noch, dein von nichts und niemandem gesteuertes, sinnfreies, abgefucktes Schicksal zu akzeptieren.«

Aichner griff sich das Notebook und legte es auf seinen Schoß. Er gab einige Befehle über die Tastatur ein und schaute noch mal für einen kurzen Augenblick zu Hendrik hinüber, bis er schließlich die Returntaste drückte und gespannt auf den Bildschirm blickte.

»Ich schätze mal, Dianalein wird gleich wieder im Bild auftauchen. Aber an der Tür hätte sie sich sowieso die Zähne ausgebissen: einbruchhemmend, höchste Widerstandsklasse.«

Hendrik starrte auf den Bildschirm und suchte nach etwas, das von den Tastatureingaben Aichners ausgelöst worden sein könnte. Mit den ersten Anzeichen, die er schließlich entdeckte, erlosch auch noch der allerletzte Funken Hoffnung, der ein Feuer des Widerstands hätte entfachen können.

»Da wir die Sonne nicht versetzen, den Tod nicht verschieben können, ist es sinnlos, etwas verändern zu wollen.«

Eugène Ionesco, französisch-rumänischer Schriftsteller
(1909 - 1994)

49. Kapitel

Nachdem Diana einige Zeit erfolglos versucht hatte, die Türbänder abzuschlagen, war sie irgendwann restlos erschöpft auf den Boden gesunken. Sie hatte einfach keine Kraft mehr, auch nur einen einzigen Muskel zu bewegen. Nie zuvor in ihrem Leben hatte sie sich so leer und ausgebrannt gefühlt. Selbst als sie ein monoton brummendes Geräusch hörte, änderte dies nichts an ihrer Verfassung. Erst als der beißende Geruch von Abgasen in ihre Nase kroch, schlug ihr Herz wieder schneller. Ein einziger Gedanke vereinnahmte plötzlich ihr Bewusstsein: *Ich darf Noah nicht alleine sterben lassen.*

Wenn es schon so weit kommen musste, dann sollte er wenigstens in den Armen seiner Mutter sterben; einen letzten Rest an Geborgenheit spüren, bevor er …

Mit der allerletzten Kraft, die dieser Gedanke noch mobilisieren konnte, begann sie, über den kühlen Steinboden den Tunnel entlangzukriechen, bis sie nach einer gefühlten Ewigkeit endlich den Kellerraum erreichte. Während sie ihren erschöpften Körper bis zu Noahs Matratze weiterschleppte, fragte sie sich, ob diese grässliche Übelkeit und das heftige Schwindelgefühl von den giftigen Abgasen herrührten oder von dem akuten Flüssigkeitsmangel in ihrem Körper. Aber was macht das schon noch für einen Unterschied, dachte sie, als sie Noah schließlich in ihren Armen hielt und ihm sanft über das aschfahle Gesicht strich. Für einen kurzen Moment öffnete Noah noch einmal seine Augen und sah seine Mutter flehend an, bevor sein kleiner Körper leblos in sich zusammensackte. Dieser Blick zerriss Diana das Herz. Wenig später senkten sich auch ihre Augenlider und sie folgte Noah in die Dunkelheit.

50. Kapitel

Maria Leupold stürmte in das Büro von Uwe Becker, der tief in seinem Bürosessel versunken war und seine übereinandergeschlagenen Füße auf dem Schreibtisch abgelegt hatte. Langsam schlug er die Augen auf und ein mürrischer Gesichtsausdruck offenbarte sich.

»Eine Streife hat Doktor Jansens Wagen auf einem Parkplatz in der Nähe des Cafés Rosenbaum entdeckt. Außerdem haben wir inzwischen die Handy-Verbindungsdaten erhalten: Diana Jansen hat zuletzt vorgestern, kurz nach neun Uhr abends, in der Nähe von Templin eine SMS an ihren Mann versendet. Kurz danach wurde das Handy abgeschaltet. Doktor Jansens Handy war zuletzt gestern Nachmittag um 16 Uhr 36 in Alt-Moabit in der Nähe des Cafés Rosenbaum in einer Funkzelle eingeloggt. Daraufhin haben die Kollegen das Personal noch einmal befragt. Eine der Bedienungen konnte sich dann doch wieder an die beiden erinnern. Um 16 Uhr 47 wurde der Kassenbon erstellt. Aichner hat mit einem Zehn-Euro-Schein einen Milchkaffee und einen Whisky bezahlt, kurz darauf haben die beiden das Café dann gemeinsam verlassen.«

Becker nahm seine Füße vom Tisch und richtete sich in seinem Sessel auf. »In welcher Straße in Moabit befindet sich der gehackte T-Online-Anschluss?«

»Gotzkowskystraße, nur wenige Blocks vom Café Rosenbaum entfernt. Schott hat sich das mal genauer angeschaut. Es kommen etwa vierzig bis fünfzig benachbarte Wohneinheiten in Betracht, die potenziell in der Reichweite der Funkwellen des WLANs liegen. Die Kollegen checken gerade das Melderegister für die infrage kommenden Wohnungen. Der Hacker könnte natürlich auch von einem Auto aus tätig gewesen sein. Außerdem meinte Schott noch, wenn er eine spezielle Stab- oder Richtfunkantenne benutzt hat, dann könnte sich die Reichweite um ein

Vielfaches erweitern und es kämen Hunderte von Wohnungen in Betracht.«

»Haben sich Brande und Keil gemeldet?«, fragte Becker.

Maria schüttelte den Kopf.

»Dann ruf die mal an … jetzt!«

Maria fummelte ihr Telefon aus der Tasche und wählte eine Nummer. Nach mehrmaligem Ertönen des Freizeichens meldete sich ein verschlafener Keil.

»Was gibt's Neues?«, fragte Maria.

Misstrauisch beobachtete Becker Maria dabei, wie sie sich die Ausführungen des Kommissars am anderen Ende der Leitung anhörte.

»Was hat die Handy-Ortung ergeben?«, hakte er nach.

Maria reagierte nicht. Kurz darauf legte sie auf.

»Die Zielpersonen scheinen sich nicht in dem Gebäude zu befinden. Und die Ortung wollten die Kollegen gerade anstoßen«, sagte Maria.

Becker blickte Maria misstrauisch an, bis er mit hochrotem Kopf das Schweigen brach. »Die beiden haben gepennt, stimmt's?«

Maria schüttelte den Kopf.

»Verkauf mich doch nicht für blöd!«

»Es scheint so«, sagte Maria und schaute Becker provozierend an, »dass du dich wohl getäuscht hast. Vielleicht hättest du dich mehr mit uns austauschen sollen, anstatt ständig nur an allem und jedem herumzunörgeln.«

»Was willst du damit andeuten?«, fragte Becker.

»Jansens Tochter und dieser Marc Degen haben nichts mit der Entführung zu tun. Das war reine Zeitverschwendung. Und Brande und Keil haben seit über vierzig Stunden nicht mehr gepennt. Ich glaube, du hast es einfach deshalb auf diesen Marc Degen abgesehen, weil dir seine Nase nicht passt … oder weil ihr ihm damals nichts nachweisen konntet. Keine Ahnung, ist ja auch egal, jedenfalls sollten wir uns auf Aichner konzentrieren, anstatt irgendwelchen Hirngespinsten nachzujagen.«

»Raus!«, brüllte Becker.

Maria ging aufreizend langsam zur Tür, dort angekommen drehte sie sich nochmals kurz um. »Habe ich dir eigentlich schon mal gesagt, dass der Sex mit dir bei Weitem der schlechteste war, den ich jemals in meinem ganzen Leben gehabt habe? Und da waren vor dir schon einige wirklich armselige Pfeifen darunter.«

Damit trat sie aus Beckers Büro und schlug die Tür so heftig zu, dass es noch im darüberliegenden Stockwerk dröhnte und schepperte.

51. Kapitel

Aichner schaute auf die Uhr. »Eine Stunde und vierunddreißig Minuten.«

Hendrik sah mit verklebten Augen auf den Bildschirm. Noah und Diana verharrten immer noch in exakt derselben Position wie schon vor eineinhalb Stunden, als sie Arm in Arm das Bewusstsein verloren hatten. Es bestand absolut kein Zweifel daran, dass sie tot waren. Ihre dehydrierten und geschwächten Körper mussten aufgrund der hochgiftigen Abgase, die noch immer durch einen Lüftungsschacht aus der Wand strömten, bereits nach kurzer Zeit ihre Grundfunktionen eingestellt haben. Selbst ein Mensch mit einer außergewöhnlich robusten Konstitution hätte in dieser Lage nicht lange überleben können.

Trotzdem hatte Hendrik bis zu dem Augenblick, als Aichner mit seinen Worten die qualvolle Stille in dem Appartement zerrissen hatte, immer wieder auf den Bildschirm geschaut und verzweifelt nach irgendeinem Lebenszeichen gesucht. In dem Moment dann, als er wirklich begriff, dass es zu spät war, dass es für Diana und Noah kein Zurück mehr gab, krampfte sich sein Inneres zu einem Vakuum zusammen, erdrückte auch noch den letzten Funken Hoffnung, und was blieb, war eine unendlich schmerzhafte Leere, die seine tosenden Kopfschmerzen bei Weitem noch übertraf.

Aber die körperlichen Schmerzen sind ein Scheißdreck gegen das, was dich beim Anblick deiner toten Familie erwartet. Glaub mir, Doktor, ich weiß, wovon ich rede.

»Ich bin nicht verrückt«, vernahm er plötzlich wieder Aichners Stimme, dessen Worte wie Peitschenhiebe auf ihn einschlugen. »Ich weiß, dass es für dich so aussehen muss, Doktor. Und mir ist vollkommen bewusst, dass mein Verhalten gegen Gesetze verstößt und strafbar ist. Aber das sind Gesetze, die von Menschen gemacht worden sind, und die basieren nicht auf den Gesetzen der Natur, nicht auf den Gesetzen der *Wahrheit*! Das Strafrecht basiert auf der Annahme, dass der Mensch einen freien Willen besitzt und in ein und derselben Situation auch anders hätte handeln können, als er es getan hat. Aber das ist nicht wahr. Wir können nur genau das tun, wozu wir durch Gene und Prägung bestimmt sind. Wir haben keine alternativen Handlungsoptionen. Das ist alles nur Einbildung, nur ein Wunschgedanke, damit wir uns auf dieser Welt besser zurechtfinden. Deshalb tragen wir auch keine Schuld, keine Verantwortung für unser Handeln. Und ohne Schuld ergibt auch Strafe keinen Sinn.«

Hör auf, hör doch endlich mit deinem idiotischen Gequatsche auf!

»Ich sag dir, was die Wahrheit ist, Doktor. In Wahrheit gewinnen die Stärksten und Anpassungsfähigsten; diejenigen, die die Macht an sich reißen: die Wirtschaftsmächtigen und Lobbyisten, die die Politiker wie Marionetten tanzen lassen; die Reichen, die sich die besten Rechtsverdreher leisten können und sich notfalls die Staatsanwälte und Richter kaufen; es sind diejenigen, die am skrupellosesten vorgehen und auf Gesetze scheißen, die nur dazu gemacht worden sind, die große Masse bei der Stange zu halten.«

Aichner starrte lange Zeit in sich gekehrt auf den Bildschirm, bis er fortfuhr.

»Ich habe es nicht getan, um Rachegefühle zu befriedigen. Es mag vielleicht so aussehen, aber dem ist nicht so. Denn im Grunde empfinde ich gar nichts mehr. Null. Ich musste es tun, weil es der Lauf der Dinge ist. Weil die Kausalkette nicht unterbrochen werden kann. Weil ich genau so handeln musste. Wir haben nichts in der eigenen Hand, Doktor, rein gar nichts. Du kommst eines Tages von der Arbeit nach Hause und findest deine Frau und dein Kind mit eingeschlagenen Schädeln vor, und es gibt niemanden, der daran die Schuld trägt; niemanden, der dafür verantwortlich gemacht und zur Rechenschaft gezogen werden kann. Es gibt nicht den geringsten Unterschied zu einer Naturkatastrophe. Es passiert einfach und niemand trägt die Schuld dafür. Und niemand kann dir dabei helfen, diese quälenden Bilder im Kopf wieder loszuwerden. Niemand kann dir helfen. *Niemand*!«

Aichner schaute eine Weile zu Hendrik hinüber und zum ersten Mal sah Hendrik diese abgrundtiefe Verzweiflung in Aichners Augen. Dann wandte Aichner seinen Blick wieder auf die Leichen auf dem Bildschirm.

»Es interessiert niemanden, was hier auf der Erde geschieht – niemanden, außer uns Menschen selbst. Aber wer sind wir schon? Nichts weiter als eine vergängliche Spezies. Schau sie dir an, wie sie daliegen. Seit ihre Herzen aufgehört haben zu schlagen, funkt es auch in ihren Gehirnen nicht mehr. Aber was hat sich dadurch verändert? Was ist anders als zuvor? Ich sag es dir. Nichts ist anders geworden. Und je weiter du dich entfernst, desto unwichtiger werden sie. Schau sie dir vom Mond aus an. Schau sie dir vom Mars oder Jupiter aus an. Was siehst du dann noch? Nichts weiter als Milliarden von Kreaturen, die auf einem blauen Planeten herumkriechen und sich winden, und um ihr armseliges Leben kämpfen, ein Leben ohne Bedeutung, ohne Sinn. Schau sie dir von einem anderen Sonnensystem oder einer anderen Galaxie aus an, mit einer Entfernung von Milliarden von Lichtjahren. Gar nichts mehr siehst du dann. Rein gar nichts mehr. Völlig bedeutungslos.«

Hör auf!

»Pass auf, Doktor!«

Aichner griff sich das Mobiltelefon und starrte es eine Zeit lang ausdruckslos an.

Bin ich jetzt an der Reihe?

Dann drückte er die Wähltaste.

Mach doch mit mir, was du willst. Bring mich von mir aus

um. Aber mach es schnell, mach es bitte schnell.

Aichner sah Hendrik jetzt wieder mit seinem dämonischen Grinsen an, während er mit dem Handy am Ohr auf eine Verbindung wartete.

Hat er noch jemanden manipuliert? Oder zündet er mit dem Anruf eine Bombe und wir fliegen gleich alle zusammen in die Luft? Das ginge wenigstens schnell.

»Hier spricht Richard Aichner.«

Hendriks Blick haftete an Aichners Lippen.

»Ich möchte ein Geständnis ablegen.«

Was?

»Ich befinde mich in Berlin Alt-Moabit in der Gotzkowskystraße 123, fünftes Stockwerk. An der Klingel steht der Name Rieger.«

Was macht er da? Will er mich noch eine Weile quälen?

»Ich … ich habe die Morde an Staatsanwalt Hofmann und Richter Kaltenfeld begangen. Außerdem bin ich für drei getötete Menschen im Keller eines Einfamilienhauses verantwortlich … Zolldorf bei Templin in Brandenburg, Marianne Winkler. Ich bin schuld, dass sie zu Tode gekommen sind.«

Er ist verantwortlich? Er trägt die Schuld?

»Bei mir in der Wohnung befindet sich Doktor Hendrik Jansen. Sie suchen vermutlich bereits nach ihm. Er hat schwere Kopfverletzungen. Alarmieren Sie den Notarzt. Schnell!«

Aichner legte auf und atmete tief ein und aus. Dann füllte er sein Glas randvoll mit Whisky und trank es aus. Er zündete sich eine Zigarette an, lehnte sich zurück auf die Couch und starrte Hendrik direkt in die Augen. Sein Blick war fest und strahlte eine kalte Entschlossenheit aus.

Was soll das alles? Ich kann nicht mehr … diese Schmerzen … mein Kopf …

Hendrik wollte etwas sagen, aber er war zu schwach, um überhaupt seine Lippen bewegen zu können. Außer einem

Wimmern brachte er nichts mehr heraus.

Aichner schenkte erneut nach und schaute auf die Uhr.

»Was meinst du, Doktor, wie lange wird es dauern, bis der Notarzt hier ist?«

Er holte das Tütchen mit dem Koks hervor und schüttete den kompletten Inhalt auf den Tisch. Routiniert formte er drei Linien aus dem Pulverhäufchen und rollte den Fünfziger zurecht.

»Ich schätze mal, es wird keine fünf Minuten mehr dauern«, sagte Aichner und verabreichte sich die erste Ladung. Er schüttelte sich kurz und trank den Whisky mit wenigen Zügen leer.

»Wir sehen uns wieder, Doktor«, fügte er noch hinzu, bevor er sich die übrigen zwei Linien hochzog. Wenige Augenblicke später schoss Aichners Puls in die Höhe und eine grässliche Unruhe erfasste ihn.

52. Kapitel

Zu dem Zeitpunkt, als Richard Aichner bei der Polizei anrief, hatte sich längst eine Einheit des SEK in der Nähe der Gotzkowskystraße in Stellung gebracht und auf weitere Befehle gewartet. Wenige Minuten nach dem Anruf stürmten die Beamten die Wohnung im fünften Stockwerk, wo sie die beiden Männer vorfanden. Doktor Hendrik Jansen, der mit einem Nylonseil gefesselt und mit einem Drahtseil an einem Stahlrohr angebunden war, war nicht bei Bewusstsein und wies massive Kopf- und Gesichtsverletzungen auf. Er wurde mit Verdacht auf ein Schädel-Hirn-Trauma in die Unfallklinik abtransportiert. Bei Richard Aichner stellte der Notarzt eine akute Intoxikation fest, die nach erster Diagnose durch eine Überdosis Kokain in Verbindung mit erheblicher Alkoholeinwirkung verursacht worden war. Dem ersten Anschein nach handelte es sich dabei um einen Suizidversuch. Der mutmaßliche Mehrfachmörder, der einen verwirrten Eindruck machte und unter Krampfanfällen litt, befand sich jedoch außer Lebensgefahr. Er ließ sich ohne Widerstand festnehmen.

53. Kapitel

Am darauffolgenden Tag saßen Julia und Marc Hauptkommissar Becker am Schreibtisch gegenüber. Becker hatte außerdem noch Maria, die gerade den Aufnahmeknopf des Rekorders drückte, sowie Schott in sein Büro beordert.

»Dann erzählen Sie mal der Reihe nach, Herr Degen«, sagte Becker. Er verschränkte die Arme hinterm Kopf und lehnte sich entspannt in den Sessel zurück.

Marc konnte den Anflug von Stolz auf seinem Gesicht nicht unterdrücken, obwohl er sich alle Mühe gab. Es war einfach ein geiles Gefühl, besser zu sein als andere und zu siegen war nun mal angenehmer, als zu verlieren. *We are the champions, my friends* ... »Wie schon gesagt«, begann er mit einem süffisanten Lächeln, »hatte ich noch eine zweite IP-Adresse identifiziert.«

»Und warum haben Sie uns diese verschwiegen?«, fragte Becker.

Marc schaute den Hauptkommissar verwundert an.

»Ich hatte das Gefühl, dass Sie uns nicht glaubten. Sie hatten uns verdächtigt, wir könnten etwas mit der Entführung zu tun haben. Wie sollte ich Ihnen da vertrauen?«

»Die Erfahrung zeigt, dass bei einer Entführung die Täter häufig aus dem familiären Umfeld stammen«, hielt Becker ihm entgegen.

»Sie haben wirklich gedacht, ich hätte etwas mit der Entführung meines *eigenen Vaters* zu tun?«, fragte Julia.

»Ich musste diese Variante in Erwägung ziehen, das müssen Sie verstehen«, sagte Becker, ohne wirklich überzeugend zu klingen.

Marc runzelte die Stirn. »Warum hätten wir denn einen Trojaner auf Hendriks Notebook vortäuschen sollen? Das ergibt doch keinen Sinn.«

Becker zuckte mit den Schultern. »Im Nachhinein ist man

immer schlauer. Inzwischen wissen wir ja, dass Aichner damit die Diskussion der Eheleute Jansen hinsichtlich einer Taxifahrt nach Rügen abhören konnte. Woraufhin er dann das von Doktor Jansen bestellte Taxi wieder storniert hatte und sich stattdessen selbst als Taxifahrer ausgeben konnte. Das von ihm gestohlene Taxi wurde zwei Tage nach der Entführung auf einem Parkplatz in der Nähe von Templin entdeckt.«

»Wie haben Sie den Anschlussinhaber der IP-Adresse ausfindig gemacht?«, wandte sich Schott an Marc.

Marc lächelte Schott verschmitzt an. »Zwei Telefonate bei Eastcom, um an Informationen zu kommen und ein Exploit, den sich jeder runterladen kann. Mehr war dazu nicht notwendig.«

»Na ja«, sagte Schott. »So einfach, wie Sie das jetzt darstellen, ist es ja nun auch wieder nicht.«

»Es kommt immer darauf an«, sagte Marc. »Wenn man weiß, wie so etwas geht, dann schon.«

»Und dann sind Sie direkt nach Zolldorf gefahren?«, fragte Maria.

»Ja. Julia und ich haben einige Male an der Haustür geklingelt. Es schien aber niemand da zu sein. Das Haus machte auch einen ziemlich verlassenen Eindruck. Nachdem wir einmal um das Haus herumgelaufen sind, wies uns ein älterer Herr, der gerade einen Spaziergang machte, darauf hin, dass das Haus unbewohnt und Marianne Winkler schon seit längerer Zeit im Altenpflegeheim untergebracht ist. Wir sind dann zum Auto zurück und wollten eigentlich etwas mampfen gehen.«

»Und was hat Sie davon abgehalten?«, fragte Becker.

»Julia ist noch etwas länger am Haus geblieben und ich habe noch was … ähm … mich in der Zwischenzeit mit meinem Smartphone beschäftigt. Und da kam mir plötzlich die Idee, die WLAN-Funktion zu aktivieren. Ich hatte nicht mehr viel Akku und sie deshalb ausgeschaltet. Und plötzlich fiel mir auf, dass ein WLAN in der Nähe aktiv war. War schon etwas seltsam. Ein frei stehendes, anscheinend seit Monaten verlassenes Haus, in dem zuvor eine alte Frau gewohnt hat. Und das WLAN konnte nur aus diesem Haus stammen, da weit und breit kein anderes Gebäude in der Nähe war.«

»Verstehe«, sagte Becker, während er sich am Hinterkopf kratzte. »Und dann?«

»Ich habe mich ins Auto gesetzt und darangemacht, das WLAN zu hacken. Ich hatte ja mein Notebook dabei und in Doktor Jansens Wohnung bereits die aktuellen Toolsets runtergeladen und damit schon alles dabei, was ich brauchte.«

»Wie war es gesichert?«, wollte Schott wissen.

»WPA2 und MAC-Filterung.«

»Oha!«, sagte Schott. »Wie lange haben Sie gebraucht?«

»War ein Kinderspiel. Mit Brute-Force und einigen Einträgen im Wörterbuch hatte ich das Passwort ruckzuck geknackt. Ich war selbst verwundert, dass er so unvorsichtig war.« Marc grinste zufrieden. »Er hat wohl nicht damit gerechnet, dass jemand mit Vorwissen einen Angriff starten könnte, sondern wollte das WLAN einfach nur prinzipiell absichern.«

»Und wie lautete das Passwort?«, fragte Becker.

»Amor_Fati«, antwortete Marc.

»Und dann haben Sie die MAC-Adresse gespooft?«, fragte Schott, obwohl er die Antwort kannte.

»Klar, war dann kein Problem mehr. Zuerst schaute ich mir eine Weile den Datenverkehr an. Es gab mehrere Endgeräte in dem Gebäude. Hab mir dann eine der MAC-Adressen geschnappt, über die kaum Verkehr lief, und sie meiner WLAN-Karte zugewiesen. Und schwuppdiwupp, war ich drin.«

Marc schaute Julia für einen Augenblick nachdenklich an und fuhr dann fort. »In dem Netzwerk gab es eine Verbindung mit permanent hohem Datenstrom. Ich habe mich dann einfach mal eingeklinkt und mir das Ganze angeschaut.«

»Es war schrecklich …« Julias Stimme versagte. Marc legte

seine Hand auf ihren Schenkel und streichelte sie sanft, während er weitererzählte.

»Als dann plötzlich Noah und Diana auf dem Bildschirm zu sehen waren – so völlig leblos zusammengekauert –, ist es uns eiskalt den Rücken runtergelaufen. Mir war aber sofort klar, dass Aichner den Videostream remote überwachen könnte. Und wir mussten damit rechnen, dass er immer noch Hendrik in seiner Gewalt hatte.«

Julia schlug die Hände vors Gesicht und schüttelte den Kopf. »Ich hab dann sofort den Notarzt verständigt.«

Marc strich ihr erneut beruhigend über den Schenkel. »Wenn man ganz genau hinsah, konnte man auf dem Videostream erkennen, dass zwischen den Lamellen des Lüftungsschachtes Rauch herausströmte. Also hab ich die Szene zuerst eine Minute oder so aufgezeichnet und dann in einer Endlosschleife eingespielt, damit Aichner, falls er den Videostream tatsächlich überwachen sollte, nichts bemerken würde. Danach sind wir sofort zum Haus gerannt und haben die morsche Haustür eingetreten.«

»Wahnsinn«, sagte Schott und die Bewunderung in seinem Gesichtsausdruck war nicht zu übersehen.

»Aus dem Keller des Gebäudes haben wir ein Motorengeräusch gehört, das von dem Notstromaggregat stammte. Da unten ist uns dann auch sofort diese schwere Stahltür aufgefallen, die zu unserer Überraschung aber nicht verschlossen war. Ging zwar verdammt schwer auf, das Ding, aber das hat uns zum Glück auch vorsichtig werden lassen.«

»Wieso?«, fragte Becker.

»Ganz einfach«, antwortete Marc. »Die Tür konnte man zwar von außen öffnen, wenn sie aber hinter uns ins Schloss gefallen wäre, dann …«

»… wären Sie auch eingesperrt worden, klar«, ergänzte Becker.

»Der beißende Gestank war übel. Noah war noch mit einem

Drahtseil festgebunden, aber Julia ist zum Glück über den Hammer gestolpert. Damit konnte ich die Öse aus der Wand schlagen. Julia hat sich dann Noah geschnappt und ich hab Diana nach draußen getragen, zum Glück war da auch schon der Notarztwagen da, der die beiden sofort beatmet hat. Ich bin dann noch mal runter und hab die andere Frau rausgeholt.«

Maria beobachtete Becker, der sich das Ganze interessiert angehört hatte, aus den Augenwinkeln heraus.

»Den Rest kennen Sie ja«, sagte Marc. »Zum Glück waren Noah und Diana nicht zu lange den Abgasen ausgesetzt gewesen. Einige Zeit später und es wäre wohl für immer vorbei gewesen. Und der anderen Frau war ja nicht mehr zu helfen. Der Notarzt sagte, sie muss schon tot gewesen sein, bevor die Abgase eingeleitet wurden.«

Julia atmete einmal tief ein und aus. »Ich hatte, als ich von dem Haus weg bin, ein Klopfen gehört, aber gedacht, dass ich mir das nur eingebildet hätte. Stellen Sie sich bloß vor, Marc hätte nicht diese Eingebung gehabt und das WLAN entdeckt und man hätte das Versteck erst Stunden oder gar Tage später gefunden.«

»Na ja«, warf Becker ein. »Hätten Sie uns auch die zweite IP-Adresse gleich mitgeteilt, dann wären wir viel früher darauf gestoßen.«

»Sind Sie da sicher?«, fragte Marc.

»Wie meinen Sie das?«

»Sie hatten uns zu diesem Zeitpunkt misstraut und kein Wort geglaubt. Im besten Fall hätten Sie vielleicht eine Streife hingeschickt, die dann nur ein verlassenes Haus vorgefunden und sich wieder verzogen hätte. Oder glauben Sie, die hätten in dieser gottverlassenen Gegend nach einem WLAN-Anschluss gesucht?«

Becker kratzte sich erneut am Hinterkopf und blickte Schott Hilfe suchend an, der jedoch nur mit einem Schulterzucken reagierte.

»Wie geht es den beiden jetzt?«, wandte sich Maria an Julia.

»Sie sind stabil. Der Arzt meinte, dass vermutlich keine bleibenden Schäden zurückbleiben werden – zumindest keine körperlichen.«

»Und gibt es was Neues von Ihrem Vater?«, fragte Maria vorsichtig.

Julia schossen Tränen in die Augen. Marc nahm sie in den Arm und antwortete an ihrer Stelle.

»Er liegt im Koma. Es gab Komplikationen. Hendrik hatte eine Hirnblutung und der Druck in seinem Kopf steigt immer noch an. Die Ärzte erwägen, für einige Zeit einen Teil seiner Schädeldecke zu entfernen oder Löcher reinzubohren.«

»Oh Gott«, brach es aus Julia heraus. »Warum tut ein Mensch bloß so etwas?«

»Wir werden Richard Aichner zur Rechenschaft ziehen«, sagte Becker. »Keine Sorge, er wird seine gerechte Strafe bekommen.«

54. Kapitel

Als Hendrik erwachte, war es stockdunkel. Ein seltsames Gefühl beschlich ihn. Er fühlte sich fremd, so als ob er nach vielen Jahren der Abwesenheit wieder in seine alte Heimat zurückgekehrt wäre, in der jedoch nichts mehr so war wie früher.

Wo bin ich?

Wo war er die ganze Zeit über gewesen? Hatte er einen langen Urlaub gemacht?

Wer bin ich?

Hendrik, Doktor Hendrik Jansen! Klar, warum sollte er das auch vergessen haben. Aber wo war er? Diese Frage war immer noch nicht geklärt. Und warum konnte er nichts sehen?

Mach doch einfach das Licht an, du Trottel.

Okay, aber wo befand sich der Lichtschalter? Gab es überhaupt eine Lampe hier? Mit großer Erleichterung begriff Hendrik plötzlich, dass er sich in einem Klartraum befand. Natürlich, außerdem war er Psychiater und kannte sich mit so etwas aus. Er war in einem Traum und war sich bewusst, dass er träumte. In so einem Zustand konnte man sogar die Trauminhalte selbst steuern. Und man konnte sich auch dazu zwingen aufzuwachen. Es war nicht das erste Mal, dass er einen Klartraum hatte und bisher war es ihm immer gelungen aufzuwachen, wenn er gewollt hatte.

Also, mein Lieber, dann wach jetzt mal auf.

Vielleicht sollte er versuchen, sich zu zwicken. Einfach so fest er nur konnte in den Schenkel zwicken. Dann musste er doch aufwachen. Aber seine Hände und Arme gehorchten ihm nicht. Er konnte sich selbst nicht einmal spüren. Na ja, schließlich träumte er ja auch.

Okay, dann versuchen wir was anderes.

Er hielt die Luft an. Wenn er lange genug nicht atmete, dann würde seine Lunge nach Sauerstoff lechzen und damit wäre er raus aus der Sache.

Warum passiert nichts?

Obwohl Hendrik der Ansicht war, minutenlang die Luft angehalten zu haben, veränderte sich rein gar nichts. Plötzlich schoss ihm ein neuer Gedanke durch den Kopf. War er vielleicht tot? Sah so das Leben nach dem Tod aus? Man kam irgendwie zu Bewusstsein, aber schwebte in einem undefinierten Zustand, irgendwo im Nichts. Und wie lange dauerte so etwas? Ewig?

Absurd.

Als Arzt wusste er, dass ein totes Gehirn nicht mehr denken konnte. Das war unmöglich. Und womit dachte er jetzt diese Gedanken, wenn nicht mit seinem Gehirn? Also konnte er nicht tot sein. Aber was war dann mit ihm los?

Verdammt! Wach jetzt endlich aus diesem beschissenen Traum auf.

Nichts passierte. Diese Dunkelheit war beängstigend. Und sie war so absolut. Nicht der geringste Lichtschimmer drang irgendwo durch.

»Wahrscheinlich kann er bald nach Hause.«

Wer? Wer kann nach Hause?

»Professor Fichtner meinte, mit einem ambulanten Pflegedienst wäre dies in einigen Tagen denkbar. Und hier könnten sie sowieso nichts mehr für ihn tun. Man könne nur noch abwarten und beten.«

Wer ist Professor Fichtner? Und wer spricht da überhaupt?

»Und er meinte noch, dass sich statistisch gesehen die Chance auf ein Aufwachen im Laufe der Zeit erhöhen würde. Wenn er uns auch nicht allzu viel Hoffnung machen wolle. Eine Prognose sei in solchen Fällen schwierig, wenn nicht sogar unmöglich.«

Was machen die in meinem Traum? Woher wissen die, dass ich träume? Und woher wissen die überhaupt, dass ich aufwachen will?

Die Stimmen, die Hendrik hörte, klangen stark gedämpft und

waren nur sehr schwer zu verstehen. So, als ob man durch eine dicke Wand hindurch versuchte, ein Gespräch im Nebenzimmer zu belauschen.

»Für Noah wäre es sicherlich auch besser, wenn er seinen Vater in seiner gewohnten Umgebung um sich hätte.«

Noah? ... Noah!

Mit einer explosionsartigen Wucht schlugen die Erinnerungen ein. Der geplante Urlaub auf Rügen. Die Entführung durch den Taxifahrer. Richard Aichner. Nadine Schuster. Die Hammermorde. Sein Gutachten. Und ...

Aber das ist doch ... Nein, das kann doch nicht sein?!

Die Bilder, die Hendrik zuletzt auf dem Bildschirm betrachtet hatte, waren jetzt wieder da. Klar und deutlich. Seine Frau Diana. Sein Sohn Noah. Arm in Arm in diesem Kellerloch. Tot!

Das kann doch alles gar nicht sein. Halluziniere ich? Bin ich wahnsinnig geworden?

»Lass uns einen Kaffee trinken«, sagte Diana. »Bis zum Termin mit Professor Fichtner dauert es ja noch fast eine Dreiviertelstunde.«

Dianas Stimme!

»Okay«, sagte Julia.

Dann Schritte. Stille. Totenstille.

Wach jetzt endlich aus diesem beschissenen Traum auf.

Aber Hendrik dämmerte es bereits, dass er nicht träumte.

Zuerst die gute oder zuerst die schlechte Nachricht?

Wenn er nicht träumte, was war dann mit ihm los?

Zuerst die gute.

Wenn er nicht träumte und Dianas Stimme gehört hatte, dann konnte das nur eines bedeuten.

Sie leben! Diana lebt! Noah lebt!

Wie auch immer das möglich sein konnte, aber es schien Realität zu sein.

Und jetzt die schlechte Nachricht.

Er war Arzt. Wenn er nicht träumte, dann konnte es für seinen Zustand nur eine Erklärung geben. Er versuchte, sich dagegen zu wehren, diese Möglichkeit in Betracht zu ziehen, aber es gelang ihm nicht. Und mit einem Schlag wurde ihm bewusst, dass er sich nicht täuschte, dass er sich in keinem Traum befand, sondern dass es nur eine Diagnose geben konnte.

Locked-in-Syndrom!

Er war ein Gefangener im eigenen Körper. Vollständig gelähmt, aber bei vollem Bewusstsein.

Wie lange war ich bewusstlos?

Wenn die Ärzte bereits darüber nachdachten, ihn in seinem Zuhause pflegen zu lassen, dann mussten bereits Wochen oder Monate vergangen sein.

Was ist mit mir passiert?

War er in der Zwischenzeit vielleicht schon einmal zu Bewusstsein gekommen, hatte es dann aber wieder vergessen? Hendrik versuchte, sich ins Gedächtnis zu rufen, woran er sich zuletzt erinnern konnte. Aber so sehr er auch wühlte, die Bilder auf dem Bildschirm, Diana und Noah tot in diesem Kellerloch, waren das letzte Ereignis. Danach kam nichts mehr. Die Zeit danach fehlte einfach, als hätte sie – und damit er – gar nicht existiert.

Nein, bitte nicht ...

Hendrik merkte, wie seine Gedanken davonflogen und sein Bewusstsein schwand.

Nein ... nicht ... bitte ...

Dann fiel er wieder zurück ins Nichts.

»Er ist ein hoffnungsloser Fall.«

»Es wäre ein Wunder, wenn er noch mal zu Bewusstsein käme.«

»Seine Angehörigen werden jeden Augenblick hier sein. Ich habe bereits angedeutet, dass er jetzt zu Hause gepflegt werden kann. Seine Frau schien nicht abgeneigt zu sein.«

»Sonst eben ab in die Reha. Hier können wir nichts mehr für ihn tun. Ist ja auch egal, wo er vor sich hinvegetiert.«

Hallo? Hallo, ich bin wach!

»Ja, hat keinen Sinn mehr, sich mit ihm zu beschäftigen. Wir müssen uns auf die anderen Fälle konzentrieren, bei denen noch Hoffnung besteht.«

Ihr Idioten! Würdet ihr ein EEG machen, dann könntet ihr sehen, dass ich bei Bewusstsein bin!

»Guten Tag, Frau Jansen.«

»Guten Tag, Doktor Kirchner.«

»Hallo.«

»Darf ich Ihnen meinen Kollegen Doktor Schauer vorstellen.«

»Guten Tag, Frau Jansen.«

»Guten Tag, Doktor Schauer.«

»Hallo.«

Jetzt kriegt euch mal wieder ein.

Hendrik wunderte sich über sich selbst. Normalerweise müsste er angesichts seiner ausweglosen Situation in eine schwere Depression verfallen oder sich wünschen, tot zu sein. Das war doch kein Leben mehr. Und dann waren diese idiotischen Neurologen auch noch der Ansicht, er wäre ohne jegliches Bewusstsein. Aber stattdessen war er zum Scherzen aufgelegt, amüsierte sich über die Begrüßungsrituale und genoss es, Dianas und Julias Stimmen zu hören.

Träume ich etwa doch?

»Das letzte EEG zeigte leider immer noch keinerlei Reaktion auf Außenreize. Wir müssen davon ausgehen, dass er nie wieder aufwachen wird.«

Wie wäre es mit einem weiteren EEG? ... und zwar JETZT!

»Wir werden die Hoffnung nicht aufgeben ... NIE!«, sagte Diana.

Ja, das sehe ich auch so.

»Ich kann Ihnen nicht viel Hoffnung machen. Eine Prognose ist in diesen schweren Fällen äußerst schwierig. Es gibt zwar immer wieder vereinzelte Berichte, wonach Patienten nach Jahren oder gar Jahrzehnten plötzlich wieder zu Bewusstsein kommen, aber häufig bleiben sie bis zu ihrem Tod in diesem Zustand.«

Jahre? Jahrzehnte? Ich bin bereits wach ... Jetzt in diesem Augenblick bin ich wach und kann euch hören. Hallo! Hallooooo!

»Ich glaube, er hat wieder geblinzelt«, sagte Julia.

»Das ist nichts Ungewöhnliches. Reflexe. Leider nur Reflexe, das hat keine Bedeutung.«

»Aber vielleicht kann er uns ja doch hören?«

Genau, mein Sonnenschein. Klär mal diese Stümper auf.

»Ich verstehe ja, dass Sie sich Hoffnungen machen, aber glauben Sie mir, die Ergebnisse sind eindeutig. Er reagiert nicht. Er ist ...«

»Was ist er?«, fiel Diana Doktor Kirchner ins Wort.

»Er ist ... es besteht sehr wenig Hoffnung, dass er jemals wieder aufwachen wird. Ich muss Ihnen das so klar und deutlich sagen. Das ist meine Pflicht, Frau Jansen.«

Deine Pflicht wäre, dass du deine Arbeit ordentlich machst.

»Sie haben ihn aufgegeben, stimmt's?«

»Er wird vermutlich für immer ein Schwerstpflegefall bleiben.«

Jemand holte tief Luft.

»Solche Fälle sind für junge, aufstrebende Ärzte wie Sie eben nicht interessant. Stimmt's?«

»Wie schon gesagt ... In wenigen Tagen können Sie Ihren Mann nach Hause holen und dort pflegen lassen. Alternativ kann ich Ihnen auch gerne noch eine Liste der Rehabilitationszentren zukommen lassen, die sich auf solche Fälle spezialisiert haben.«

»Auf solche … *hoffnungslosen* Fälle meinen Sie, sprechen Sie doch ruhig aus, was Sie denken.«

»Wie auch immer Sie es ausdrücken wollen.«

»Und da wird er dann irgendwo in einer Ecke abgestellt und fertig. Nein, nein, auf gar keinen Fall!«

»Wie gesagt, die Entscheidung liegt ganz bei Ihnen, Frau Jansen.«

»Natürlich nehmen wir ihn mit zu uns«, war das Einzige, was Diana noch mit brüchiger Stimme herausbrachte.

»Und ich bin ja schließlich auch noch da«, fügte Julia hinzu.

Es tut so gut, eure Stimmen zu hören.

»Dann lassen Sie sich bitte einen Termin geben, damit wir die Formalitäten erledigen können. Auf Wiedersehen, Frau Jansen. Es tut uns leid. Alles Gute.«

Auch diesmal lauschte Hendrik den Floskeln bei der Verabschiedung. Aber seine anfängliche seltsame Heiterkeit war restlos verflogen. Stattdessen erfasste ihn bohrende Angst. Denn erst jetzt begann er das erste Mal überhaupt zu erahnen, in welcher ausweglosen Lage er sich tatsächlich befand. Und er war noch meilenweit davon entfernt, auch nur annähernd zu begreifen, was das für ihn zu bedeuten hatte.

»Unglaublich, diese Ärzte«, hörte er Julia sagen.

»Mich wundert gar nichts mehr«, erwiderte Diana. Wieder herrschte einige Zeit Stille, bis erneut Dianas Stimme zu hören war. »Nächsten Dienstag ist der letzte Verhandlungstag angesetzt. Lass uns so lange noch abwarten. Wenn das alles endlich vorbei ist, dann kehrt hoffentlich wieder mehr Ruhe ein.«

»Da bin ich mir nicht sicher, ob nach einem Freispruch so schnell wieder Ruhe einkehren wird.«

Was?

»Das Gutachten geht zwar von einer Schuldunfähigkeit Richard Aichners aus. Aber wenn das Gericht dem Gutachter folgt, dann wird er mit Sicherheit in eine psychiatrische Anstalt eingewiesen.«

Nein!

»Aber es ist doch theoretisch möglich, dass er schon bald wieder entlassen werden könnte.«

Niemals. Aber so was von niemals. Das kann nicht sein. Bin ich denn nur von Idioten umgeben? Er hat simuliert. Hört ihr denn nicht? Aichner hat das vorgetäuscht!

»Lass uns gehen, Julia.«

Diana küsste Hendrik liebevoll auf die Stirn, dann tat es ihr Julia gleich. Kurz darauf verließen die beiden das Krankenzimmer.

Ist denn die Welt komplett aus den Fugen geraten?

Hendrik wurde von inneren Tränen überflutet. Zum einen waren es Tränen der Wut. Aber er weinte auch wegen dieser qualvollen Isolation, deren Ausmaß er nun allmählich zu begreifen begann.

Seid ihr weg? Hallo! Haaaaallooooooo! Lasst mich nicht allein. Hört ihr mich denn nicht? Bitte! Bitte, lasst mich nicht allein. Bitte ...

»Ich kann mich mit der Bemerkung begnügen, dass für mein Denkvermögen ein Mensch, der unter eindeutig gegebenen äußeren und inneren Umständen genauso gut so wie anders handeln könnte, nicht ins Zuchthaus, auch nicht in eine Irrenanstalt, sondern in einen Glaskasten gehört, auf dass ihn jeder anstaune als die abnormste und unbegreiflichste Bildung, auf die je ein Menschenauge bisher geschaut hat.«

Eduard Kohlrausch, deutscher Strafrechtslehrer (1905)

55. Kapitel

Aichner lag auf der Pritsche seiner U-Haft-Zelle in der JVA Berlin-Moabit und sah mit einem zufriedenen Grinsen an die Decke. In zwei Tagen ist es endlich so weit, dachte er. Wie schon so oft in den vergangenen Monaten und Jahren hallte ihm der Urteilsspruch des Richters in den Ohren: »Nach Paragraf 20 StGB ist der Angeklagte Richard Aichner schuldunfähig wegen einer krankhaften seelischen Störung.«

Warum sollte er auch für etwas bestraft werden, für das er keine Schuld trug? Er hatte nur das getan, wozu er bestimmt war. Er hatte dem Gesetz gehorcht – dem *wahren*, von der Natur vorgegebenen Gesetz. Das andere, falsche Gesetz, das von Menschenhand gestrickte, hatte er deshalb austricksen müssen.

Ausgiebig hatte er sich darauf vorbereitet: Literatur über forensische Psychiatrie studiert; als Gasthörer einschlägige Vorlesungen und Seminare besucht; und aus der Zeit, die er als Patient in der Psychiatrie verbracht hatte, erinnerte er sich noch gut an die Mimik und Gestik, an Körperhaltung, Aussprache und Wortwahl seiner Mitpatienten, die an diversen psychischen Krankheiten litten.

Aichner war irgendwann zu der Überzeugung gelangt, dass die Alkohol-Halluzinose sehr gut für seine Zwecke geeignet sein würde. Die psychotische Erkrankung, die im Zuge einer Alkoholabhängigkeit auftreten konnte, wies ähnliche Symptome auf wie die Schizophrenie, denn bei beiden Erkrankungen hörten die Betroffenen üblicherweise Stimmen. Die Alkohol-Halluzinose wies jedoch eine weitere Eigenschaft auf, die sie in Aichners Augen ganz besonders geeignet für eine Simulation machte: Die Symptome traten nämlich in der Regel ganz plötzlich auf, verschwanden aber nach einiger Zeit der Abstinenz wieder vollständig, wodurch eine zeitnahe Entlassung aus dem Maßregelvollzug möglich war, in die er aufgrund des Paragrafen 63 StGB nach seiner Einschätzung eingewiesen werden würde. Er war sich sicher, dass er die behandelnden Ärzte dort schon bald davon überzeugen konnte, ihn als vollständig geheilt zu betrachten.

Aichner hatte genau gewusst, was bei einer Untersuchung durch einen forensischen Gutachter alles auf ihn zukommen würde. Die einschlägigen Tests, die Art der Befragung und die Kriterienkataloge. Sich darauf vorzubereiten war für ihn nicht wirklich schwierig gewesen, es war wie Pauken für eine Schulprüfung. Viel schwieriger war es, eine stimmige Krankheitsgeschichte zu erfinden, die nachvollziehbar, glaubhaft und vor allem auch überprüfbar war. Er wusste, dass nicht nur seine dokumentierte Lebensgeschichte studiert, sondern dass auch Menschen aus seiner Vergangenheit befragt werden würden, um seine Aussagen auf ihre Glaubwürdigkeit hin zu überprüfen.

In den Jahren vor der Tat hatte er deshalb mehr Hochprozentiges getrunken als in seinem gesamten Leben zuvor – und das, obwohl er auch schon früher dem Alkohol nicht abgeneigt gewesen war. Er hatte dem Gutachter von seiner Stammkneipe erzählt, wo er oft Unmengen an alkoholischen Getränken zu sich genommen hatte und trotzdem meist noch mit einigermaßen geraden Schritten das Lokal verlassen hatte. Er hatte auch so getan, als würde er versuchen, sein Alkoholproblem vor seinem Therapeuten zu verbergen. Aber natürlich hatte ihn sein Psychologe irgendwann darauf angesprochen und in den Sitzungen der folgenden Wochen und Monate eine Verschlimmerung der Situation bemerkt. Und wie erwartet wurden seine Aussagen im Nachhinein akribisch überprüft und alle zweifelsfrei bestätigt.

Aichner hatte dem Gutachter glaubhaft und plausibel darlegen können, dass er vor einigen Wochen ganz plötzlich Stimmen gehört hatte. Er erzählte bewusst äußerst detailliert, dass diese Stimmen ganz nah gewesen seien, so als ob jemand direkt neben ihm gestanden hätte. Zudem sprach er von mehreren unterschiedlichen Stimmen, die sich über ihn unterhalten hätten. Immer wieder habe er sich umgedreht, aber nie jemanden entdecken können und irgendwann habe er dann das Gefühl gehabt, er würde verfolgt. Richtige Todesangst habe er bekommen, die zunehmend erdrückender geworden sei. Und die Stimmen seien in unterschiedlichen Zeitabständen immer wieder gekommen und hätten auf das Übelste über ihn hergezogen. Sie hätten gesagt, dass er die Schuld an allem trüge, dass er den Tod seiner Familie zu verantworten hätte, weil er damals fremdgegangen war.

Er habe dann auch erkannt, zu wem diese Stimmen gehörten. Zuerst habe er die von Richter Kaltenfeld erkannt und dann die von Staatsanwalt Hofmann, zuletzt schließlich die Stimme von Doktor Jansen. Immer wieder hätten sie sich über ihn lustig gemacht und ihn wüst beschimpft. Nach einiger Zeit sei er fast wahnsinnig geworden und habe sich nur noch gewünscht, dass es endlich aufhörte. Er sei in einem ständigen Albtraum gefangen gewesen und habe nächtelang keinen Schlaf mehr finden können. Schließlich habe er sich ein Teppichmesser besorgt und damit Kaltenfeld und Hofmann zum Schweigen bringen wollen. Er habe nur noch im Kopf gehabt, ihnen das Sprechen unmöglich zu machen und ihnen deshalb in den Hals geschnitten, um ihnen die Stimmbänder durchzuschneiden. Sie sollten einfach nur aufhören, so über ihn zu reden. Dass sie dadurch zu Tode kommen würden, habe er eigentlich gar nicht bedacht. Er habe einfach nur diese bösartigen Stimmen zum Schweigen bringen wollen.

Aber die Stimmen seien trotzdem kurz darauf wiedergekommen und er habe dann die schreckliche Befürchtung gehabt, dass selbst wenn alle tot seien, sie trotzdem nie wieder verschwinden würden. Der Gedanke, dass er diese Stimmen sein ganzes restliches Leben lang hören müsse, sei unerträglich gewesen. Er habe deshalb versucht, Doktor Jansen mit der

Entführung seiner Familie unter Druck zu setzen, damit dieser dafür sorgen würde, dass er und die beiden anderen endlich aufhörten, sich über ihn lustig zu machen.

Auf die Frage angesprochen, warum er mit dem Blut der Opfer Amor Fati auf deren Stirn geschrieben hätte, antwortete er, dass er sich das auch nicht erklären könne, sondern dass dieser Gedanke plötzlich einfach da gewesen sei. Im Nachhinein könne er nur vermuten, dass es etwas mit seinem Philosophiestudium zu tun haben könnte, dass er vor einigen Jahren begonnen hatte, und in dem er sich immer sehr für Nietzsche interessiert hätte. Er habe diesen Begriff dann auch in der E-Mail an Doktor Jansen verwendet, um ihm Angst einzujagen und ihn unter Druck zu setzen.

Aichner erwähnte nie, dass er glaube, an einer Alkohol-Halluzinose erkrankt zu sein, sondern zeigte sich im Gegenteil sogar überrascht, als der Gutachter diese Diagnose in Erwägung zog, und wies darauf hin, dass nach seiner Festnahme die Ärzte in einer ersten Diagnose zuerst eine paranoide Schizophrenie vermutet hätten. Dass es das Krankheitsbild einer Alkohol-Halluzinose überhaupt gäbe, habe er jetzt zum ersten Mal gehört.

Aichners zufriedenes Grinsen verflog, als ihm wieder bewusst wurde, dass sein Plan nicht vollständig aufgegangen war. Aber so war das eben mit dem Zufall. Der Zufall hatte dafür gesorgt, dass Jansens Tochter und dieser kleine verschissene Hacker den Keller noch rechtzeitig entdeckt hatten; und der Zufall hatte ebenso dafür gesorgt, dass der Doktor jetzt im Koma lag und vermutlich nie wieder aufwachen würde.

Viel mehr noch als dem Urteilsspruch hatte Aichner dem Zeitpunkt entgegengefiebert, an dem er in Hendrik Jansens fassungslose Augen blicken würde. Er hatte danach gelechzt, in eine zerstörte Seele hinabschauen zu können, in der die selbstzerfleischende Erkenntnis wühlte, dass der Mörder seiner

Liebsten von jeglicher Schuld freigesprochen worden war. Er hatte gehofft, in dem leidvollen Blick des Doktors Erleichterung für sich selbst zu finden. Er hatte gehofft, damit die Dämonen in seinem Kopf endlich besänftigen zu können, so sehr gehofft, das Leid, das ihm selbst zugefügt worden war, mit jemandem zu teilen, der dasselbe erlebt hatte – und zwar genau mit demjenigen, der Nadine Schuster von jeglicher Schuld freigesprochen hatte. Geteiltes Leid ist halbes Leid. Hieß es nicht so? Auch wenn der Richter und der Staatsanwalt nichts dafür konnten, hatte es ihm doch unglaublich gutgetan, sie sterben zu sehen. Es war für einige Augenblicke wie eine Befreiung gewesen, die Wahrheit auf deren Stirnen niederzuschreiben. Und natürlich war auch der Doktor ohne jegliche Schuld. Trotzdem war Jansens Leid Balsam für seine eigene geschundene Seele gewesen. So war es nun einmal. Der Mensch war eben nichts weiter als ein Tier. Auch bei den Tieren hatte sich das Verlangen nach Bestrafung evolutionär durchgesetzt. Aber nicht, weil sie glaubten, einen freien Willen zu haben. Darüber konnte ein Tier ja gar nicht nachdenken. Für ein Tier war diese Frage überhaupt nicht existent. Deshalb konnte ein Tier auch keinem anderen Tier die Schuld für etwas geben. Der Grund war ein ganz simpler: Die Naturgesetze hatten die Gehirne über die Evolution hinweg so programmiert, weil sich Bestrafung als das effektivste Mittel zur Regulierung des Sozialverhaltens herausgestellt hatte. So einfach war das.

Obwohl die von Menschen gemachten Gesetze in Aichners Augen unsinnig waren, so war er doch zu der Erkenntnis gelangt, dass Bestrafung prinzipiell in Ordnung war. Und genau darauf kam es ihm an. Nicht auf Rache. Rache basierte nicht auf den wahren Gesetzen. Rache war nur dann sinnvoll, wenn es einen freien Willen gab, wenn jemand absichtlich etwas Böses tun konnte. Aber es gab weder Gut noch Böse. Es gab nur die Natur. Bestrafung hingegen war etwas ganz Natürliches und gehorchte den Naturgesetzen. Bestrafung war dazu da, die Mitglieder eines Sozialverbundes davon abzuschrecken, Taten zu begehen, die der Gruppe schadeten und damit die Chancen im harten Überlebenskampf reduzierten. Und deshalb war Bestrafung die einzig mögliche Antwort, um unerwünschtes Verhalten zu unterbinden. Deshalb hatte die Evolution dafür gesorgt, dass sich Lebewesen besser fühlten, nachdem sie bestraft hatten. Deshalb hatte er sich auch bei der Bestrafung des Richters und des Staatsanwaltes besser gefühlt. Und wie gut er sich wohl dabei gefühlt hätte, in die fassungslosen Augen des Doktors zu blicken, wenn sein Plan vollständig aufgegangen wäre? Dass ihm diese heilsame Begegnung verwehrt geblieben war, machte ihn unbändig wütend und erdrückte ihn zugleich.

Doktor Jansen würde vermutlich für immer in der Dunkelheit versunken bleiben. Trotzdem stand für Aichner fest, dass er sich nach seiner Entlassung noch einmal Jansens Familie vorknöpfen würde. Vielleicht konnte er ja in den Augen von Julia Jansen etwas Ähnliches finden? Sicher würde es nicht dasselbe sein, wie es beim Doktor der Fall gewesen wäre. Außerdem würde es ihm sicher kein zweites Mal gelingen, den Justizapparat zu verarschen.

Aichners Blick huschte von der Decke hinunter zum Fußboden seiner Zelle. Er fühlte einen Stich im Herz. Für einen Augenblick hatte er gedacht, irgendein Insekt wäre über den Fußboden gekrabbelt, aber es war nur der Schatten seiner eigenen Handbewegung gewesen. Trotzdem pochte sein Herz immer noch wie wild in der Brust. Denn die Dämonen tobten jetzt wieder in ihren dunklen Kerkern und zerrten an ihren Ketten.

So wie sie es jeden Tag taten.

Und jede Nacht.

Seit über sieben Jahren.

56. Kapitel

Kommissar Brande schrieb gerade am Protokoll zu seinen aktuellen Ermittlungen im Fall einer ermordeten Prostituierten, als sein Handy klingelte.

»Brande, Mordkommission«, meldete er sich, in Gedanken immer noch auf der Suche nach einer geeigneten Satzformulierung.

»Hallo Herr Brande, Simone Koppel hier.«

Brande horchte auf und dachte einen Augenblick nach, bis er wieder die attraktive rothaarige Studentin vor sich sah mit diesem hauchdünnen Kleidchen, das mehr offenbarte als es verbarg.

»Schönen guten Tag, Frau Koppel, was kann ich für Sie tun?«

Brande erinnerte sich jetzt auch wieder an diesen heißen Julitag, an dem er mit Keil das Mietshaus von Richard Aichners ehemaliger Wohnung aufgesucht hatte.

»Entschuldigen Sie bitte, dass ich mich erst jetzt melde, aber als ich gestern in der Abendschau diesen Bericht über das zu erwartende Urteil im Fall von dem Aichner gesehen habe, da dachte ich, vielleicht hat es ja doch eine Bedeutung.«

»Jede Kleinigkeit kann von Bedeutung sein«, sagte Brande.

»Genau, das habe ich mir auch gedacht und konnte deshalb die ganze Nacht nicht schlafen.«

»Ich höre«, sagte Brande und schlürfte an seiner vierten Tasse Kaffee an diesem Vormittag.

»Als in dem Bericht von einem forensischen Gutachten die Rede war, da habe ich mich an etwas erinnert.«

»Immer raus mit der Sprache«, sagte Brande.

Simone Koppel räusperte sich verlegen.

»Ich hatte damals, als Sie mich befragt hatten, nicht gedacht, dass das eine Bedeutung haben könnte und es deshalb nicht erwähnt … ähm, ich meine, mir ist es gar nicht in den Sinn gekommen … aber jetzt, nachdem ich diesen Bericht gesehen habe, bin ich mir plötzlich nicht mehr so sicher.«

Erneut hörte Brande, wie sich Simone Koppel mehrmals räusperte.

»Richard Aichner hat an dem Tag, als er ausgezogen ist, einen Stapel Bücher und Unterlagen im Müll entsorgt. Nachdem er das Haus verlassen hatte, habe ich zufällig einen Blick in den Müllcontainer geworfen.«

»Verstehe«, sagte Brande und grinste vor sich hin.

»Ja … und das waren alles Fachbücher.«

»Welche Art von Fachbücher?«, hakte Brande nach.

»Einige waren so juristisches Zeug … so was wie ‚Psychologische und psychiatrische Sachverständige im Strafverfahren« … aber die meisten handelten von forensischer Psychiatrie oder psychiatrischer Begutachtung und so was.«

Brande schluckte trocken.

»Da waren richtig dicke Wälzer dabei. Ich hab mir die Bücher dann rausgefischt, mit in meine Wohnung genommen und bei Amazon abgecheckt, was die wohl so kosten. Eines davon kostete neu sogar fast zweihundert Euro, ich …«

»Wo sind die Bücher jetzt?«, unterbrach Brande sie.

»Die hab ich verkauft.«

»An wen?«

»Och, das weiß ich nicht mehr auswendig, aber das kann ich in meinem Verkäuferaccount nachschauen. Die meisten davon an einen Studenten hier in Berlin.«

»Wo sind Sie jetzt?«, fragte Brande.

»Zu Hause.«

»Warten Sie … warten Sie dort und rühren Sie sich nicht von der Stelle. Ich komme sofort.«

Wenige Stunden später betraten Brande und Keil das Büro von Uwe Becker und setzten sich Becker gegenüber an seinen

Schreibtisch, auf dem kreuz und quer aufgeschlagene Bücher verteilt waren.

»Gute Arbeit, sehr gute Arbeit«, lobte Becker, während er gedankenverloren in einem der Bücher blätterte. Für einen Augenblick kehrten seine Gedanken zu Maria Leupold zurück, die sich bereits vor mehreren Monaten auf eigenen Wunsch hin nach Leipzig hatte zurückversetzen lassen. Er bedauerte es immer noch, dass er sie nicht hatte umstimmen können.

Becker hob seinen Kopf und schaute die beiden Kommissare wohlwollend an. »Ich habe eben die Nachricht erhalten, dass das Gericht dem Antrag auf erneuten Eintritt in die Beweisaufnahme im Fall Richard Aichner stattgegeben hat … gute Arbeit, sehr gute Arbeit, liebe Kollegen.«

Brande und Keil mussten schmunzelten, als sich ihre Blicke kurz trafen.

»Die Beweise sind erdrückend«, fuhr Becker fort. »Von Fingerabdrücken und DNA-Spuren Aichners dürfte es nur so wimmeln. Er muss diese dicken Schinken mehrmals intensiv durchgearbeitet haben. Alle relevanten Begriffe und Passagen hat er schön säuberlich markiert und sogar eigene Notizen eingefügt. Nach ersten Erkenntnissen ganz klar seine Handschrift … muss natürlich alles noch bestätigt werden, aber daran gibt es aus meiner Sicht keine Zweifel. All das zeigt eindeutig, um was es ihm ging: Begutachtung von Schuldunfähigkeit, Simulation von psychischen Erkrankungen und ganz besonders die Störung Alkohol-Halluzinose. Außerdem haben wir Unterlagen von Vorlesungen gefunden. Richard Aichner hat nachweislich einschlägige Vorlesungen und Seminare an der Uni besucht.«

Becker atmete tief durch, lehnte sich in seinem Bürostuhl zurück und verschränkte die Arme hinter seinem Kopf. Nach einer längeren Pause beugte er sich wieder nach vorne and blickte die beiden Kommissare nachdenklich an.

»Ich hatte es Doktor Jansens Familie versprochen, dass

Richard Aichner seine gerechte Strafe bekommen wird. Und jetzt haben wir dieses durchtriebene Schwein im Sack. Der Bastard wird im Knast versauern.«

Uwe Becker beugte sich noch etwas weiter nach vorne über den Schreibtisch.

»Dank eurer ausgezeichneten Ermittlungsarbeit!«

57. Kapitel

Im Zimmer nebenan wurde laut gelacht. Es war ein sonniger, aber frostiger Samstagmorgen. Draußen lag eine dünne Schicht Reif über der Landschaft. Es gab frische Brötchen vom Bäcker und selbst gemachte Erdbeermarmelade zum Frühstück. Hendrik stellte sich den Geruch der knusprigen Brötchen und von frischem Kaffeeduft vor, schmeckte in Gedanken die süße Marmelade, während er das Lachen seiner Familie, in der mittlerweile auch Marc ein fester Bestandteil war, in sich aufsog. Seit er zu Hause in seiner Villa lag, war der Hörsinn noch immer der einzige Wahrnehmungskanal, der ihm bisher zur Verfügung stand.

Diana hatte dafür gesorgt, dass Hendriks Büro, das im Erdgeschoss der Villa direkt an das großzügige Wohnzimmer angrenzte, zu einem perfekt eingerichteten Pflegezimmer umgebaut worden war. Drei Mal am Tag kam ein ambulanter Pflegedienst und kümmerte sich um die speziell notwendige körperliche Pflege. Für Hendrik war es kein Problem, dass Diana diese Aufgabe in die Hände eines professionellen Dienstleisters abgegeben hatte. Warum auch hätte sie sich diese Last selbst aufbürden sollen? Schließlich hatten sie ausreichende finanzielle Mittel, um ihm für den Rest seines Lebens die allerbeste Pflege zukommen zu lassen. Die Erhaltung der *Hardware,* wie Hendrik seinen Körper in seiner Gedankenwelt eingeordnet hatte, war etwas, das eben einfach notwendig war und glücklicherweise mit Geld zu bezahlen war. Die intensive Pflege der *Software*, da war sich Hendrik absolut sicher, konnte auf Dauer nur ein Mensch leisten, der echte Zuneigung und tiefe Liebe für den Patienten empfand. Und in seinem Fall war Diana dieser Mensch. Was für ein Glück ich doch habe, dachte Hendrik. In solchen extremen Lebenssituationen zeigte sich oft erst der wahre Charakter eines Menschen. Hendrik war Diana so unermesslich dankbar dafür, dass sie ihn – diesen sabbernden Bettnässer, der er geworden war –, nicht einfach als hoffnungslosen Fall in ein Pflegeheim abgeschoben und sich neu orientiert hatte, sondern ihn zu sich nach Hause geholt hatte und so gut es ging in das alltägliche Leben integrierte.

Diana hatte das Bürozimmer deshalb als Pflegestation ausgewählt, damit Hendrik so oft es ging die Stimmen aus dem Wohn- und Esszimmer und der angrenzenden Küche hören konnte. Sie sorgte dafür, dass die Tür immer offen blieb, denn sie war überzeugt davon, dass er nicht vollständig von der Außenwelt abgeschottet lebte, sondern dass er durchaus fähig dazu war, äußere Reize wahrzunehmen – auch wenn er bis jetzt keinerlei Reaktionen darauf zeigte. Sie wusste nicht wie, aber sie spürte, dass Hendrik nicht einfach nur so vor sich hinvegetierte. Sie glaubte fest daran, dass ihm die Einbindung in die normalen Tagesabläufe helfen würde, irgendwann wieder zu Bewusstsein zu kommen. Immer wieder kam es vor, dass Komapatienten selbst nach langer Zeit wieder aufwachten, manchmal sogar wieder in ein normales Leben zurückfanden.

Trotzdem gab es auch Momente der Niedergeschlagenheit, in denen sie einsam in ihrem Bett lag und Tränen über ihre Wangen liefen; Momente, in denen sie der Verzweiflung nahe war und die Befürchtung in ihr wühlte, Hendrik würde nie wieder aufwachen; Momente, in denen sie die Gefangenschaft und die Todesangst in diesem Kellerloch noch einmal durchlebte und damit zurechtkommen musste, dass sie einen Menschen getötet hatte; und Momente, in denen sie sich große Sorgen um Noah machte, obwohl die regelmäßigen Therapiesitzungen inzwischen gute Erfolge erzielt hatten. Aber Diana konnte mit den sensiblen Antennen einer Mutter ganz genau spüren, dass der tiefe Riss in der Seele ihres Kindes immer noch blutete.

Glücklicherweise waren es immer nur kurze Momente der

Unsicherheit. Denn auch Diana hatte in den vergangenen Monaten viel Zeit zum Nachdenken gehabt und dabei etwas gefunden, das ihr Kraft spendete. Es war die Fähigkeit zu glauben. Die Fähigkeit, nie die Hoffnung zu verlieren. Der Glaube daran, dass alles einen Sinn hatte im Leben und dass es eine Art Prüfung für sie war, die sie zu bestehen hatte. Es war das blinde Vertrauen in eine höhere Macht, die es gut mit den Menschen meinte. Und es war Demut und Dankbarkeit, dass sie diese schreckliche Zeit in diesem Kellerloch überlebt hatten. All das half ihr, sich immer wieder aus den Klauen ihrer trüben Gedanken zu befreien.

Abends, wenn Noah bereits schlief und sonst niemand im Haus war, saß sie oft stundenlang an Hendriks Bett und las ihm vor oder streichelte ihn. Sie legte seine Lieblingsmusik auf und hörte sie gemeinsam mit ihm an. Sie betete mit ihm. Manchmal schlief sie in seinem Zimmer auf der Couch. Sie sprach so oft es ging mit ihm, erzählte ihm von den alltäglichen Dingen, die außerhalb des Hauses passiert waren. Sie sorgte auch dafür, dass er integriert wurde, wenn Noah von seinen Erlebnissen in der Kita erzählte. Auch wenn es für Noah schwer zu begreifen war, warum er zu seinem schon so lange schlafenden Vater sprechen sollte, der doch keinerlei Reaktionen zeigte, war es für den kleinen Kerl mit der Zeit zu einer Selbstverständlichkeit geworden.

Hendrik hatte sich nach einer längeren depressiven Phase wieder erholt. Er war selbst verwundert, wie gut er inzwischen mit seiner Situation umgehen konnte. Wie die meisten Menschen hatte er anfangs geglaubt, dass man in solch einem erbärmlichen Zustand nur von einem einzigen Gedanken durchdrungen sein konnte – endlich sterben zu dürfen.

Aber es war ganz anders gekommen. Hendrik war zu der Ansicht gelangt, dass seine Lebensqualität unter den gegebenen

Umständen erstaunlich hoch war. Er lebte gerne. Er machte sich da nicht einmal etwas vor. Es war tatsächlich so. Und er erfuhr jeden einzelnen Tag mehr positive Zuwendung als der Großteil der Weltbevölkerung. Das Einzige, was ihm noch fehlte, war die Möglichkeit, mit den anderen zu kommunizieren.

»Ich schlage vor, wir lassen uns heute Abend Pizza liefern«, hörte Hendrik Julia sagen.

»Au ja, au ja«, jubelte Noah.

Obwohl Hendrik an dem Gaumenschmaus nicht teilnehmen konnte, sondern wie immer seine Nahrung in flüssiger Form eingeflößt bekommen würde, freute er sich mit seiner Familie auf diesen Abend. Julia und Marc waren bereits am frühen Vormittag erschienen und hatten die frischen Brötchen mitgebracht. Hendrik hatte aus den Gesprächen herausgehört, dass für den Nachmittag ein Besuch im Hallenbad geplant war und danach ein gemeinsamer Familienabend bei »Wetten, dass …?« auf dem Programm stand.

»Gibt es eigentlich etwas Neues über diesen Aichner?«, hörte er Julia fragen.

Als Hendrik vor einigen Wochen erfahren hatte, dass Aichner zu lebenslanger Haft verurteilt worden war, hatte er nicht nur Genugtuung empfunden, sondern auch Mitleid. Und als er dann vor drei Tagen auch noch mitbekommen hatte, dass Aichner sich die Pulsadern aufgeschnitten hatte und erst im allerletzten Moment gerettet worden war, hatte er sich wieder an Aichners Augen erinnert, als er für wenige Augenblicke in seine Seele geblickt hatte und diese abgrundtiefe Verzweiflung zum Vorschein gekommen war. Er hatte sie gesehen, die Dämonen, wie sie gierig aus ihren dunklen Verliesen herausgegafft hatten, wild an ihren Ketten zerrend. Es war keine Frage, dass sich bei Richard Aichner an diesem schrecklichen Tag vor über sieben Jahren etwas grundlegend verändert hatte. Hendrik hatte nicht nur in den letzten Tagen viel darüber nachgedacht, denn Zeit zum Nachdenken hatte er schließlich mehr als genug. Aichners Persönlichkeitsstruktur musste infolge einer komplexen posttraumatischen Belastungsstörung massiv verändert worden sein. Sein bisheriges Weltbild war auf einen Schlag zerstört worden. Nachdem er wochenlang den Tod seiner Familie vor sich selbst verleugnet hatte, mussten die schrecklichen Bilder irgendwann wieder in sein Bewusstsein zurückgekehrt sein. Und dieses quälende Gefühl der Leere und die Hoffnungslosigkeit, die Hendrik auf dem Grund seiner Seele entdeckt hatte, musste er unbewusst durch eine fatalistische Weltanschauung zu kompensieren versucht haben. Tief in seinem Inneren, da war sich Hendrik inzwischen sicher, war Aichner jedoch von simplen Rachegefühlen geleitet und somit aus niederen Beweggründen zu diesen Taten getrieben worden. Er hatte es zwar nie zugegeben und behauptet, er würde nichts mehr fühlen, aber in Hendriks Augen hatte Aichner seine Gefühle lediglich verdrängt und im Korsett seiner fatalistischen Weltanschauung gefangen gehalten. Schließlich hatten Rachegefühle in diesem Weltbild nichts verloren, denn wenn es keine Schuld gab, wenn niemand verantwortlich war für seine Taten und nichts dafür konnte, was er tat, wie sollte dann Rache noch irgendeinen Sinn ergeben? Das Problem war nur, dass Rache und Vergeltung keine Resultate irgendeiner verstandesmäßigen Überlegung waren, sondern ein archaischer Drang, den ein Mensch verspürt, wenn ihm großes Unrecht widerfährt. Und auch Aichner war diesem Drang gefolgt, auch wenn es ihm nicht bewusst gewesen war.

Die fatalistische Weltanschauung Aichners mochte zwar im Kern durchaus einen Funken Wahrheit enthalten, stimmte Hendrik in Gedanken zu, aber im alltäglichen Leben hatte der Mensch doch definitiv die Möglichkeit, Einfluss auf die Geschehnisse zu nehmen und konnte durchaus etwas verändern. Welchen Einfluss ein einzelner Mensch haben konnte, zeigten doch solche Beispiele wie Mahatma Gandhi. Und selbst wenn alles und jeder vollständig determiniert wäre oder alles nur aus reinem Zufall passieren würde, war der Mensch doch so gestrickt, dass er sich intuitiv seine Handlungen selbst zuschrieb, ja zuschreiben musste.

Wenn niemand für sein Wollen und Tun ursächlich verantwortlich gemacht werden würde, wozu wären dann noch Lob und Anerkennung notwendig? Alle Pokale, Urkunden und Abzeichen könnten verschrottet oder verbrannt werden, da niemand stolz darauf sein könnte, was er erreicht hatte, wenn doch alles sowieso vorherbestimmt gewesen wäre und er selbst gar nichts dafür konnte. Wenn der Mensch tatsächlich nur eine von physikalischen Prozessen gesteuerte Marionette wäre, welchen Sinn hätten dann noch Bewunderung oder Entschuldigungen? Warum sollten wir noch jemandem Vorwürfe machen? Warum sollten wir überhaupt noch versuchen, unsere Kinder zu erziehen? Niemand könnte mehr für schädigende Taten verantwortlich gemacht werden, jedes Verbrechen, jeder Mord wäre nur die Folge neuronaler Aktivitäten im Gehirn des Täters. Wohin würde unsere Gesellschaft driften, wenn die Menschen irgendwann die Willensfreiheit als eine Illusion ihres Gehirnorgans begreifen würden? Vermutlich würden wir im Chaos versinken und uns selbst zerstören oder zu gleichgültigen Hedonisten verkommen, die für ihr kurzes Dasein auf der Erde nur noch Lust und Genuss im Sinn hätten, bis sie vom kalten, leeren Universum für immer verschluckt würden. Ein radikaler Egoismus würde die Erdkugel wie einen heißen Feuerball überziehen, Moral und Ethik würden zischend in der Hitze verdampfen.

In den vielen Stunden, in denen Hendrik jeden Tag über Aichners Ansichten nachgedacht hatte, war er irgendwann auch zu der Erkenntnis gelangt, dass die Menschheit jedoch längst genau in eine solche Richtung marschierte. Die Menschen verließen scharenweise die Kirchen. Es gab inzwischen so gut wie kein

Tabu mehr, das nicht schon gebrochen worden war. Werte, Moral und Ethik waren zu leeren Phrasen verkommen, die rücksichtslose Finanzjongleure, kriegstreiberische Despoten, geldgierige Lobbyisten und machtgeile Politiker fadenscheinig verteidigten, in Wahrheit aber nur für ihre eigenen Zwecke missbrauchten. Geld und Macht waren die Triebfedern des modernen Menschen. Zumindest in diesem Punkt musste er Aichner recht geben. Aber war es wirklich so, dass diese rücksichtslosen Exemplare der menschlichen Spezies gar nicht anders handeln konnten? Aber selbst wenn es so wäre, sollten wir deshalb tatenlos zusehen, wie alles zugrunde ging? Sollte man etwa damit aufhören, Flüchtlingsströme aufzunehmen oder die ungerechte Verteilung von Lebensmitteln auf der Welt anzuprangern und durch humanitäre Maßnahmen zu lindern? Wenn es schon die reichen Länder nicht schafften, den Welthunger zu beseitigen, obwohl dies zweifellos bereits jetzt schon realisierbar wäre, wenn nur der *Wille* dazu vorhanden wäre …

»Aichner liegt noch im Gefängniskrankenhaus«, hörte Hendrik Diana antworten und wurde dadurch aus seinen Gedankenströmen gerissen.

Im selben Augenblick schoss Hendriks Puls in die Höhe.

Ich bilde mir das nur ein.

Ihm wurde schwindelig.

Ist das wahr?

Schwindelig vor Glück.

Es ist wahr. Es ist wirklich wahr.

Erneut versuchte er, seine Lider aufzuschlagen. Und diesmal war es nicht nur ein diffuses Gefühl, sondern es gelang ihm tatsächlich, ganz schwach zu blinzeln.

»An Freiheit des Menschen im philosophischen Sinne glaube ich keineswegs. Jeder handelt nicht nur unter äußerem Zwang, sondern auch gemäß innerer Notwendigkeit. Schopenhauers Spruch: ‚Ein Mensch kann zwar tun, was er will, aber nicht wollen, was er will', hat mich seit meiner Jugend lebendig erfüllt und ist mir beim Anblick und beim Erleben der Härten des Lebens immer ein Trost gewesen und eine unerschöpfliche Quelle der Toleranz.«

Albert Einstein, deutscher Physiker, »Mein Weltbild«

58. Kapitel

Aichner saß in der U-Bahn und ertastete in der Plastiktüte das kalte, massive Eisen des Zimmermannshammers, den er zusammen mit einem Teppichmesser vor wenigen Minuten im Baumarkt erworben hatte. Die viel zu kleinen Schuhe drückten auf seine Zehen und er musste für einen Augenblick an den alten Mann denken, den er vor etwas weniger als einer halben Stunde niedergeschlagen hatte, um an Geld und Kleidung zu kommen. Wahrscheinlich lag der Alte immer noch, ohne Mantel und Schuhe, auf dem frostigen Boden in der Ecke der dunklen Hofeinfahrt, in die er ihn gezerrt hatte. Da war er wieder gewesen, der Zufall. Der Greis hatte keine Chance gehabt, sich dagegen zu wehren. Jetzt lag er da in der eisigen Kälte. Vielleicht würde er erfrieren oder irgendein Zufall führte dazu, dass ihn noch rechtzeitig jemand fand. Egal wie es für den Alten ausging, dachte Aichner, das Ergebnis hatte schon lange festgestanden, bevor dieser seinen Weg gekreuzt hatte. Dieses Gewusel auf der Welt folgte trotz allem Chaos klaren Gesetzen. Deshalb war es auch nicht sein Problem, was mit dem Alten passierte. Es war alles so passiert, wie es passieren musste und es würde auch in Zukunft alles so passieren, wie es passieren musste, und niemand trug irgendeine Schuld daran.

Schon vor Wochen war für Aichner klar gewesen, dass er einen Ausbruchsversuch unternehmen würde, um den Plan zu Ende zu bringen. Er hatte genau gespürt, dass er nicht mehr viel Zeit haben würde. Monate oder gar Jahre hätte er es niemals in einer Zelle ausgehalten, ohne wahnsinnig zu werden. Deshalb war der Gedanke an Selbstmord schnell da gewesen. Und der Gedanke, dafür zu sorgen, dass er noch rechtzeitig gefunden wurde, um ins Gefängniskrankenhaus verlegt zu werden, kurz danach. Von der ersten Sekunde an hatte er so gut es ging versucht, ein Vertrauensverhältnis zu den Beamten aufzubauen, die ihn rund um die Uhr bewachten. Und am heutigen Abend war es ihm dann gelungen, den Beamten dazu zu bewegen, ihm für einen Toilettengang die Handschellen das erste Mal abzunehmen. Die Fußfessel hatte der Beamte auch diesmal wie schon zuvor zum Laufen etwas gelockert. Auf der Toilette hatte es Aichner dann tatsächlich geschafft, die Fußfessel abzustreifen. Seine blutenden Schürfwunden hatten ihn nicht im Geringsten daran gehindert davonzurennen, nachdem er über das Toilettenfenster abgehauen war.

Viel Zeit bleibt nicht mehr, dachte Aichner, während er immer noch das Eisen fest mit der Hand umschlungen hielt. Er brauchte noch etwa eine Viertelstunde bis zu Jansens Villa. Aber es würde sicher noch einige Zeit dauern, bis sie auf die Idee kämen, dass er als Erstes direkt zu Jansens Haus fahren würde.

59. Kapitel

Hendrik hatte mehrmals erfolglos versucht, seine Lider zu bewegen, als sich seine Familie ins Hallenbad verabschiedet hatte. Er hatte es auch erfolglos versucht, als der Pflegedienst sich um ihn gekümmert hatte. Und er versuchte es auch jetzt wieder, als Julia und Diana an seinem Bett standen und sich unterhielten. Und diesmal kehrte das Gefühl endlich wieder zurück, und er schaffte es erneut, seine Lider willentlich zu bewegen.

»Diana, ich muss dir etwas beichten«, sagte Julia.

»Was immer es auch ist, ich verzeihe dir.« Hendrik war der scherzhafte Tonfall in Dianas Stimme nicht entgangen, obwohl er mit ganz anderen Gedanken beschäftigt war.

Hallo, meine Lieben, könnt ihr diese Unterhaltung bitte etwas später fortsetzen und stattdessen mal zu mir rüberschauen.

»Es ist mir Ernst damit«, sagte Julia.

»Entschuldige, ich wollte es nicht ins Lächerliche ziehen.«

»Als ich damals von meiner Weltreise zurückgekehrt bin und erfahren habe, dass ihr in meiner Abwesenheit geheiratet hattet, habe ich dich und Hendrik dafür gehasst.«

Seid ihr denn blind?

»Wenn ich ehrlich bin, habe ich sogar dir die Schuld dafür gegeben. Ich habe immer geglaubt, du hättest dir Hendrik nur wegen der Kohle geschnappt. Ich hatte immer im Kopf, wie du dich so kurz nach Mamas Tod an Hendriks Hals geworfen hast, um ihn auszunehmen. Aber ich habe mich getäuscht. Ich habe mich grundlegend getäuscht in dir. Es tut mir leid.«

»Komm her, Julia.«

Könnt ihr euch vielleicht später umarmen und jetzt zum Teufel noch mal auf meine Augenlider schauen?

»Ich musste das einfach mal loswerden. Es hat mich die ganze Zeit über gequält. Vermutlich war ich eifersüchtig, aber das soll keine Entschuldigung sein. Es tut mir aufrichtig leid, Diana.«

»Ich kann dich verstehen. Wir hätten dich mehr mit einbeziehen sollen. Es war ein Fehler, hinter deinem Rücken zu heiraten. Ich weiß, dass Hendrik das auch so sieht. Er wollte schon lange mal mit dir darüber reden, auch über Sonja, aber er hat nie die Gelegenheit dazu gefunden. Wir waren lange Zeit zu sehr mit uns selbst beschäftigt, zuerst, weil wir in unserer Verliebtheit nur Augen für uns selbst hatten, dann nach der Totgeburt und … vielleicht hat ihm auch einfach nur der Mut gefehlt.«

Mein Sonnenschein ... ich habe dir so viel zu sagen. Und ich werde wieder gesund. Ich weiß es. Meine Lider sind nur der Anfang. Aber jetzt schaut mich bitte, bitte, bitte an!

»Über Sonja? *Was* wollte er mir über meine Mutter erzählen?«

Jetzt schaut doch eeendlich!

»Hast du das gesehen?«

»Lenk bitte nicht ab, Diana.«

»Ich … ich glaube, er hat gerade geblinzelt.« Dianas Stimme zitterte.

Genau ... und jetzt wieder.

»Jetzt hab ich es auch gesehen … und jetzt schon wieder«, sagte Julia mit brüchiger Stimme.

»Hendrik, Hendrik«, stieß Diana hektisch aus. »Wenn du mich hören kannst, dann blinzle zwei Mal hintereinander.«

Eins ... zwei.

»Ich glaub es nicht«, hauchte Julia fassungslos.

»Hendrik, wenn du mich wirklich hören kannst, dann jetzt drei Mal hintereinander!«, rief Diana, damit Hendrik sie auch ganz sicher hören konnte.

Eins ... zwei ... drei.

»Ich liebe dich, ich habe es gewusst, Hendrik … Noah! Noah,

Marc, kommt schnell ... kommt schnell, wir sind hier, in Hendriks Zimmer ...«

»Papa, ich bin es, Julia, ich ... ich ...«

Mehr brachte Julia nicht mehr heraus, dann wurde sie von Freudentränen überwältigt.

Ich liebe euch auch ... und ich bin so dankbar. So unendlich dankbar, dass ich lebe und euch um mich habe. Es geht aufwärts, meine Lieben. Endlich!

60. Kapitel

Aichner hatte sich im Schutz der Dunkelheit hinter einem Baum im Garten versteckt, obwohl die panische Angst vor Insekten sein Herz zum Rasen brachte. Durch das Bürofenster hindurch konnte er beobachten, wie sich in dem hell beleuchteten Raum die ganze Sippschaft um das Bett des Doktors versammelt hatte. Sie lachten und weinten gleichzeitig, umarmten sich und redeten auf den Doktor ein. Aber der lag doch regungslos im Koma? Bevor Aichner weiter darüber nachdenken konnte, wurde er von einem Kleinwagen abgelenkt, der direkt vor dem Gartentürchen der Villa anhielt. Der junge Fahrer stieg aus, öffnete fröhlich pfeifend den Kofferraum des Wagens und fischte aus einer Isolierbox drei Pizzakartons heraus. Dann schloss er den Kofferraum wieder, drückte routiniert den Lichtschalter neben dem Gartentürchen, das offen stand, woraufhin sich die Wegbeleuchtung zum Haus einschaltete, und machte sich direkt auf den Weg zur Villa.

Offensichtlich hat er hier schon öfter Pizza ausgeliefert und kennt sich aus, dachte Aichner und trat aus dem Schutz der Dunkelheit hinter dem Baum hervor. Freundlich lächelnd ging er dem Pizzaboten ein Stück entgegen. Der junge Mann, Aichner tippte auf eine südländische Herkunft, schaute kurz verdutzt, als er ihn entdeckte, kam dann aber selbstbewusst auf ihn zu.

»Ich nehme die Pizzen entgegen«, sagte Aichner, als sie sich gegenüberstanden.

Der Pizzabote musterte Aichner von oben bis unten.

»Verpiss dich, du Penner«, sagte er und versuchte sich an ihm vorbeizudrängen.

Kurz darauf durchtrennte die Klinge des Teppichmessers die Kehle des jungen Mannes. Sein Blut pulsierte einige Male aus der vollständig durchtrennten Halsschlagader, bis er zu Boden sackte.

Aichner wischte sich mit dem Ärmel die Blutspritzer halbwegs aus dem Gesicht. Dann nahm er den Zimmermannshammer aus der Tragetasche und hielt ihn zusammen mit dem Teppichmesser in der linken Hand fest. Schließlich hob er die Pizzakartons auf, verdeckte damit die Hand mit den beiden Waffen und legte die wenigen Meter bis zur Haustür zurück.

Als es an der Haustür klingelte, waren immer noch alle in Hendriks Zimmer versammelt, völlig aus dem Häuschen und fassungslos vor Glück.

»Das wird der Lieferservice sein«, sagte Diana und schaute Marc dabei an. »Bist du bitte so lieb? In der Küche liegt ein Fünfzig-Euro-Schein auf der Ablage.«

»Klar doch«, antwortete Marc und machte sich auf den Weg.

»Und gib ein ordentliches Trinkgeld«, rief Julia noch freudestrahlend hinterher.

»Ich will mit«, sagte Noah.

»Na komm, Kleener.« Marc klatschte zwei Mal in die Hände und winkte Noah zu sich her, der ihm daraufhin freudestrahlend hinterherwatschelte.

Hendrik wäre am liebsten aufgesprungen und hätte alle umarmt und geküsst. Obwohl er körperlich nicht dazu in der Lage war, es vielleicht niemals mehr im Leben sein würde, war er in diesem Augenblick jedoch restlos glücklich. Es war schon seltsam, dachte er, als er das Läuten der Haustürklingel hörte, da sinnierte Richard Aichner stundenlang deprimiert und menschenverachtend über die Willensfreiheit, blickte hoffnungslos in die Welt hinaus und ergab sich einem fatalistischen Weltbild, in dem niemand für irgendetwas verantwortlich sein sollte, und er selbst, der ein Gefangener im eigenen Körper war, der, unabhängig von der Frage der Willensfreiheit, nicht einmal Handlungsfreiheit besaß, der also nicht einmal das *tun* konnte, was er wollte –

wenn man mal von der gerade zurückgekehrten Bewegungsfähigkeit seiner Augenlider absah –, war trotzdem um ein Vielfaches glücklicher als Richard Aichner.

Was war das?

»Gott im Himmel, was ist da los?«, hörte er plötzlich Diana schreien, die bereits ins Wohnzimmer rannte.

Kann mir mal jemand sagen, was da los ist?

Julia blieb das Herz stehen. »Marc!«, kreischte sie, bereits erahnend, dass etwas Schreckliches passiert sein musste.

Diana wollte ihren Augen nicht trauen, als sie das Wohnzimmer erreicht hatte.

»Um Gottes willen … Neiiin!«

Diana? Was ist los? Sag mir doch endlich jemand, was da los ist!

Als auch Julia ins Wohnzimmer stürmte, bemerkte sie zuerst Dianas entsetztes Gesicht, aus dem jegliche Farbe gewichen war. Dann sah sie Noah, der einige Meter hinter Marc auf dem Boden in einer Pfütze aus Urin kauerte und völlig verängstigt die Hände vors Gesicht geschlagen hatte. Dann wanderte ihr Blick zu Marc, der mitten im Raum stand. Aus mehreren Schnittverletzungen an seinen herunterhängenden Unterarmen triefte Blut auf den Fußboden. Über seinem linken Auge klaffte eine tiefe Schnittwunde und er zitterte am ganzen Körper.

Warum sagt niemand etwas. Was ist denn bloß los, verdammt noch mal!

Langsam drehte Julia ihren Kopf in dieselbe Richtung, in die auch Marc mit weit aufgerissenen Augen starrte, bis sie schließlich Richard Aichner wahrnahm. Seine Augen glänzten. Für einen kurzen Moment dachte sie, so etwas wie Erleichterung in seinen Gesichtszügen erkennen zu können.

Aber das konnte nicht sein.

Das war unmöglich!

Denn über seinen Augen steckte ein Zimmermannshammer in

seiner Stirn und die spitze Seite des Eisens war tief in seinem Kopf versunken.

Letzte Bilder blitzten in Aichner auf: Wie er mit der Tür gegen Laras leblosen, blutüberströmten Körper stieß … Wie ihm der Rosenstrauß, mit dem er sich entschuldigen wollte, aus der Hand glitt … Die Bilder von Emma, in allen entsetzlichen Einzelheiten, so eindringlich, als ob er sie gerade eben erst entdeckt hätte … Der metallisch blaugrün schimmernde Körper dieser Schmeißfliege, die aus einer der Wunden gekrochen kam … Wie sie satt gefressen mit den Beinen ihre verschmierten Flügel putzte und schließlich losflog … Dieser grauenhafte Schwindel, während das Insekt um seinen Kopf herumschwirrte … Und in diesem Moment war etwas in ihm explodiert.

Wenige Augenblicke später war Richard Aichner tot.

Nachwort und Dank

Seit ich vor vielen Jahren auf die durch neue Erkenntnisse aus der Hirnforschung aufgeblühte Debatte um die Willensfreiheit des Menschen gestoßen bin, hat mich eine Frage nicht mehr losgelassen: Sind wir tatsächlich nur von Neuronen gesteuerte Bioautomaten, die ihr determiniertes Leben abspulen, während sie sich einbilden, sie hätten das Heft selbst in der Hand? Nun, eine endgültige Antwort darauf habe ich noch nicht gefunden und werde vermutlich auch niemals eine finden. Aber wenn ich mir die Welt und das Verhalten von uns Menschen so anschaue, dann tendiere ich doch hin und wieder dazu, dass es so sein könnte. Wie auch immer, jedenfalls ist aus der Auseinandersetzung mit dieser Frage die vorliegende fiktionale Geschichte entstanden.

Danken möchte ich an dieser Stelle insbesondere dem Tübinger Gerichtsgutachter Dr. Peter Winckler, der einige Passagen des Manuskripts mit prüfendem Blick begutachtet hat. Ohne ihn wäre die Beschreibung der Arbeitsweise eines forensischen Psychiaters lange nicht so nah an die Realität herangekommen, wie es hoffentlich der Fall ist. Trotzdem habe ich mir einige dramaturgische Freiheiten erlaubt. So ist beispielsweise das im Roman beschriebene forensische Gutachten stark verkürzt dargestellt und als komprimierter Auszug zu betrachten.

Der größte Dank gebührt natürlich Ihnen, liebe Leserinnen und Leser. Ohne Sie hätten die Seiten dieses Buches nicht mehr Bedeutung als ein loses Blatt im Wind.

Ihr Guido Kniesel

Weitere Titel

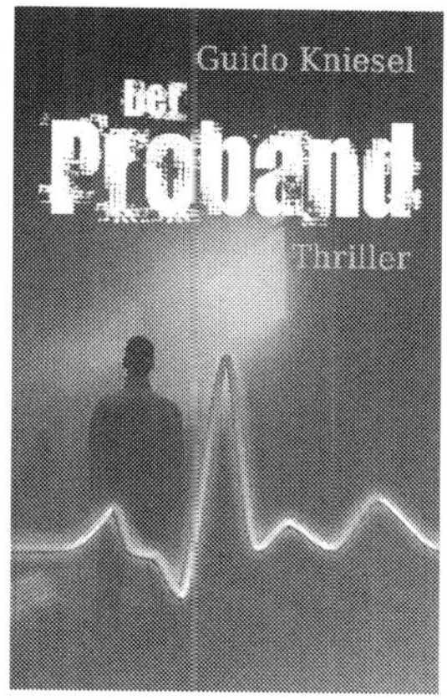

Der Proband
Thriller

Dafür wirst du büßen
Psychothriller

Kontakt

kniesel.de
facebook.com/kniesel.de
twitter.com/guidokniesel
guido@kniesel.de

17089011R00186

Printed in Poland
by Amazon Fulfillment
Poland Sp. z o.o., Wrocław